The Story of Witch MONA

1

魔女・モナの物語

文★絵

山元加津子

Katsuko Yamamoto

大好きな　あなたへ

The Map of Trainning Travels
for Mona to be a Witch.

The Story of Witch MONA

1

魔女・モナの物語

文 絵

山元加津子

Katsuko Yamamoto

モナの物語に登場するものたち

モナ

この物語の主人公。

魔女になりたいと小さい頃からずっと思っていた。高校の進学調査でも「魔女になりたい」と書き、担任の先生から、「夢」だけではだめなんだよと言われ、魔女修行の度に出る。

ギル

モナの家の居間の金魚鉢に住んでいる。ちょっぴり皮肉やさん。

カガミくん

モナの同級生。魔女になりたいというモナを応援してくれている。

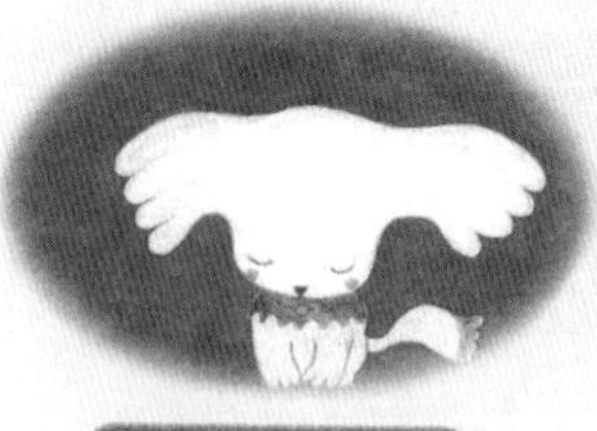

いちじく

モナが赤ちゃんの頃から、ずっといっしょにすごしてきた白い犬。まっすぐで、勇敢。

ミラー

謎の人、モナを助けてくれる。

鏡の魔女

水の魔女

森の魔女

空の魔女

闇の生き物

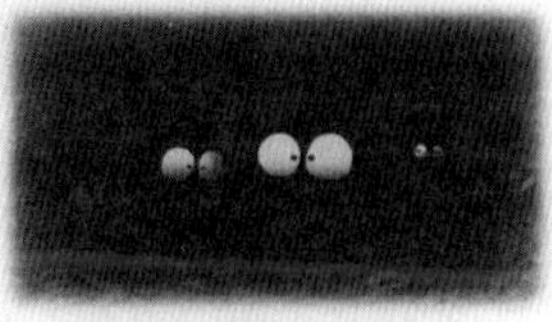

黒い生き物

魔女の国に代々伝わる秘密のもの

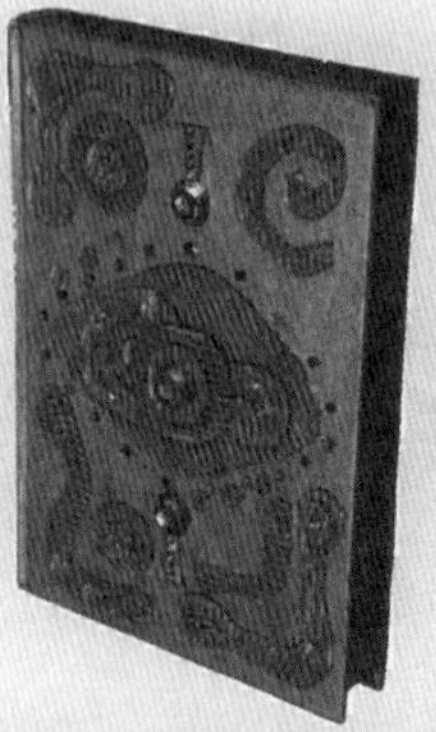

金色の本

歴代の鏡の魔女が持つ伝説の魔法の書。モナに関する重大な記述がある。

魔法の家

森の魔女の家。

金竜の魔法の杖

海に棲む竜が魔法によって形を変えられている。

黒い本

いずれモナの将来に大きくかかわる書。

魔女・モナの物語——もくじ

装画・イラスト 著者

口絵グラフィック 宮田俊也

装丁 石川直美

魔女・モナの物語

第一章　ことのおこり

（いったい、ここはどこ？）

気がつくと、モナはとても不思議な景色《けしき》の中に〝気をつけ〟の姿勢《しせい》のまま横たわっていました。目をあけて、最初に飛び込んできたのは、驚くほど美しい、藍色《あいいろ》をした空でした。そしてその空の下には、見渡す限り一面に何か奇妙《きみょう》な植物がツクツクと生えていたのです。

「畑？　ううん、畑にしては大きすぎるわ……草原かしら？　それにしても不思議な景色……」

モナの心は、不安よりも、興味《きょうみ》の方が先にたっているようでした。立ちあがって植物のそばに行って、モナは思わず声をあげました。

「これ、水道だわ」

植物に見えたのは、ぜんぶさまざまな形をした水道の蛇口《じゃぐち》だったのです。真鍮《しんちゅう》でできた、いかにも古そうなもの、ヨーロッパのお城にでもありそうな、陶器でできているもの、ステンレスのレバーがついているもの…
…。使われている時代も場所もさまざまなたくさんの蛇口の、ツクツクと生えた景色が、どこまでも続いていたのでした。

「自分で決めたんだから、自分で選んでここへ来たんだから、何があっても、頑張って乗り切らなくちゃ」

　モナの心の中には、ある決意がありました。その〝決意〟には大きな理由があったのです。話は何ヶ月も前にさかのぼります。

…………………………

「いったい、どうしたらいいっていうのよ」

　いつもに似《に》合《あ》わない少しなげやりな声に、深いため息のおまけつきでモナが言いました。

　モナはそれくらい困っていました。もう考え

られるありとあらゆる方法は、ためしてみたのです。でも、実際のところ、それは少しもうまくいきませんでした。

ことのおこりは先週の木曜日のことです。朝の会でフミア先生がプリントを配《くば》りながら言いました。

「月曜日までに、今配った進路調査《しんろちょうさ》に記入して持ってくるように。もう来年は高校受験だからな。しっかり進路を考えて書くんだぞ。もう夢みたいなことばかり言ってる場合じゃないんだからな」

フミア先生の最後の一言はどうもモナに向けられたもののようでした。先生の視線《しせん》がそこでモナと一直線につながったのです。

去年も同じ時期に進路調査がありました。去年の受け持ちは、「われわれホモサピエンスはぁー」という口癖《くちぐせ》のせいで、〝ホモサピエンス〟と呼ばれている社会の先生でした。先生が、「進路調査の用紙をくばぁーる」と独特の言い方で用紙を配っているときから、モナはとてもゆううつな気持ちになっていました。

その用紙に、ありきたりのことを書くことだってもちろんできたのです。友だちは「高校へ進んで、保育士さんになりたいと思います」とか「看護師さんになりたい」とか「デザイナーをめざしています」「まだわからないけれど、ＯＬになるのかなあと思っています」というふうに書いていました。

「モナも同じように書けばいいのよ」と、どの友だちも声をそろえて言いました。でもそう書くことにためらいがありました。保育士さんだって、看護師さんだって、ＯＬさんだって、もちろん素敵な仕事です。でもモナは小さいときからどうしてもなりたいと心に決めているものがありました。それは、職業と言えるかどうかはわからないのですが、モナがずっとずっといつかはそうなりたいと望んでいるものでした。

それは「魔女《まじょ》」でした。

けれど、いったいどうしたら魔女になれるのか、モナにはぜんぜん見当《けんとう》もつきませんでした。

（でも、もしかしたら学校の先生は知っているかもね）

そこでモナは進路調査に「魔女になります」と書いたのでした。

次の日、モナはホモサピエンス先生に「職員室に来るように」と呼ばれました。

「あれはぁ、まじめなプリントなんだよ。冗談《じょうだん》を書いてはいけないねぇ」

先生の声は最初とてもおだやかでした。

「モナくんは、こんなときに冗談なんか言う人じゃないと思ったがなぁ」

「ええ、冗談なんかじゃないんです。本気《ほんき》なんです」

「それはどういうことなんだね」

先生は少しイライラした声を出して、たばこに火をつけようとしました。けれど、火はなかなかつきません。ライターはカチカチ音を鳴らしただけでした。机の引き出しをガサゴソ探しても、かわりになるマッチも百円ライターも出てはこないようでした。

「私、小さいときから絶対に魔女になるって決めていたんです」

モナはいつだってそうなのですが、じっと先生の目を見つめながら話をしました。

「僕をからかっているのだろう、えぇ？」

先生はモナの真っすぐな目をさけるように下を向きました。

「だってそうに決まっているよ。中学二年生の君がそんなことを言うなんて。そうだ、君の妹は確かまだ小さかったねぇ」

「はい、三つです」

「妹さんのほうが、まだましなことを言うんじゃないかね？　花屋さんになりたいとか、ケーキ屋さんがいいとか……」

「妹は、大きくなったらムーミンになるって言っています」

机をバンッとたたいて、先生はますますイライラとせわしなく言いました。

「とにかく、明日まで待ってあげるから、ご両親と相談してきなさい!!」

(ママも、パパも、私の気持ちなんて、とっくにわかっているのに……)

そしていろいろと、考えたあげく、結局次の日には、前の日のままのプリントを提出したのでした。驚いたことに、そのことでママがすぐに学校に呼ばれました。

先生はママに、もうこんなひどいことがあるだろうかというふうに話をしたそうです。

「おたくの娘さんが進路調査のプリントに『魔女になりたい』と書いてきました。家でご両親とよく相談するようにすすめたのですけど、聞く耳を持っておられないようですね。僕は娘さんを素直《すなお》ないい子だとずっと思ってきたのに、とても残念です」

「ええ、うちのモナはとても素直ないい子です。魔女になりたいというのは、あの子の小さいときからの夢なんです」

先生はとても驚いたそうです。

「今、小さいころの夢を聞いているのではないのですよ。高校への進学をひかえた、大事な時期に、将来のためどういう学校へ進むことが適切《てきせつ》かを調べたいのですよ」

「あの子は魔法の本をいつか読みたいと、字を覚えたのです。ホウキに乗るためにと、にがてな運動も頑張《がんば》ってきたのです。中学生が夢を持っていることは悪いことではないですよね。それにこの世にけっして魔女がいないなんて、誰も言えないことですし、あの子が魔女になれないとはかぎりませんもの」

後でその話をママから聞いたときに、（さすがママだ）とモナはうれしくなりました。

先生はママの言葉を聞いて、（あきれた親子だ）というふうにうーんとうなって、ただ「わかりました。もうお帰りくださって結構です」とだけ言ったそうです。

この一件は、その後、職員室中ですごい噂《うわさ》になったそうです。ただフミア先生だけが

「素敵な話じゃないですか」と言ってくれたそうで、その話を図書室の先生から聞いていたから、四月に担任がフミア先生とわかったときには最高にうれしかったのです。

それなのに、今年はどうして「夢ばかり見ている場合じゃない」なんてモナに言うのでしょう。また去年のようなことが繰り返されるのかと思うと、モナはうんざりした気持ちになりました。

プリントをかばんの中に入れて、重い足どりで教室を出ようとしたときに、モナはフミア先生に呼びとめられました。

「モナ？　魔女になりたいならそれでもいいんだ。ただ、それが夢や想像にすぎないのじゃだめなんだよ。はっきりと、こういうふうにしたらいつか魔女になれるんだということを僕にしめしてほしいんだ」

モナはフミア先生の言葉をもっともだと思いました。モナ自身、小さいときから自分で考えた方法で魔女の修行《しゅぎょう》をしてきたけれど、もうそれも限界《げんかい》じゃないかと思い始めるようになっていました。もっと確実に魔女になれる方法を知りたい、そのためにはまず魔女に会ってみなくては、と思っていました。

モナだってそんなに簡単《かんたん》に魔女になる方法を見つけられると思っていたわけではありません。それから魔女に簡単に会えるとも思っていませんでした。けれど、いつまでも何もしないで時間を過ごしていていいはずはないのです。だったら、今モナにできるのはどういうことでしょうか。

モナは初めに、電話帳をくまなく調べました。「ま」のページをまず調べました。けれどそれらしいものはありません。もしかしたら○○魔女という名で出ているかもしれないと思い、分厚《ぶあつ》い電話帳を一ページ一ページていねいに調べました。それはとても根気《こんき》のいる仕事でした。二晩かかったけれど、ピンとくるような名前はひとつだって見つけることができませんでした。

それなら新聞の広告欄《らん》に「魔女になりたい人求む」とか「魔女養成講座《ようせいこうざ》」というような広告があるかもしれない、そう思って、新聞の広告欄をひとつひとつていねいに探しましたが、やっぱりモナの探している手がかりは、何ひとつ見つけられませんでした。モナにはもうすっかりお手あげの状態でした。

第二章　金魚

もう今日は土曜日です。このままでは月曜日に進路調査のプリントを出すなんてことは、とてもできそうにありません。

学校の帰り道、いつもだったら、花や虫を見つけたり、風のにおいを感じて楽しむことが上手《じょうず》なモナなのに、今日はそれどころではないのです。昨日までの雨がすっかりあがって、気持ちのいい風がふいていることまで、うらめしく思えてくるのでした。

「おーい、モナ！　何をつまんなさそうな顔してるのさ」

ふいに後ろから、声がしました。

「あー、びっくりした。なぁんだ、カガミくん」

モナは平気そうに言いましたが、本当はキャーと叫んで逃げ出したいくらいドキドキしていたのです。モナは去年〝あること〟があって以来、ずっとカガミくんのことが気になっていました。

〝あること〟とは、あの進路調査事件のことです。モナの一件は職員室だけではなくて、当然のように学校中にまで広まっていました。

「へー。モナって、あんな真剣なプリントに冗談《じょうだん》書けるようなやつだったわけー。すっごぉーい」

「モナってけっこう不良なんだ。先生に逆《さか》らったりしてさ」

「モナって……案外、目立ちたがりなんだぁー」

モナだって年ごろの女の子です。いじめられたわけではないけれど、男の子たちにそんなふうに見られたり、言われたりして、心に深い傷ができたように感じました。

「違うもん」なんて言ったって、わかってもらえそうにもありませんでした。モナはけっしていじめられっこではなかったし、どちらかと言うと、いじめるとか、いじめられるとかいうことの外側にいました。

「どうしてそんなに誰とだって仲良しでいられるの？」

そう聞かれたときは、モナはいつも「だって、みんなのこと好きだもん。みんなとても親切だし、だから私だって、私のできることならなんだってしたいんだもの」と答えるのでした。

ですが、このときにモナが一番つらかったのは、モナの魔女になりたいという気持ちは悪ふざけでも冗談でも、ましてや先生に逆らおうと思ってやったことでもないのに、それを誰にもわかってもらえないということでした。

モナはいつだって誰にだって、一所懸命、自分のできることをしたいと思っていたのです。真剣に話をしている人に対しては、悪ふざけなんてするはずもないのに、誰もわかってくれてはいないようでした。

けれども、たった一人、カガミくんは違っていたのです。

「いいじゃん。魔女、僕好きだな。魔女の友だちがひとりいるのって、すごくいいと思わない？」

（カガミくんだけは、私の気持ちをわかってくれているんだわ）

カガミくんの言葉が、そのとき、モナの心をどれくらい救ってくれたかしれません。

モナはそれから、なんとはなしにカガミくんの姿を探していたり、カガミくんのことを考えてしまっている自分に気がついていたのです。

「ねぇ、また進路調査だね。魔女になりたいっていう気持ち、変わってないんだろ？」

カガミくんのやさしい言葉を聞いて、モナは木曜日にフミア先生と約束した話をしました。

「えー、そりゃあ大変だ。もう二日しかないじゃん。どうしようか」

カガミくんが、「いったいどうするんだ？」とは言わないで「どうしようか」とまるで自分の心配事のように言ってくれたのが、モナにはとてもうれしく感じられました。

「僕ね、昔から超常現象《ちょうじょうげんしょう》にすごく興味《きょうみ》あるんだよね。うちにある本で少し調べてみるよ。何かヒントになるようなことがあったら電話するね」

モナの夢が超常現象というのは、モナの気持ちにしっくりとはこなかったけれど、でもひとりで悩んでいた今までのことを考えると、カガミくんが電話をかけてくれるかもしれないということは『天と地』『雲泥《うんでい》の差』だと思えるくらいうれしいことでした。

だからといって、モナは今何をしたらいいのでしょう。もう家でできることはなんだってしまいました。そのことを思うと、また力が抜けてきそうです。そして、とうとう大きなため息をつきながら机の前の椅子《いす》にすわりこんでしまいました。

机の上には金魚鉢《ばち》と電話がのっていました。カガミくんからの電話を待つしか、モナにはないのでしょうか。

チャポンと金魚が跳《は》ねました。モナは金魚鉢をのぞき込みながら、またため息まじりに言いました。

「ねえ、いったい私、どうしたらいいと思う？　どうやったら魔女になれるのか、金魚くん知らない？」

そのときです。小さな小さな声だけど、確かにどこからか聞こえてきたのです。

「本当に魔女になりたいの？」

「誰？　誰かいるの？」

あたりを見回したけれど、部屋には誰もいませんでした。

「ね、金魚くん。今、確かに誰かの声、聞こえたよね」

金魚鉢の中の金魚が、モナの顔の前で不満そうにあぶくをブクブクはきました。

「僕だよ。僕。モナが僕に話しかけたから返事をしたのにさ。なんだよ」

「ええ、まさか……本当に？　今、しゃべったのは金魚くん、あなたなの？　あなた、私の言葉がわかるの？」

「本当に嫌《いや》になっちゃうなあ。モナだろ？　先に話しかけたのはさ。だから人間なんて嫌なんだよ。地球上で自分たちだけが考えたり、話したりすると思い込んでるんだからね」

信じられないことだけれど、目の前で起こっていることです。信じないわけにはいきませんでした。今度は金魚の機嫌《きげん》をそこねないように気をつけて言いました。

「でも、金魚くんってすごいのね。とってもおしゃべりが上手《じょうず》なんだもの」

「誰にでも話しかけるってわけじゃないさ。僕たちの心を本当に聞きたいと相手が思ってくれたときにだけ、僕たちは話をするのさ。さっきのモナがそうだと思ったんだけどなぁ」

「ええ、そうなの。本当にそうなの」金魚の言ったことに相づちをうちながら、モナは自分でもよくわからなくなっていました。魔女になる方法がわかるのなら、たとえ金魚にだって教えてもらいたいっていうのが今のモナの心境《しんきょう》です。でも金魚に言ってもしょうがないと思っていたのも、たぶん真実でした。

金魚は、赤い尾びれをきれいでしょうとでも言いたげにヒラヒラ振って見せました。

「知っていることだけが本当っていうわけじゃないさ」

「あ、それっていつもママが言う言葉に似ている。ママはいつも『見えることだけが本当とはかぎらない』って言うのよ」

金魚はうれしそうにプルプル体を揺《ゆ》らしました。赤い長い尾びれも、いっしょになって揺れました。

「あの人は特別さ。あの人は僕の気持ちをいつだって聞いてくれるし、朝のあいさつだって欠かさずさ」

モナは金魚の言葉にとても驚きました。ママは金魚にも花壇《かだん》の花にも、それからお天気のいい日にはお日さまにだって「おはよう」を言うのです。けれど、それはママのくせなんだろうと思っていました。まさか、本当に金魚とあいさつをかわしていたなんて思いもよらないことでした。

「花やお日さまとも、ママは本当にあいさつしているのかしら」

「当然じゃないか。『眼《め》には眼を』って言うだろう？　『誠実には誠実を』『愛には愛を』だよ」

と金魚はわかったような、わからないようなことを言いました。

『眼には眼を、歯には歯を……』は、ハムラビ法典《ほうてん》の中に書かれた有名な言葉だということは、社会の時間に習ったのでモナも知っていました。（でも、確か、あれは悪いことをした人を裁《さば》くときなんかに使う言葉じゃなかったかな？　金魚くんの使い方はちょっと違うんじゃないの？）とモナは思ったけれど、口にはしませんでした。モナだって、ママのことをほめてもらって、とてもうれしかったからです。

第三章　魔女へのいとぐち

「ところで、魔女の話なんだけど、モナはどの魔女になりたいのさ？」

金魚がモナに聞きました。どの魔女ってどういうことでしょう。いい魔女か悪い魔女かということでしょうか。だったら、とモナは言いました。

「私は断然《だんぜん》、いい魔女になりたいな」

「当たり前だよ。今はほとんどがいい魔女さ。悪い魔女なんて暮らしていけやしないんだよ。いいことはたくさん起こればいいけど、悪いことを魔法で起こされたらたまらないだろう。だからもう、悪い魔女は少ししか残ってないんだよ。魔女は信じてもらえてこそ魔女なんだよ」

「金魚くんの言ってること、よくわからない。いい魔女とか悪い魔女とかじゃなかったら、『どの魔女』っていうのはどういう意味？」

金魚はあきれたように、金魚鉢の中をゆっくりと回って言いました。

「おいおい。魔女になりたいなんて言ってるくせに、モナはなんにも知らないんだな。魔女にはだいたい四つの種類があるんだよ。こんなの常識《じょうしき》だぜ」

金魚の言い方はちょっと生意気《なまいき》だなと思ったけれど、今は金魚の話がモナに残されたただひとつの手がかりだという気がしたので、反論《はんろん》せずに黙って金魚の話を聞くことにしました。

「魔女はさ。水の魔女だろ、鏡《かがみ》の魔女だろ、空の魔女だろ、それから森の魔女の四種類にだいたい分けられるんだ」

モナはワクワクしてきました。誰がなんと言ったってやっぱり魔女はいたのです。モナには金魚に聞きたいことがたくさんありました。

「その四種類の魔女はどういうふうに違うの？」

「いろいろ違うよ。たとえば、そうだな、まず移動の方法が違うんだ」

「移動？　空を飛ぶんじゃないの？」

「それは空の魔女だけだよ。水の魔女は水を通って移動するのさ」

「川とか、海とか？」

「そうさ、それから最近では下水道や水道管を通って移動するのさ。どこの家へもすぐに行けるようになって、楽になったと思うよ。それから森の魔女は土や根、木、葉っぱを使って移動するんだ」

「じゃあ、鏡の魔女はどうするの？」

　モナは大好きな魔女の、今まで知らなかった話なので、息をすることも忘れそうなくらい一《いっ》所懸命《しょけんめい》に聞きました。

「鏡の魔女はもちろん鏡を使うのさ。鏡はみんなつながってるんだ。だから鏡のあるところなら、どこへでも行けるんだ。天気のいい日なんか、湖や水たまりなど、姿が映せるようなところへも行けるんだ。そして空の魔女はモナも知ってるとおりさ。ホウキに乗って空を飛んで移動するんだ」

「じゃあ、私たちが思っている魔女は、空の魔女のことだったんだ」

「そういうことになるね。他の方法より、ホウキで空を飛ぶのが一番、目につきやすいからね」

モナは、いつかホウキで空を飛ぶために、大嫌いなドッジボールもマラソンも修行だと思って我慢《がまん》して頑張《がんば》ってきたのです。空を飛びたいというのは大きな夢のひとつでした。

「私、空の魔女がいいなあ。空、飛びたいんだもの」

「空の魔女って一番人気が高いんだよね。だからさ、競争倍率《きょうそうばいりつ》も高くてむずかしいって話だよ」

「えー、倍率って何？　魔女になるのにも、試験があるの」

金魚はわけ知り顔でいいました。

「試験ってわけじゃないけどさ。そりゃあそうさ、どんなときでも、へたな魔法をバンバン使っていいわけがないだろう？　そんなことしたらすぐにめちゃくちゃになってしまうからね。本人の希望もあるけど、それよりさ、『適性《てきせい》』というのかなぁ。そうなってる……そうなることになっている……僕はそういう気がするんだけどね」

金魚はときどき、モナにはまだわからない秘密《ひみつ》めいたことを言いました。そのうちにわかるだろうと、モナはあまり気にしないことにしました。

「水の魔女っていうのはどうだい。いいと思うな。モナは海が好きだろう? 僕の友だちの水の魔女は、海に住んでいるんだ。僕たちとても仲良しなんだよ」

金魚はきっと水の魔女のことが大好きなんだとモナは思いました。水の魔女のことを思い出して、金魚の赤いほっぺがもっと赤くなるのが金魚鉢の中でもよくわかったからでした。

「水の魔女になるのは簡単《かんたん》なの?」

「簡単かむずかしいかで決められることじゃもちろんないけどさ、どっちかというと水の魔女ってさ、このところあんまり人気がないんだよね。でもね、何度も言うけど、自分で決めるんじゃないんだよ。どの魔女になるかは、どこかで決められてるんだと思うな。希望者の中で決められているのかもしれないし、希望していなくても、もうそこに決まってることもある……。だからさ、まあ、どの魔女がいいかなんて、考えても仕方がないことなのかもしれないけどね」

金魚はそれでも、水の魔女になりたい人が少なくて、人気がないということがすごく心《しん》外《がい》だというふうでした。

「下水管とか水道管とかを通るだろう。近頃すごく汚《よご》れてるんだよね。昔は川だって海だってすごくきれいだったたし、水の魔女も生き生きとしていたのにさ。人間ときたら、洗剤《せんざい》や食べ残しや、工場の排水《はいすい》まで、何でもかまわずに流すだろう。水の魔女が、いつか病気になってしまうのじゃないかって、心配でたまらないんだ」

金魚は本当に心配そうでした。モナはまだ水の魔女に会ったわけではないので、心配というよりも、汚れた水のことが気になりました。

「ねえ、それって髪やなんかが、ベトベトになっちゃうんじゃないの？　私、嫌だなぁ」

最近、ヘアースタイルや洋服にも気を配っているモナとしては、いくら海が大好きでも(ちょっと待ってよ)と思わずには、いられないのでした。

「モナはかっこうばかり気にしてるよね、この頃。今日だって、鏡の前に三十分はいたよね。ママのローション持ち出したりしてさ。なんにもしてないモナの髪って僕、素敵《すてき》だと思うよ。サラサラしてて」

誰もいないと思って今までしてきたことが、金魚に見られていたなんて……モナは恥《は》ずかしさを隠《かく》すようにくるっと後ろを向きました。

「いいのっ。女の子なんだから、当然の身だしなみよ！」

後ろを振り向くときに目に入った電話を見て、モナはおしゃれの話をしている場合じゃないということを思い出したのでした。

「おしゃれの話はいいの。ねぇ、私、いそいでいるの。月曜日までに魔女になる方法を見つけないといけないの」

「それだったら、どの魔女に弟子《でし》入りするか、まず決めなきゃだめだよ」

「そうだ!」

モナはとてもいいことを思いつきました。

「ねえ、一週間ずつ、四種類の魔女のところへ実習《じっしゅう》に行くっていうのはどうかしら。もうすぐ夏休みも始まるし。ね、いいんじゃない? ねえ、金魚くん、水の魔女と仲良しなんでしょう? 頼んでみてくれないかしら。それから先生のところへ出す証明書《しょうめいしょ》みたいなものを水の魔女さんに書いてもらってくれないかしら」

いつの間にか、「魔女」から「魔女さん」という言い方になっていることにも気づかずに、モナはまるでもう実習が決まったみたいにうれしくて、ウキウキしてくるのでした。

「証明書? そんなもの聞いたことないなあ。まあいいけど」

金魚は少し迷惑《めいわく》そうに言いました。

第四章　やってきた証明書

机の上の電話が、突然《とつぜん》大きな音で鳴りました。金魚は驚いて水面から三センチの高さまで飛び跳《は》ねて、金魚鉢の中の流木《りゅうぼく》の陰《かげ》にさっと隠《かく》れてしまいました。モナだってとても驚きました。心の中で、カガミくんからの電話を待ちわびていたので、なおのことだったのでしょう。

そして電話はまぎれもなく、カガミくんからのものでした。

「モナ、元気？　僕もあれからいろいろ考えてみたんだけど、インターネットで探《さが》してみたらどうかなと思って、やってみたんだ」

インターネットのことをモナはよくは知りません。パソコンを使って、世界中の人を相手に、情報を伝えたり交換《こうかん》したり、それから商品を注文したり、切符なんかとったり、いろんなことができるらしいということをおぼろげに知っているという程度《ていど》です。（考えたら、それって十分魔法みたいじゃない）とモナは思いました。人間はこんな不思議なことをしてるくせに、どうして魔女とか魔法とかいうと、まるでとんでもない夢物語のように言うのでしょう。金魚が言っていた「知っていることだけが本当ってわけじゃない」という言葉を思い出しました。やっぱり人間は知っていることしか、本当だとは認《みと》めないものなのかもしれないなとモナは思いました。

「『魔女になりたい女の子がいます。情報を求む』って世界中にインターネットで発信したら、ひとつ情報をもらったんだ。それがさ、すごいんだよ。もらったメールに『魔女になりたい人探しています』って書いてあったんだ。だけどね、その情報を送ってくれたのがね、『イッテモモドッテモ島』という場所からで、肝心《かんじん》の、それがどこにあるのかがわからないんだ。こちらからも連絡しようと思ったんだけど、どうしてもつながらないんだ。だけどさ、これを印刷した資料を持っていけば、フミア先生もまずは認めてくれるんじゃないかな」

「カガミくんありがとう。すっごくうれしい。私もね……」

モナは金魚から聞いた話をカガミくんにしようとして、途中で言葉を止めてしまいました。魔女の話を「いるかもしれないじゃないか」と言ってくれたカガミくんだけど、金魚がしゃべったというのはあまりにとっぴな話ではないでしょうか。モナだって、目の前で起こったことだから信じることができたのです。カガミくんが、他の人たちみたいに（僕

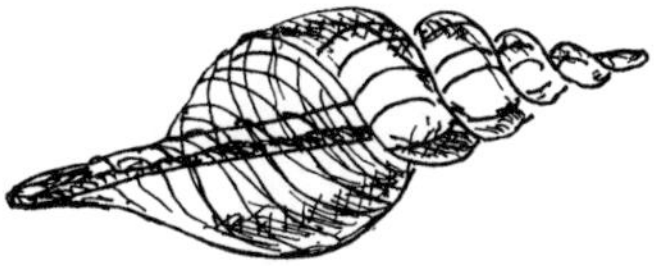

が真剣《しんけん》に調べてるのに、冗談《じょうだん》ばかり言うんだね）とか（ふざけるなよ）なんて言ったら、そんなことには、耐えられそうもないとモナは考えたのです。

「なんだい？」というカガミくんに、モナは「ううん、なんでもないの。ありがとう」と答えただけでした。

「じゃあ、月曜日に持っていくからね」

そして電話は切れました。

カガミくんから電話をもらったうれしさから、知らず知らずのうちに、モナの顔はにこにこ顔になっていました。「ウフッ、幸せ」モナはうっとりと言いました。

女の子の幸せってそんなものなのかもしれません。

ふと見ると、さっきまでは何もなかった机の上に、巻貝《まきがい》がひとつ置いてあります。大きくて厚みのある貝なのに、向こう側まで透《す》けて見えて、見つめていると吸い込まれてしまいそうなくらいに、とてもとても美しい薄紫《うすむらさき》色の貝です。

（この貝、どうやってここに来たんだろう）

手に取ったとたん、モナはこの貝は水の魔女が「魔女はちゃんといます。モナも魔女になれるかもしれません」と書いてくれた証明書だとはっきりとわかりました。貝には、文字が書いてあるわけでも、記号が書いてあるわけでもないのです。手に取ったとたん、そうなのだと感じたのです。そしてこれをフミア先生に見せたら、フミア先生もきっとわかってくれる……モナはそう思いました。

月曜日、カガミくんの持って来てくれたメールをふんふんと見ていたフミア先生も貝を手にしたとたん、にっこり笑って言ったのです。

「モナ、魔女はどうやらいるみたいだね。不思議な話だけど、本当の話らしいね」

きっとこれは水の魔女の魔法に違いありません。「言葉では説明できないけど、一目見《ひとめ》てくれたらわかるよ」「会ってくれるだけでいいんだ。そうしたらわかってもらえるから」……そういうことってよくあるでしょう。あれだって、もしかしたら、水の魔女が魔法を使っているのかもしれないな、モナは貝のことを不思議に思いながらも、魔女はこの世の中でけっこう魔法を使っていて、人間がそれに気がつかないだけじゃないのかなって思ったのでした。

第五章　いちじく

自分から、四種類の魔女のところへ、合わせて四週間の実習に行くと決めておきながら、モナには、気がかりに思うことがいくつかありました。

ひとつはこのところますます存在が気になっているカガミくんと、そんなにも長い間会えなくなるということでした。そしてもうひとつ、モナの心を重くしていることがありました。それはモナの家の愛犬『いちじく』のことでした。

初めて聞いた人は「いちじく？　変わった名前ね」とみんなとても驚きます。けれど、名前って不思議だなと思うのだけど、一度名前がついてしまうと、もうその名前以外は考えられないくらい、ぴっ

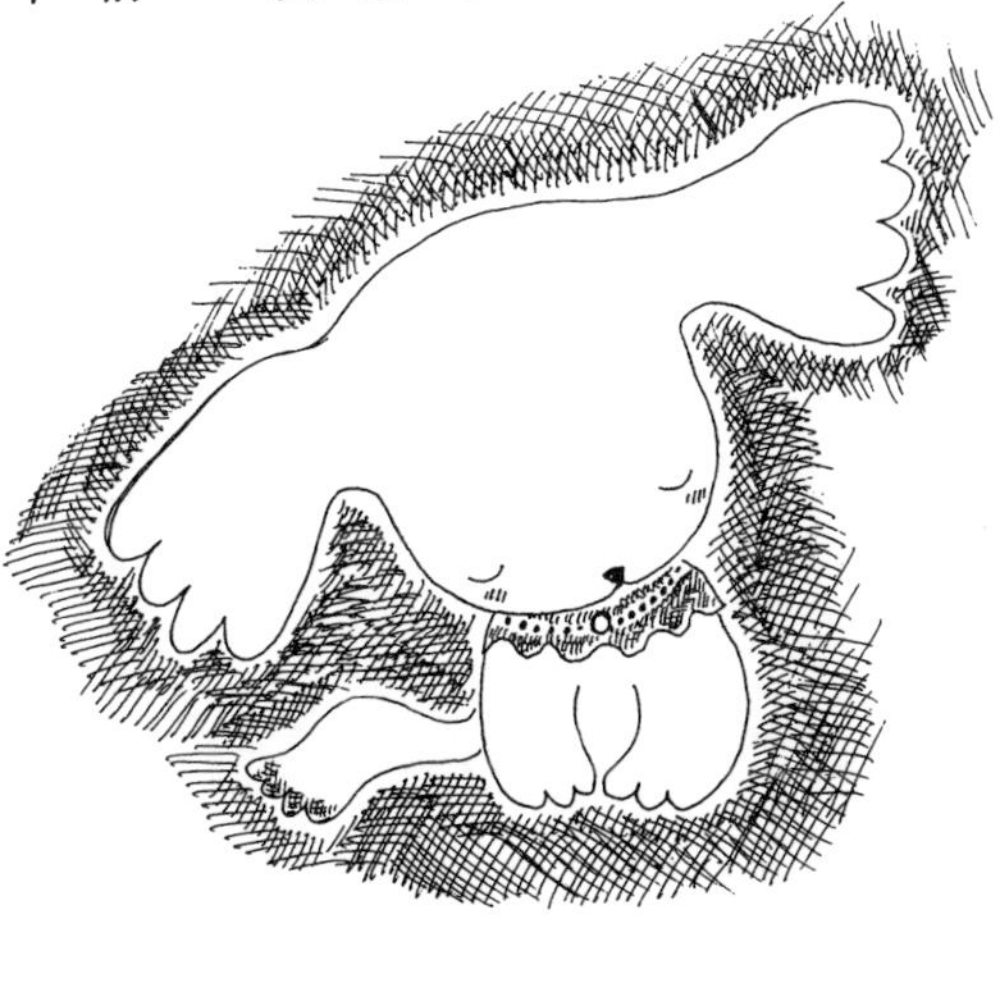

たりくるものですね。モナにとっては、この「いちじく」がそうでした。

いちじくは、モナがまだ赤ちゃんだったころからモナの家にいます。

ママが、庭の物干《ものほ》しに、モナのおむつをパンパンとたたきながら干《ほ》していたときのことでした。すぐそばのいちじくの木の方からクゥーンクゥーンという奇妙な声が聞こえてきたのです。なんだろうと腰をかがめて、大きないちじくの葉っぱのかげをのぞいて見ると、そこには何か小さな生きものがいました。その生きものは、熟《じゅく》して下に落ちたいちじくの実をペチャペチャ食べていたのでした。

ウサギかしら？　それともタヌキ？　おそるおそるのぞいていたけれど、その生きものがあまりにもふわふわで可愛《かわい》かったので、ママはたまらなくなってそばに寄っていきました。するとその生きものはひょいっと顔をあげてママの方を見たのです。そこでやっとママはその生きものが、どうやら犬らしいとわかったのです。

それにしても小さな犬でした。真っ白でふわふわで、手のひらにも乗ってしまいそうなくらいに小さな小さな犬でした。その犬はおかしなことに初めのうちは、ミルクをあげてもドッグフードをあげてもけっして食べずに、ただよく熟《う》れたいちじくの実だけを食べていました。ママは（もうすぐいちじくの季節が終わっちゃう。そうしたらこの小さな犬は何を食べて生きていくつもりなのだろう）と心配でいられませんでした。けれども、うまくしたもので、その犬は、いちじくの季節が終わる頃には、なんでも食べるようになりました。でもやっぱりいちじくの木の下に来てはクンクンにおいをかいでいるので、犬はいちじくと名づけられることになりました。

いちじくはいちじくの実が特別大好きだったように、家族の中でも幼いモナが特別気に入ったようでした。いつもモナの近くにいて、モナがうれしそうにしていれば、いちじくもとてもうれしそうにしっぽを振ってそばにすわっていました。モナが叱られてしょんぼりしていれば、いちじくも必ずクゥーンと悲しそうな声を出して、隣《となり》でモナを見つめていました。

よちよち歩きのモナが溝《みぞ》に落っこちそうになると、いちじくは服をひっぱってモナがなんとか溝に落ちないようにしました。結局はふたりそろって泥まみれになることが多かったのですけど。

モナだって、そんないちじくがとても大切でした。どんなときでもモナは「ねぇ、そうだよねぇ」といちじくに相づちを打ちながらお話をしました。おやつを食べるときだって「おやつにするよ」といちじくに言ってからいっしょに半分こして食べるのでした。

いっしょにいるのが当たり前になっている人（犬だっておんなじことですよね）や愛する人（犬）と長い間会えないということはとてもとてもさびしいことです。モナがいちじくを実習に連れていきたいと考えたのも当然のことだったのです。

それに、そう考えたのはいっしょにいたいという大きな理由の他に、もうひとつ理由がありました。

（どうして金魚とは話ができるのに、いちじくとはできないのだろう）それが心の中の大きなひっかかりになっていたのです。金魚は「本当に相手が気持ちを聞きたいと思ったときにだけ、ぼくたちは話をするのさ」と言いました。モナはその日以来、どうしてもいちじくと話がしたくて、何度も何度もいちじくに話しかけていたのです。いちじくはモナの気持ちをわかってくれていると思うのです。けれど、今までどおり、クーンとかワンとか言うばかりで、金魚のように、モナの言葉で話してはくれませんでした。

「わかりあいたいと思わなければわかりあえない」モナは魔法の呪文《じゅもん》のように、何度も何度もその言葉を繰り返しました。

そしてモナは思いました。（そうだ、実習にいちじくを連れていったら、人間の言葉を話すようになるかもしれない。私、いちじくと、どうしても話をしたいもの）。

そこで金魚に相談してみることにしたのです。

金魚はあまり乗り気ではありませんでしたが、反対もしませんでした。

「魔女につきものなのは黒猫だよ。白犬といっしょなんて聞いたことがないや。もっとも僕は猫はあんまり好きじゃないから、どっちにしても同じだけどさ。でも、いちじくならいいかもね。いちおう、水の魔女に言っておくよ」

金魚はひとまわり金魚鉢の中をまわってから、どうでもいいんだけど……というふうにモナの方に向きなおりました。

「あのさ、僕のこと、金魚くんじゃなくて、ギルって名前で呼んでもらっていいんだけどな」


モナが実習のことをパパやママに話したとき、最初に「そりゃあ、すごいや」と言ったのはパパのほうでした。けれどその日が近づくにつれて「大丈夫かなあ」と不安がったのもやっぱりパパのほうでした。

「どんなところかもわからない所へ行くには、モナはまだ幼《おさな》すぎるんじゃないかな」とパパがママに言ったとき、ママは「ええ、そうね。でもモナの人生ですものね。結局はモナの願いやモナの頑張《がんば》りが、モナの人生を後押《あとお》しするんですものね、モナの人生は誰のものでもなくてモナのものだもの」ときっぱりと言いました。

いつも家のことのたいていはパパが決めているみたいだけれど、でも本当はそうじゃないんだろうなとモナはよく感じるのです。ママはけっしてパパのいうことに「違うわよ」

とは言いません。「ええ、そうね」と言うのです。そして「でもね」と言うのです。

「今日のいちじくの散歩《さんぽ》は、パパもいっしょに行くよ」

モナは、パパがパパなりの方法で自分の気持ちを整理しているのかなあと思いました。そしてそれはそのとおりだったようでした。

「パパはね、今日の日が来るのをママと出会ったときからわかっていた気がするよ」

「どういうこと？　パパ」

モナはまるで予言者のような話をするパパに驚きました。

「パパは今日の日のためにママと出会ったのかもしれないな」

「パパの言ってること、よくわからない。私が魔女の実習に出かけるために、パパとママが結婚したというの？」

「そうだな、そうかもしれないね。でもね、すべてのことがそうなんだよ。たとえば今、こうして君と散歩するためにパパは生まれ、ママと出会い、君が生まれた。昨日までのことは今日のことのためにあったんだ。それまであったうれしいこと、楽しいこと、悲しいこと、くやしいこと……すべてがあったから今日があるんだ。わかるかいモナ？　もしひとつでも違《ちが》っていたら、人生は違ったものになるだろう？　一秒一秒が君の人生を決めているんだよ。そして今日この瞬間《しゅんかん》だって。大切な明日のためにあるんだ」

「じゃあ、失敗は許《ゆる》されないの？」

いつもおっちょこちょいで失敗ばかりのモナは、とても不安になりました。

「だいじょうぶ、そうじゃないんだよ。失敗も大事なことなんだよ。どんなこともね、いつかのいい日のためにあるんだよ」

パパは穏《おだ》やかな口調《くちょう》でモナに語りかけました。

「モナが、悪いことばかり起こるように感じたとしても、それはいつかの素晴《すば》らしい日のために、そうなっているんだとパパは思う。だからといってどうでもよく過ごしていいわけじゃないだろう。毎日、毎時間を大切にすることは、かならず、次の日やずっと後の日のいいことにつながるんだよ。自分の人生のために、あとへ続く未来の命のためにということさ。すごいことだよね。このことを考えると、いつもパパはワクワクするんだ。パパやママや君の残したことのすべてのことが、次の世界を変えていくんだ。みんなかかわりあってるのさ」

モナには少しむずかしい話でした。けれど、今はわからなくても、いつかきっとわかるんだとモナはそう感じました。だから、忘れてなくさないように、心の扉の中にきちんと片づけておこうと思ったのでした。

第六章　手紙

モナは、カガミくんにも水の魔女の巻貝を見せながら、金魚のギルの話や魔女の実習へ行く話をしました。

「不思議と思うことはいっぱいあるさ。でもギルの言うとおりだと僕は思うな。そっか、知っていることだけが本当ってわけじゃないんだ。うん、そうだよね。僕たちはすぐ知っていることだけを本当だと思う。でも知らないことの方がずうっと多いんだもんな。モナはこれからそのことを僕たちに教えてくれるんだね」

学校の帰り道、夏の強い日差しで空気が白く光る中、ふたりで歩いていることが、モナにはもう不思議のひとつだという気がしました。ずっと気になっていたカガミくんと、こんなふうに近くにいられることだけでも、信じられないことなのに、今、ふたりでモナの未来の話をしているのです。

パパが昨日、散歩の途中で言ったように、今日のために昨日までのモナがいたり、こうしてカガミくんとふたりで過ごすために、いままでの時間があったのだとしたら、（この一瞬一瞬《いっしゅんいっしゅん》がなんて大切なのだろう）とモナは思うのでした。そしてまたこの時間は私たちそれぞれの未来へつながっているのだと思いました。モナが今までずっと魔女になりたいと思い続けてきたことの意味も、みんなモナの今と未来につながっているのに違いない、そしてその想いはこれからの自分への勇気にもつながっていくようでした。

いよいよ明日から夏休み、実習も明日から始まります。いろいろなことが家ですんなりいっても、学校でもそうなるとは限らないものです。

まず生徒指導の先生から旅行届けを出すように言われました。モナは苦笑《にがわら》いをしてカガミくんに言いました。

「そんなこと言っても、行き先は魔女のところということしかわかっていないのに、旅行届けなんて出せないよね」

カガミくんは笑って、

「いいんだよ、そのとおりに書いて出せば。これからだっていろんなことを言われるだろうけど、堂々と言えばいいんだよ。フミア先生もいてくれるし、僕だっている。きみのパパやママだっているんだからさ」と言いました。

「そうね」

モナは口には出さなかったけれど、（カガミくんって、なんて頼《たの》もしくて、やさしいのだろう）と並んで歩いていられることをうれしく思いました。

そういえば、クラスメイトも「本当にそんなことってあるの？　夢見てるだけじゃないの？」「帰ってこれるの？」と口々に心配してくれました。「やめたら」と言ってくれた人もいました。

「でも私、行かなくちゃ。私の人生なんだもの」

どうやらモナはだんだんお母さんに似てきたみたいです。もっとも、昔からみんなに「そっくりね」って言われ続けてきたのですけど……。

そのときでした。突然、ホシノくんがモナたちの話の輪の中に飛び込んできました。

「行くのやめろっ。行くなよ！」

モナたちはあまりにびっくりして、すぐには声も出せないくらいでした。ホシノくんはカガミくんとは少し違った意味で、クラスのリーダーといえる男の子でした。「番長《ばんちょう》」とか「ボス」といえば、ぴったりくるのかもしれません。女の子と話をするなんてばからしいとでも思っているのか、いつも男の子たち同士で集まっていて、クラスの女の子たちにとって少し怖《こわ》い存在だったのです。突然こっちへ来ただけでも、ものすごくびっくりすることなのに、モナに「行くなよ！」って言うなんて……。

「いいか、絶対にやめろよ！」

ホシノくんはもう一度念を押すように大きな声で言って、くるりと後ろを向いて、教室から出て行ってしまいました。

「どういうつもりなんだろう、ホシノのやつ」

モナの友だちのおさげがいいました。

「かまうことないわよ、このごろカガミくんとモナが仲良しなのが気にいらないんじゃないの？　モナって誰にでもやさしいとこあるじゃん。ホシノなんて、女子《じょし》は誰も怖がって話しかけないのにさ、モナったら、平気でこのあいだも『色鉛筆忘れたのなら、私のを使ってもいいよ』なんてホシノに話しかけていたし。忘れたってあいつならぜんぜん、平気でいるのにさ」

「そうそう、よく話しかけられるよね。でもそういえば、誰に言われても『いらない』って言いそうなホシノが、モナには借りてたよね。あいつさ、きっとカガミくんにやきもちやいてるんだよ」

「あれ？　モナどうして黙《だま》ってるの？　カガミくんが好きなんじゃないの？　もしかしたらホシノのことも気にしてるの？　モナって欲張《よくば》りなんだ」

モナは友だちの言葉に返事ができずに黙ってしまいました。モナはこの実習にはどうしても行かなければならない、だからホシノくんが「行くなよ」と言ったって、それはけっ

して変えられないことで、ホシノくんのことを無視《むし》したのじゃなくて、行かなければならないから行くのだということを、ホシノくんにわかってもらいたいなと思っていたのでした。

それはホシノくんのことを好きだからということではなくて（嫌いじゃなくて、だから好きかと言えば好きかもしれないけど）あんなにがむしゃらに行くなと言ってくれたホシノくんに黙って行くことは、するべきじゃないと感じるからなのでした。

夜になっても、モナはホシノくんのことが気になっていました。でも電話をかける勇気がモナにはありません。

「そうだ、手紙を出そう」

モナは、小さな丸っこい文字で手紙を書きました。

「ホシノくんありがとう。私どうしても行かなければならないの。これは私が決めたことだから。でも『行くな！』と言ってくれて、とてもうれしかったです。モナ」

モナはその手紙をもう一度読みなおしました。モナは自分で書いたことなのに、その言葉が、今のモナにとても大きなことを教えてくれていることに気がつきました。

（そうだわ、生まれてからここまで生きてきて、私はいつもいつも自分でいろいろなことを決めてきたんだわ）

小さなことから、大きなことまで、いつも私自身が決めてきた……今日は、どの靴《くつ》を履《は》くか、どのお菓子を食べるか、どれくらい食べるかということから、どっちの道を選ぶかということまで、みんなどれもが、モナ自身が決めてきたことなのです。その結果、たとえば、足が痛くなったり、素敵な靴だねとほめられたり、体重が重くなったり軽くなったり、転んだり、誰かと出会ったり、いろいろなことが起きるかもしれないけれど、でも、それはみんなモナが決めてきたことの結果なのです。

これからもいろんなことがあるでしょう。たとえモナの決めたことにまわりのみんなが賛成《さんせい》してくれないようなことがあったとしても、最後にはいつも自分がこうしようと思ったことを自分で決めて生きていくんだとモナは思いました。

そう思ったとき、モナは自分の人生の中で、これからもし、たとえ、つらく悲しいことが起こったとしても、けっして誰かを責《せ》めたり恨《うら》んだりすることはやめようと思いました。人を責めるということはきちんと自分で決めるということをしなかったからか、自分で決めたということを認めたくないからなのだとはっきり感じたのでした。

外は近ごろめずらしいほどのたくさんの星が出ていました。細い月が大きな空のまぶたのように見えました。

「お月さまもお空も、モナのことをずっと見ていてね」

モナは手紙を手にしながら、両手を飛行機のように広げて、ブーンと言いながらポストまでかけていきました。

街の光も遠くに見える森の影も、それからお月さまも空も、モナを応援しているようでした。

第七章　旅立ちの前の日

モナには出発の時刻《じこく》も方法も知らされてはいませんでした。水の魔女は、金魚のギルに「時がきたら、お迎えに行きましょう。一番いい方法で」というモナへのことづけをくれただけでした。

モナにとって、とても大切な旅立ちの日が明日にせまっているというのに、はっきりとした手応《てごた》えがない状態なのはとても不安でした。

（あんなに張りきって、みんなに実習に出かけると言ったのに、魔女はいるのよって言ったのに、もしそれが全部幻《まぼろし》だとしたら、どうしたらいいのかしら）

誰よりも一番魔女の存在を信じているはずのモナなのに、今どうしてこんなに不安なのでしょう。それはまるで、今までの自分を疑《うたが》っていることのようにすら思えたのです。

「ねえ、ギル？　私は魔女の存在をずっと信じてきたし、今はギルとこうしてお話ししたり、水の魔女の貝殻だって持っているのに、なのにどうしてこんなに不安なんだろう」

「そんなもんだよ」

ギルは金魚鉢の中ほどに体を上手《じょうず》に浮かせて、モナの目をまっすぐ見て言いました。

「あのね、『信じてる』ということは『信じていない』ことの裏返しなんだよ。とくに目に見えないもの、まだ起こっていないことには、そうさ」

「だってだって、信じてるということは信じてるということだもの」

モナはむきになって言いました。

「モナにはわからないかもしれないけどさ、ほらたとえばよくテレビなんかでさ、『信じてるからね』って恋人同士が泣きそうになって言ってるだろう。あれはさ、『もしかしたら、ひょっとしたら』って不安になってそれを打ち消したくて言ってるのさ。だから『信じてない、だけど信じていたい』って、結局言ってるようなものなんだよ。本当に信じてるときは、わざわざそんなふうに言ったりしないいんじゃないかな」

モナは急に悲しくなりました。鼻がツーンと痛くなって、涙がぼろぼろ流れてきて、どうしていいのかわからなくなりました。

モナはいつだって誰のことだって信じていたいと思っているのです。それなのに、信じていない自分も確かにあるということなのでしょうか。

「嫌よ。そんなのは嫌」モナは大きな声をあげて泣きました。それくらいモナの心はつらかったのです。

本当のことは見えない、「信じてる」と口にすることは心の底から相手を「信じていないこと」、ギルはそう言いました。モナはいったいこれから何を本当だと考え、何を信じていけばいいのでしょうか。

モナの部屋のドアが開きました。

「おやおや、どうして泣いているんだい？　水の魔女のところへ行くのが怖《こわ》くなったのかい？」

パパもモナのことを気にして落ち着かなかったのです。泣いているモナを見つけて、パパはとても心配そうに言いました。

「行くのをやめてもいいんだよ。出かけるということは不安なものさ。ましてや、こんなに小さいモナひとりでさ」

「違うのパパ。モナはもう小さくないし、行くのが怖いわけでもないの。違うの」

「わかってるよ。わかってるともさ。いつでもやめて帰ってくればいいんだ」

モナの頭をやさしくなでてくれるパパにもたれながら、
(本当はパパの言うとおり、出かけるのが不安で涙がこぼれちゃうのかもしれないな)と思ったのでした。

パパの体は大きくて、とても温《あたた》かでした。

(小さいときにモナを空中高くポーンとほうって、それからよくぎゅっと抱きしめてくれたっけ)

モナは温かな胸の中で考えました。

今、自分が昔みたいに、ただ夢見るだけでよかったらいいのにと思いました。だけど、すぐに、小さいころからずっと夢見ていたことを、今、実現できるときに来ているのだと、誇《ほこ》らしい気持ちにもなるのでした。

けれど、パパにとってモナは、やっぱり幼いときのままなのです。

「モナ? 電話はくれるんだろう? 手紙でもいい。四週間はパパにとって長すぎるよ」

モナだって同じ気持ちです。今まで修学旅行で三日間、パパやママと離れたことがあるきりです。魔女のところには、電話やポストがあるのでしょうか。なんにも連絡がつかないまま、四週間を過ごすことができるのでしょうか。モナもパパもお互いに黙ったままでいました。

いつのまにか部屋に入って来たママが、ふたりの心をわかったように言いました。

「本当に伝えたいという気持ちがあれば、ポストなんてなくてもだいじょうぶ。ちゃんと伝えられるわ。大事なことは、相手のことを思う気持ちなの。伝えたいという心。知りたいという心。心が話をして、心の耳が受けとめるわ。ちゃんと心の耳をすましていればだいじょうぶよ。モナ、どんなことが起こっても心の耳をすませることは忘れないでね」

「ママったらまるで、魔女の世界に行ったことがあるみたい。ねえ、どうしてそんなことわかるの？　そうだ、ギルに聞いたの？」

モナが、ギルのことをママに言ったのはこれが初めてでした。

「ギルって誰だい？」

ちょっと間の抜けた声でパパが聞きました。

パパは偶然に、ちょうど金魚鉢のそばにおいてある、金魚のえさが入った缶を手にしていたところでした。

ギルは自分のことが急に話題《わだい》にのぼったので、それまでモナやパパやママの話を興味深そうに聞いていたのに、くるりと身をひるがえし、またいつもの流木のかげに隠れました。金魚藻《も》についた泡が三つ四つ水の中をあがっていきました。

「ちょっとした知り合いよ。ね、モナ」

ママはいたずらっぽく舌《した》を出しました。ママを見ていて、モナはなんだか不思議な気がしました。

(ママは何か知ってるのかもしれないな。パパみたいに、わたしが実習に行くことをそれほど心配していない気がするし……かえって喜んでいるみたい)

それにしても、いよいよ明日には実習が始まるのだと思うと、モナはベッドに入ってもなかなか寝つけないのでした。

第八章　水の魔女

その晩どうしても寝つけなかったモナは、とうとうベッドから起きあがり、夜の庭に出ました。いちじくが目をさまして、「どうしたの？」というふうに首をかしげてモナを見あげました。

「いちじく、わかってる？　明日、いちじくもいっしょに実習の旅に出るのよ。何が起こるかわからないのよ。だって魔女の実習ですもの。ねえ、ずっと、きっと、いっしょにいてね。もしもはぐれたりしたら帰って来れなくなるかもしれないの。どんなところかまるっきりわからないのだもの。あなたの得意《とくい》の鼻でも無理かもしれない」

いちじくの首に抱きつくようにして話をすると、いちじくはモナの話をしっかりと受けとめているように、フゥーンとやさしくひと声なきました。

暗い暗い晩です。街の明かりはもうとうに消えています。今日は新月《しんげつ》なのでしょうか。どこを見渡しても月は出てはいませんでした。闇《やみ》というものは、それだけでなにか秘密をかくしているような気がするものです。

家の中の大きな柱時計がボーン、ボーンと十二時を告げました。

「大変、もう十二時よ。はやく眠らなきゃ」

あわてて家の中へ戻ろうとしたときです。いちじくの小屋の隣にある水道の蛇口が、突然キーンという高い音をたてました。

「この水道、調子悪いのかな」

モナが水道のほうを振り返って、もう一度いちじくを見たとき、その人はそこにいました。

水色の少し透《す》けた素材のドレスを着て、透けるように白い肌をした少女のような人でした。

(もしかしたら……)

「もしかしたら……あなたが水の魔女なのですか?」

いよいよそのときがやって来たのでしょうか?

その人は、少し恥ずかしそうに、モナを見つめてうなずきました。

(どこからどうやって、ここへ来たのかしら? 出発は明日の明るくなってからだって思

っていたんだけどな。これからどこに行くのかしら？）

聞いてみたいことはたくさんあったけれど、そうすることがなんだかとても失礼な気がして迷いました。

「水道管を通ってきたのよ。本当は昼でもよかったのだけど、魔女らしく夜のほうがいいかなって思ったものだから。それに魔女を信じない人が今は多いから、夜のほうが、めんどうがなくていいの」

水の魔女はモナの気持ちがわかったみたいに、モナの疑問《ぎもん》に答えてくれました。それは水の流れのように、なめらかで可愛《かわい》い声でした。

「さあ、行きましょう。いちじく？　あなたも準備はいいわね」

いちじくが確かににっこり微笑《ほほえ》みました。いったい犬というものはうれしいときに微笑んだりするものなのでしょうか。けれどもいま、確かにいちじくは微笑んでいたとモナは感じました。

突然、まぶしい光がいちじくとモナを包みました。そして気がついたときに、赤や青や紫やもっとたくさんの色のトンネルの中にいました。たくさんの色はしましまになっていました。どちらが上なのか、下なのか、それとも横なのかは、はっきりしないけれど、どうも、体が足のほうへ動いているのだということだけがわかりました。どんどん、どんど

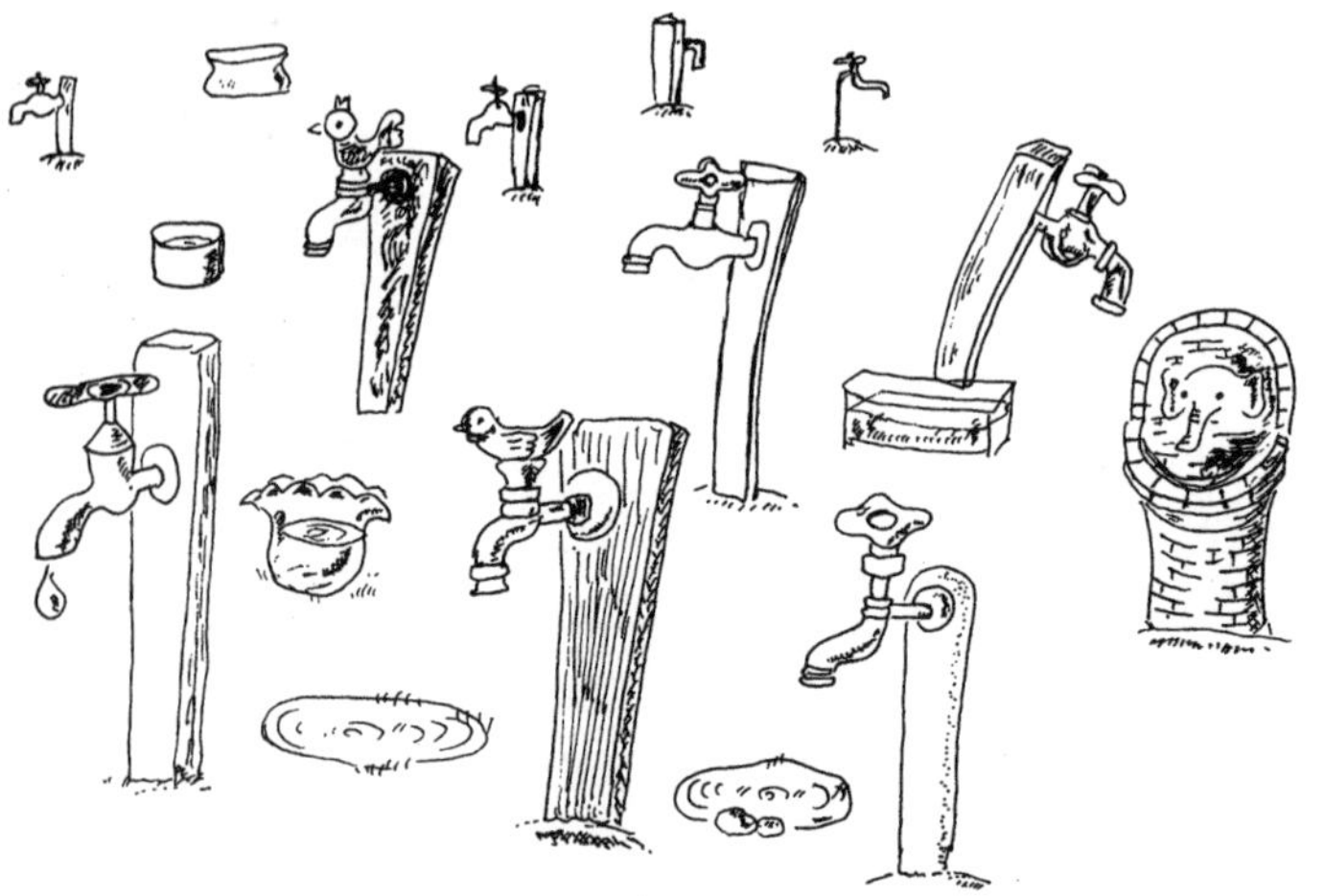

んスピードがあがって、しましまはまざりあって一色になりました。そしてモナは、だんだんと意識が遠のいていくのを感じました。

（いったい、ここはどこ？）

気がつくと、モナはとても不思議な景色《けしき》の中に〝気をつけ〟の姿勢《しせい》のまま横たわっていました。目をあけて、最初に飛び込んで来たのは、驚くほど美しい、藍色《あいいろ》をした空でした。そしてその空の下には、見渡す限り一面に何か奇妙《きみょう》な植物がツクツクと生えていたのです。

「畑？　ううん、畑にしては大きすぎるわ……草原かしら？　それにしても不思議な景色……」

モナの心は、不安よりも、興味の方が先にたっているようでした。立ちあがって植物のそばに行って、モナは思わず声をあげました。

「これ、水道だわ」

植物に見えたのは、ぜんぶさまざまな形をした水道の蛇口《じゃぐち》だったのです。真鍮《しんちゅう》でできた、いかにも古そうなもの、ヨーロッパのお城にでもありそうな、陶器でできているもの、ステンレスのレバーがついているもの……。使われている時代も場所もさまざまなたくさんの蛇口の、ツクツクと生えた景色が、どこまでも続いていたのでした。

「世の中の、すべての水道の蛇口のもう一方の入り口がここにあるのよ。それから川や池や海につながる入り口もみんなここにあるのよ」

振り向くと、水の魔女が立っていました。いつからここにいたのでしょうか。水の魔女はまた、モナの気持ちに気がついているようでした。

第九章　いるけどいない

「ギル？　ギル？」

水の魔女が、ことばの最後をちょっとあげるやさしい言い方で呼びました。

（ギルですって？）

モナはびっくりしました。ここには、いちじくと水の魔女と三人でやって来たはずです。いったいどこにギルがいるというのでしょう。そのとき、ポチャンという耳慣《な》れた水しぶきの音がしました。水道の蛇口の林が果てしなく広がっているばかりと思っていたのに、ふと見ると足下《あしもと》にはいくつもの水たまりや、金魚鉢、水槽が、そこかしこにありました。その中のひとつの見慣れた金魚鉢の中に、金魚のギルがいつもよりもっと赤く尾びれを輝かせて水の魔女を見つめていたのでした。

「ギル……。どうしてそこにいるの？　どうやってここに来たの？」

びっくりしながらも、モナは、ギルと話せるようになってから今まで、ギルの話を聞いて、おかしいなぁと思ったことが何だったのか、はっきりとわかった気がしたのです。

(ギルは魔女のことをよく話していたけれど、いったい、いつ水の魔女に会っていたのだろう。それから私の知らない魔女の世界を、ずっとうちの金魚鉢にいて、どうして知ることができたのかしら?)

だって、ギルはいつだってモナの家の金魚鉢にいたはずなのです。私のいないときに魔女が家に来ていたということなのでしょうか? それともギルが水の魔女に会いに出かけていたのでしょうか? 私のようにちゃんとパパやママに事情《じじょう》を話してから家を出ていれば、家にいないことを不思議には思わないけど、ギルがいないなんてわかったら、みんなはきっと大騒ぎするはずです。ギルは、猫にとられちゃったか、金魚鉢の外へ飛び出したかしたに違いないと思うでしょう。それできっともう死んでしまったのかもしれないとママは悲しむでしょう。そんなことになったら、金魚のいない金魚鉢なんて必要ないから、金魚鉢を片づけられてしまうかもしれません、そうしたらもうギルの帰るところなんてどこにもなくなってしまうのです。

「ギル、ここに来ている間に、お部屋の金魚鉢がなくなってしまったらどうするの?」

水の魔女を見つめていたギルは、あきれたようにモナを見あげました。

「モナって本当になんにも知らないいんだから、困っちゃうよね。僕はね、ここにいるけど、ここにはいないんだよ」

「どういうこと？」

「僕はいつだって、ずっと金魚鉢にいただろう？　今だってそうさ」

「だって……」

「だって、ここにいるじゃない……ってモナは言いたいんだよね。違うんだ。僕はここにいるけどいないんだよ」

モナはすべてのことが夢で、今も夢の中にいるのかなと思いました。

今日の夜からのことが夢なのかしら、それともギルとお話ししたことや、貝殻の証明書をもらったことや、もしかしたら、カガミくんとあんなふうに仲良くモナの将来について話をしたこともみんな夢だったのかしら。……モナは肩を落としました。そのとき水の魔女が言いました。

「いいえ、モナ。これは夢ではありません。あなたは確かにここにいるのですよ。おうちではなく、私と、いちじくと、

そしてギルといっしょにここにいるのよ」

ギルは、モナが何がなんだかわからなくなって困っているのを、おもしろがっているようでした。

「モナは違うルートでここに来たからね。ちょっと違うかもしれないけれど、モナだって、ベッドの中にいながら、アメリカにだって、パリにだって、宇宙にだって、出かけているような気持ちになれるだろう。心って、そんなふうに自由なものさ。でもね、それとは別に、本当は気持ちってどこかでみんなつながってるんだよ」

「僕たちはここで。モナはモナのところで。それで僕たちはただ自分たちが勝手にいろいろなことを考えたり、行動したりしてると思い込んでいるけれど、でもそれは違うんだ……僕たちの気持ちなんて、たったひとりの閉じられた心の中になんていやしないんだよ……人間はそんなことにも気がついていないのさ。だいたいね……」

「ギル？　そろそろおしゃべりはやめにしましょう。モナがとまどっているわ。ギルは今ここに来たばかりのモナに、全《ぜん》なる秘密をもうわかってもらうつもりなの？」

水の魔女が、ギルのおしゃべりをさえぎりました。モナの頭の中はとっくにグチャグチャになっていました。ここにいるけどいないってどういうこと？　気持ちがつながっているってなあに？　それで自由なの？　全なる秘密って…？

（自分はギルの言うとおり何も知らないのだ……ギルも水の魔女も、たくさんの生きものもみんなが知っていることを何も知らないのだ……）

知らないということがモナをいっそう不安にさせました。（四週間頑張《がんば》ろう！）と胸一杯にふくらんでいた気持ちが、空気が抜けるようにしぼんでいくのが自分でもよくわかりました。

はじめて見るまわりの世界、はじめて知るたくさんのこと……今モナが足を踏み入れようとしている世界が束《たば》になって、黒い大きな固まりのようにモナの心を覆《おお》い尽くそうとしているような錯覚《さっかく》におそわれて、めまいがするようでした。来たばかりなのにどうしたらいいかわからない……。

へなへなと倒れこんでしまったモナの手を、クゥーンとなきながらいちじくがそっとなめてくれました。

「いちじく……」モナの心の中に温かい空気が流れ込んできました。

「いちじくがそばにいてくれる」今のモナにとって、いちじくは、灰色の絵の中に一輪描かれた、やさしいピンクの花のような存在でした。

風の音のようでした。水の静かな流れのようでした。穏《おだ》やかで温かな声が確かに聞こえてきたのです。

「だ・い・じ・ょ・う・ぶ・だ・よ」

それは確かにいちじくの声でした。

「いちじく……聞こえたよ。わかったよ。私、いちじくの声が聞こえた」

うれしくてうれしくていちじくの首にしがみつきました。モナの目からは、たくさんの涙が、あとからあとからあふれてきました。

「私、いちじくのこと、すごく必要だって思ったの。大切って思った。いちじくに話を聞いてもらいたかった……いちじくの声が聞きたかった」

「僕はいつもモナに話しかけていたんだよ。でもモナが心の耳をすましてくれなかったんだ。そのときちょっとさびしかった。だから今、僕もすごくうれしい」

いちじくも泣きました。モナはもっと泣きました。

「うれしくても悲しくても涙を流せるのは、魔女としてのいい素質《そしつ》なのよ」

水の魔女はモナのことを応援してくれているようでした。

第十章　蛇口の道

水の魔女とモナといちじくと、そしてモナに抱《だ》かれた金魚鉢入りのギルは、果てしなく続く水道の蛇口《じゃぐち》の原っぱを、魔女の家に向かってずっと歩き続けていました。

蛇口のたくさん生えている景色は、どれだけ見ても、つくづく不思議な世界でした。モナの家でも使っているようなありきたりの蛇口、少し前に使われていたような、鍵がついている蛇口……古い銅さびで緑色になった竜の頭の蛇口は、もしかしたら古いお城のお姫様のお庭につながっているのかもしれません。どれもが、どこかの家の蛇口につながっているのだということがこの世界の空気の緊張した感じを作っているのでしょうか？

モナははっとしました。ギルの言った言葉がぼんやりと形を作って、モナの心におりてきたようでした。

『僕たちの気持ちなんて、たったひとりの閉じられた心の中になんていやしないんだよ』

水はどこの家からも勝手に流れている……もちろん川や下水道を通って……けれどもうひとつの入り口、もうひとつの通り道が水にはあるのです。そしてそれはこの世界につながっているのです。だったら、たくさんの水を支配しているのが、やさしくて少女のように見える目の前のこの水の魔女なのでしょうか？　水の魔女が急にとてつもなく恐《おそ》ろしい魔物のように思えて、モナは足を止めてしまいました。

「どうしたのさ、モナ。もう疲《つか》れちゃったの？」

金魚鉢がチャポンと音をたてました。

水の魔女がにっこり笑ってモナを振り返りました。

「モナ、誰も支配などしていないの。入り口はつながっている。でも誰かひとりが支配をするということは間違っているし、そんなことはけっしてないのよ。ここにある一滴の水は、たったひとつのこの蛇口から出た水でしかないわ。けれど、それが無数に集まって、この世界を作り出しているの。たくさんの大きな流れを作っているのは、このひとつの蛇口の水なのよ。流れはたくさんの水の集まりなの。だんだんとわかっていくわ。急がないでね」

よかった……誰かが誰かの気持ちをあやつっていて、それが私がずっとなりたかった魔女だとしたら、そんなに悲しいことはないわ……ほっとしたそのときにツーンと嫌なにおいが、鼻をつきました。

そこは原っぱの地面が黒く変色し、ヌルヌルとしていました。

「毒ガスが漏《も》れているみたいなにおい」

モナにはそれが、人間が汚した川や海や工場の廃液《はいえき》からくるにおいなのだろうと想像がつきました。

「まったく、地球には僕たちだって住んでるのにさ。人間なんて他の動物や植物になんの相談もせずに、自分たちで地球をどういうふうに変えてもいいと思い込んでいるんだ。僕たち動物は、川や海を変える方法を持っていないわけじゃないんだ。できないんじゃなくて、しないだけだよ。結局は自分たちで自分たちを苦しめる……そんなばかなことをするのは人間だけさ」

(私は、直接川を汚してはいないと思ってきたけれど、本当はどうだかわからない……それに動物たちがそんなこと考えていたなんて考えたこともなかった)

モナは、ここにたったひとりいる人間として恥ずかしい気持ちになりました。

消えてしまいたいくらいの気持ちになったとき、モナは今までいつもそうしてきたようにいちじくを見ました。

「モナ、ここに来たから気がつけたんだもの。よかったね」

いちじくは小さいときからどんなときもモナに元気をくれました。転《ころ》んだときも迷子になったときも、いちじくがいてくれただけで元気が出ました。そんなとき、いちじくは何も言葉では言わなかったけれど、今と同じようにやさしい気持ちでモナを見あげてくれま

した。いちじくといて元気になれる理由はきっとそこにあったのです。

いっしょにいてやさしい気持ちになれるのは、それは相手が自分を大好きで、大切に思っていてくれるからなんだ……それはもしかしたら「いっしょにいるだけで元気になる」という魔法のひとつなのかもしれません。

嫌なにおいが少し薄くなってほっとした矢先、今度は冷気《れいき》がモナたちを襲《おそ》いました。この冷たい空気は寒い地方からきているのでしょうか？　このあたりの蛇口はどれもカクカクと角張《かくば》っていました。

「水を出してみましょうか」

水の魔女が蛇口を少しだけひねって水を出すと、驚いたことにそこからは角張ったしずくの水が出てきたのです。

「人間って不思議なことを考えるのよ。せっかく森の木々や葉や空気がきれいにしたおいしい水を、人間は、飲めないくらい汚して、ひどいにおいにしてしまう。それを今度は飲むために、薬品で消毒して、においも消毒臭さで消してから飲んでいるの。でもね、けっして汚す前の水に戻ることはないのよ。固くってまずくて、薬くさい水になるだけなの。それを都会の人たちは飲んでいるの。本当に不思議なこと。森からもらった水は温かくてまあるい感じがするけれど、都会の作られた水は冷たい感じしかしないのよ。そんな水はに変わっているのよ。本当に人間の心を育てる栄養素が抜け出てしまって、毒素《どくそ》を出すように変わっているのよ。本当に人間って不思議……」考え込むように水の魔女が言いました。

「動物も植物も、たくさんの水と空気がないと生きていけないでしょう？　それは人間だって同じこと。水や空気が固くなると、その毒素でいつのまにか、体や心までもが変えられてしまうの……その人間たちが戦争を起こしたり、つらく、悲しく、そして苦しい場面をつくっていく……こんな簡単なお話、人間たちがわからないはずないの。気がついているのに、気づかないふりをしているのかしら？」

モナの心をこれまですぐにわかってくれた水の魔女が、不思議なことに『人間の心ってわからないわ』と言いました。

モナもただため息をつくしかありませんでした。モナは魔女になりたいけれど、それでも人間であることには変わりありませんでした。水の魔女は『人間が悪い』なんて一言も言いませんでした。ただ『人間って不思議、わからない』と言っただけです。水の魔女の心の中には、人間に対する悲しみがいっぱいあふれている……それでも人間を責めないのは、水の魔女が人間を憎んではいないからなのだ……。自分がその人間のひとりだということが、今、モナをとても悲しい気持ちにさせたのでした。

第十一章　黒いもの

モナたちはずっとずっと歩き続けていました。夜が来て、朝が来て、また夜が来ました。おなかがすくと、水の魔女が、羊の腸《ちょう》の袋に入った飲み物をくれました。不思議なことに、それを飲むと、また元気になって歩き続けることができました。

そうこうしているうちに、一週間のうちの何日かが過ぎてしまいました。

途中、険《けわ》しい岩山のそばを通り、川の横を通りました。そこには、水の魔女よりも、少し年上の、透《す》き通った美しい洋服に身を包んだ、髪の短い女の人が石の上に腰かけていました。

「こんにちは。モナでしょう？　川の番人です。よろしくね」

番人はモナの心を見すかすような大きい目でモナを見つめました。

「モナです。魔女の実習中です。よろしくお願いします」

「まぁ実習中？　おもしろいこと。川の流れ具合《ぐあい》は良好……」

川の番人はモナにこたえながらも、また視線を川へ戻しました。どうやら番人はいつも川の流れを見守るのが仕事のようでした。

モナは、歩きながら、川についてずっと考えていたことがあったのです。それで思わずこう質問したのでした。

「この川の流れはいったい何でできているのでしょう？　そしてどこへそそぎ込んでいるのでしょう」

「モナ、あなたの知っている川と、ここを流れている川はいつも同じ。どの水も川へ流れ、どの川も海へと流れて行くのよ。水は川を作り、川は海を作っていく」

これがもし前のモナだったら、こんなに当たり前でわかりきった答えに、大切な意味が隠されていることなど気がつきもしなかったでしょう。でも今のモナは違います。どんなことにも大きな意味があるということをモナは知っていました。ひとつひとつがどんなに小さなものでも、そのひとつひとつが集まって大きな流れを作っている。そのことはもうひとつの考えと重なりました。

「パパが教えてくれたのです。ふたつ道があって、そのどちらかを選ぶとき、昨日の私が違うひとつを選んでいたら、今日の私は違う私になっていたって……それがどんなに小さなことだって、今日の私は違う私になっていたって……。もしあの川の水のどれか一滴でもそこになかったら、この川は目の前に流れている川とは違う川になるのでしょうか？

たった一滴の水でも、それがなければ違っているのですか？　違った川になり、違った海になってしまうのですか？」

　モナがそう言うと、川の番人も水の魔女もとてもうれしそうでした。

「モナ、あなたはきっといい魔女になれるわ。だって、もうそんなにむずかしい魔法の秘密に気がついているのですもの」

　川の番人と別れてしばらくすると、断崖絶壁《だんがいぜっぺき》の山がそそりたっているところに出ました。そしてそこは、待《ま》ち望《のぞ》んでいた海でした。

　そそりたつ岩のすぐわきは、小さい真っ黒な小石でできた砂浜が続いていました。波が小石の浜から海へひいていくとき、あちこちの無数の石のあいだを海の水が通る音だけが、夜の海の中で響いていました。月の光に黒い小石のひとつひとつが、トパーズのように美しく光っていました。潮風のにおいとその波の音がモナの心を満たしました。サクサクサクサクと石の上を歩いていると、もうそこでは言葉はいらないような気がしました。横を見るといちじくもまたモナを見つめてくれていました。

「私の家は海の向こうの島の上にあります。私はそこで待っています。私の家へは、モナといちじくとギルの三人で来てほしいのです」

　そう言ったとたん、水の魔女の姿は闇の海のかなたへ消えてしまいました。それはあっという間でした。残された三人は、頼りの水の魔女がいない今、すべてのことを三人で決めていかなければならないのでした。

「僕、海の中に入るのは嫌だな。僕はここにいて、ここにいないけれど、海の中に入ると、海の水が僕の息を止めてしまいそうな気がするよ」

ギルはなさけない声をあげました。

「『海の向こうの家で待っている』と水の魔女が確かにそう言ったんだから、僕たちはなんとかして、そこへ行かなければいけないよ。きっと行く方法があるから待っていると言ったに違いないよ」

いちじくのことばにモナもうなずきました。私たちに必要だから、私たちの前に海があり、その向こうに水の魔女の家があるのだとモナは感じていたのでした。

「きゃあー」海に一歩足を踏み入れたとたんに、モナは悲鳴《ひめい》をあげました。光を失って真っ黒に見えるのだと思い込んでいた海の水の中に、気持ちの悪い黒い生きものが、ヌルヌルと身体をうね

らせながら何万匹、いえ何十万匹とうごめいていたのです。

「怖い……怖くて、こんなところへ、とても入ってなんていけないわ」

「なんてみにくいんだろう。本当に、このみにくさったらどうだろう。僕に近づかないでくれよ。僕の赤いうろこが腐《くさ》ってしまうじゃないか」

「ねぇ、それになんだか妙なにおいがするよ。すごく変なにおいだな」クンクンと鼻を動かしていたいちじくも、表情をゆがめながら言いました。

そのときです。黒い生きものが口々にキーキー声で何か言いだしました。何十万匹ものキーキー声はこの世のものとは思えないぶきみな叫びのようでした。三人は思わず耳をおさえて、波打ち際《ぎわ》に座り込んでしまいました。

あんなに静かだった海が、こんなにたくさんのキーキー言うものを隠していたなんて、三人は思いもしなかったのでした。

「やめて！　やめて！　黙ってちょうだい」

「やめろよ、頭がどうにかなってしまう」

けれど、いちじくだけは静かに黒い生きものを見つめて、それからやさしく口を開きました。

「黒い君たち。君たちはなんという名前なの？　君たちは何を話しているの？　……みんながいっぺんに話すと、僕たち、君たちが何を言っているのかわからないよ」

いちじくの声に、あたりはまた黒いものを隠していたころの静けさをとり戻しました。

黒いもののキーキーとした声がシューシューとした低い声に変わりました。

「聞こうとしないものには聞こえない」

ひとりの黒いものが言いました。

「黒があるから白いということがわかるのだ」

もうひとりの黒いものが言いました。

「光があれば、影が生まれる」

「闇があるから光があるのだ」

次の黒いものが言いました。

「われらは水の魔女の宝」

「本当のことは目には見えない……」

たくさんの謎のような言葉が、ひとつひとつゆっくりと黒い生きものたちからつむぎ出されました。

ひとつひとつの言葉をかみしめて、心の中で繰り返しているモナに、ギルが忠告《ちゅうこく》しました。

「モナ、だまされちゃいけないよ。こんなにみにくくヌルヌルしたものが、あの美しい水の魔女の宝であるはずがないよ。あの水の魔女に、こんなに汚くてみにくいものは似合《にあ》わないよ。うまいことといって、僕たちを食べてしまうつもりに違いないいんだからね」

モナはわからなくなりました。確かに目の前の黒いものたちは気味悪《きみわる》く恐ろしく見えました。けれど、水の魔女が黒いものに囲まれて、海の向こうに住んでいることに何か意味はないのでしょうか？　もしここを進むことができなければ、水の魔女の家へ行き着くことはできないかもしれません。そうすれば、モナの実習もモナの夢も、ここでとぎれてしまうかもしれないのです。

「僕はモナの決めたことに従うよ。僕はモナの言うとおりにすると決めたから」

いちじくが言いました。そうです。モナは自分で決めなければなりません。いちじくだって「モナの言うとおりにする」ということを自分ではっきりと決めたのです。

パパとママが言っていた……『大事なことは自分で決めることなんだよ』って……だから今、モナは自分で決めなければなりません。

パパとママの住む家を出て、まだ幾日《いくにち》もたっていないのに、モナはもう何年も何年もふたりに会っていないような気がしました。

（ねぇパパ。ねぇママ。私、自分で決めたいの。でもどうしたらいいのかわからない……）

泣きそうになって空を見あげたときに、星のひとつがまたたいてそれがママの声のように思えました。

「モナ、心の耳をすますのよ」

となりの星がきらりと光りました。それはパパの声のようでした。

「モナ、心の目をあけてよく見るんだ」

モナにはその声が確かにモナに向かって空から降りてきたように感じました。

第十二章　本当のこと

モナは目を閉じました。

「私の心の目、見つめてちょうだい。私の心の耳、聞いてちょうだい。黒いものたちの気持ち、そして本当のこと……」

モナは祈るような気持ちで自分の心の中へと気持ちを集中させました。

そのとたん、心の中によみがえってきたのは、最初に黒いものたちに出会ったとき『怖い』『みにくい』『変なにおいがする』とモナたちが言ったのを聞いたときの、黒いものたちの悲鳴《ひめい》にも似た声でした。

「悲しい声だった……。つらそうな声だった……。黒いものたちは私たちにあんなにひどいことを言われて、悲しがっていたんだわ。泣いていたんだわ」

黒いものたちの悲しい気持ちが、モナの心をチクチクと刺《さ》しました。

「私はいつだって自分のことしか考えていないのよ。黒いものたちの苦しみにも悲しみにも、少しも気がつかなかった……。私は前へ進みます」

モナの言葉にギルは驚き、いちじくはうなずきました。

そのときです。強い風が起こりました。川が波打ち、岩を砕《くだ》きながら海へそそぎこもうとしています。そこへ川の番人が青い顔をいっそう青くしてかけてきました。何か言っているようだけれど、その声は風と川の音に消されて届きませんでした。

川からは、強い風と荒れ狂う波に、似つかわしくない甘いにおいがただよってきました。そのにおいは、川を流れている色とりどりの美しい固まりから香《かお》ってくるようでした。

「あぁ、いいにおい。それに、なんて美しいのだろう。いったいあれは何？」

本当にその美しさといったらありません。黒いものを間近にして、その美しさはいっそう光輝くようでした。美しいものは、川から海へと流れ込んで来ました。ギルの言葉に三人が吸いよせられるように、河口をのぞきこみました。そのとき、驚くような光景がそこにはありました。

黒いものたちが、おそろしい顔で、美しいものをとりまき、おそっていました。黒いものたちは美しいものに噛《か》みつき、そしてそれを食らっていたのです。

「なんて恐ろしいことをするんだ。おまえたち、やっと正体《しょうたい》をあらわしたな！　モナ、わかっただろう」

ギルは恐ろしそうに、金魚鉢の底にもぐっていきました。いちじくは悲しそうにワンと一声吠《ほ》え、その光景を見つめていました。もう来た道を戻るしかないと、いちじくも考えたようでした。

けれどモナの頭の中からは、黒いものたちの、あの悲しそうな声が消えませんでした。大きく深呼吸《しんこきゅう》をして、モナは決意したように言いました。

「私は海へ進みます」

「ええ？　モナ、どうかしてしまったんじゃないのか。見ただろう。ほら、モナ、ちゃんと目をあけて見ろよ。あの美しいものとおんなじように、僕たちもすぐに食べられてしまうのがわからないの？」

ギルはすっかりあきれたようでした。でもモナは進むことを決めていました。

「小さいときからどんなときもいっしょだった。どんなときも……」

いちじくもまたモナの後をついて行こうという気持ちは変わっていないようでした。

「わかったよ。僕の体はここにはないけど、モナたちはここに体があるというのに、どうして無茶をするんだろう。ここで食べられたら君たちはもう家へ帰れないんだよ……でも止められないんだよね、ふたりが決めたことだから。どうなってもふたりが決めたことなんだものね。……僕も行くよ」

ギルを抱いてモナは海の中へ静かに入って行きました。続いていちじくも入って行きました。

黒いものは三人をおそったりはしませんでした。それどころか、三人を受け入れるようにしながらも、三人の体に黒いものが触れることがないように、三人の姿に合わせて体の形を変えているのがわかりました。けれど、戦いの最中《さいちゅう》にある黒いものに近づこうとしたときに、黒いものがそれを引き留めるように三人の前に立ちはだかりました。

「そっちへ行ってはだめ！」

海岸を振り返ると、それは川の番人の声でした。川の番人の美しかった服は裂《さ》け、ところどころがこげてぼろぼろになっていました。

「美しいものの、きれいな姿は仮《かり》の姿です。それにだまされてはいけません。それは恐ろしい酸《さん》を出します。その美しいものが流れたあと、川は見るかげもないほどでした。私にも止められませんでした。水の魔女の家とあなたたちが心配で、後を追ってきたのです」

モナの心が温かくこみあげるものでいっぱいになりました。黒いものを抱こうとすると、黒いものが言いました。

「僕たちは酸を食べているから、あなたを傷つけてしまうかもしれない……川の汚れを食べているから、あなたを汚してしまうかもしれない」

黒いものが三人の体にさわらないようにしていたのは、そういう理由があったのでした。

「いいえ、だいじょうぶ。あなたたちはとても美しいわ」

モナは両手をせいいっぱい広げて、黒いものを抱きしめました。

「黒っこちゃん。ありがとう。黒っこちゃんたちは海を守っていたのね。そして私たちを守ってくれたのね……」

モナの言葉が終わるか終わらないうちに、黒いものたちの様子《ようす》が変わりました。

黒いものたちのどろどろした体が、美しい黒い光沢《こうたく》をもった、やわらかくやさしいものに変わっていったのです。モナを中心にその変化はどんどん外側へ外側へと続いていきました。やがて、たくさんの黒い物全体が美しく輝き、広い海は黒い宝石で覆《おお》われたように美しく輝きました。

「ありがとうございます。『黒っこ』それがわれわれの名前なのですね。今まで誰ひとりとして私たちを、名前では呼んでくれませんでした。ただ水の魔女だけが、『ちょうどいいときに女の子がやって来て、あなたたちに素敵な名前をくれるでしょう。だから私が名前をつけることはしません。それがあなたたちにとっても、その女の子にとっても、とても大切なことなのです。いいですか。それが、ちょうどいいときであり、ちょうどいいことなのです』と言いました。私たちは今日というこの日が来るのをもう何百年と待っていたのです。私たちは名前をもらって、初めて自分というものを持てた気がします」

「え!?　何百年も?」

「そうです。何百年も……」

モナたちは、「黒っこ」という名前を持ったものたちが前に言ったことの意味がようやくわかりました。

『聞こうとしないものには聞こえない』『本当のことは目に見えない』『われらは水の魔女の宝』『黒があるから白がある』……。

海の先を見ると、そこには美しい白いお城が建っていました。ついさっきまでも黒いどろどろした海があったからこそ、そのお城は、なおいっそう白く、美しく見えるのでした。

水の魔女がやさしい笑顔で三人を出迎えてくれました。

「どうもありがとう。私の宝物たちを愛してくださって、そして素敵な名前をつけてくれてありがとう」

「あなたたちを海岸においていってごめんなさいね。けれど私は私のやり方でしか海を渡れなかったし、あなたたちはあなたたちのやり方でしか、海を渡れなかったのです。そして、そのことがとても必要なことだったのです」

「ひとつ教えて欲しいことがあるのです」

モナは水の魔女にたずねました。

「黒っこちゃんたちは、このお城を守るためにそこにいるのですか？」

「そうとも言えるし、そうでないとも言えます。モナ、あなたはいちじくといると、とてもうれしくなるのでしょう？　いちじくは、モナをよろこばせるためにモナといっしょにいるのですか？」

「僕はモナといたいからいっしょにいます」

いちじくが胸を張って言いました。

「そうです。うれしくなれるというのは結果のひとつなのです」

モナには、黒っこたちがいる理由が少しわかった気がしました。

「黒っこちゃんたちは川から来るものを食べて生きている。食べていくことで生きていける。それが結果としてお城を守ることになっているということなのでしょうか？」

「それもまた結果のひとつです。ただ言えること。このお城は黒っこを含めて、まるごとみんなで私の城、私の家なのです。黒っこが欠ければ、このお城は完全ではなくなってしまいます。それから私が欠ければ、この海はこの海ではなくなってしまうのです」

モナは自分が、またこの大きな世界の大切な一部になっているということを知ることができたと思いました。

「モナ、海の実習はいったんこれでおしまいです。あなたは、いずれまたここへ戻ってくることになるでしょう。けれど、その機会はまた後にゆずりましょう。さあ、次は鏡の魔女のところへ行かなくてはなりません。このお城の中にも、鏡の魔女の国へとつながっている出入り口があるのです。さぁ次へ」

モナは水の魔女が好きでたまらなくなっていたので、別れるのがつらくなっていました。けれど、今ここで別れるということが、きっと次の新しい素敵な出来事と会うためにとても必要なことに違いないということもわかっていたのでした。

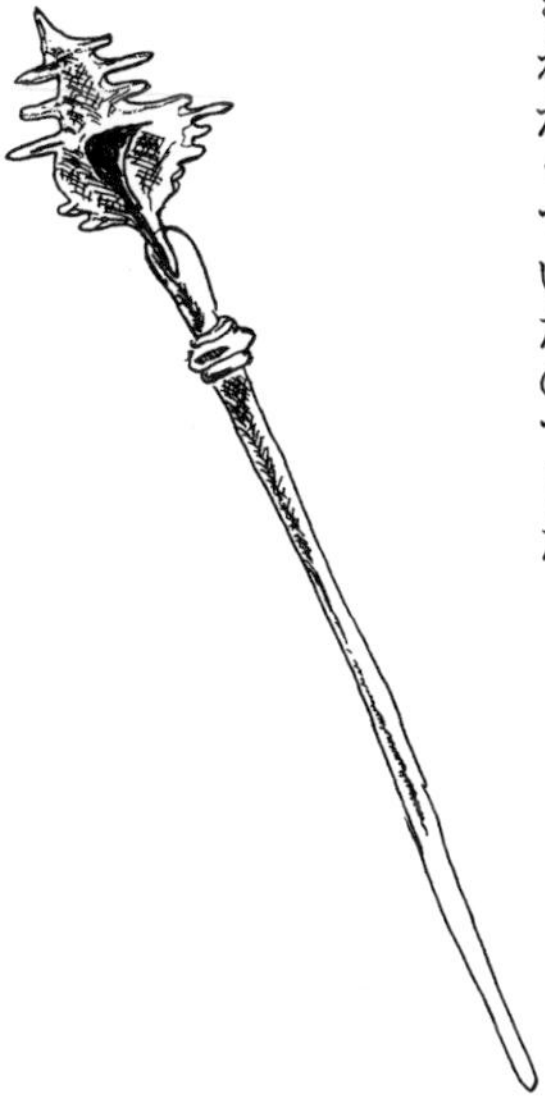

第十三章　鏡の国へ

モナたちは水の魔女にうながされるまま、水の魔女の部屋にある大きな鏡の前に来ました。水の魔女がモナにやさしく、けれどきっぱりと言いました。

「モナ、いったんここでお別れです。モナならだいじょうぶ、きっとうまくやれることでしょう」

モナは水の魔女の言葉を聞いて、うれしくなりました。『きっとだいじょうぶ』というのは、小さい頃から困ったときや不安なときにいつもとなえていたモナの大事な言葉だったのです。

「モナ、手を出して。この指輪は、黒っこたちに名前をくれたあなたへのお礼です。これからあなたが魔女への道を進む手助けとなってくれるでしょう」

水の魔女が、どこまでも深い、海を思わせる石のついた指輪をモナにはめてくれました。指輪はモナのために作られたようにぴったりとはまり、モナの指でさらに美しく輝きました。

「モナ、私たちの世界の入り口が水道の蛇口だったように、鏡の魔女への入り口はこの鏡なの」

水の魔女の言葉が終わらないうちに、あたりが真っ暗になりました。身体がふんわりと浮いたような気がしました。「ごきげんよう……。また会いましょう……」

水の魔女の声だけが、だんだんと遠くになりながらモナの耳の中へ届いていました。気がつくとモナたちは闇の中を走る電車に乗っていました。窓の外にはいくつもの光が次から次へと現れ、流れるように後へ後へと去っていきました。まるで電車が光の輪の中を進んでいるようでした。

光の輪が少なくなり、そして暗くなりました。それからもうどれだけ走ったことでしょう。暗闇というものは、「まわりには何もない」「たったひとりきり」という気持ちにさせる魔力がひそんでいるのかもしれません。目の前に真っ黒な大きな壁《かべ》が突然立ちはだかっているように感じたり、恐ろしい魔物が息をひそめて、近くに潜《ひそ》んでいるかもしれないと怖くなったりもするのでした。

電車の中にいるはずなのに、足下をひんやりした空気が流れていきました。身体がガタガタふるえて、鉛《なまり》のような不安で、押しつぶされそうです。そばにいるのかいないのか、はっきりしないギルはもとより、そばにいるはずのいちじくの気配《けはい》も消えてしまったように感じられました。

これ以上、この恐ろしさに耐《た》えられないとモナは思い始めていました。すぐにでもパパとママの待つ家に帰りたい……もともと私には魔女なんて無理だったんだわ。モナの胸は今にもはりさけそうでした。

「タスケテ……」声にならない声でモナが叫びました。

すると、どうでしょう。突然モナの手をにぎるものがありました。なつかしい、温かな手でした。それはモナに危害《きがい》を加えるような怖いものではけっしてないということが、なぜだかモナにはわかりました。そのたったひとつの手のぬくもりだけが、暗闇の中の確かなものでした。それだけが今のモナの心の寄りどころなのでした。

モナの心の中に、手から伝わってくる温かなものが広がりはじめました。

「私はだいじょうぶ……きっとだいじょうぶ」水の魔女が言ってくれた言葉がまたよみがえってきました。「私はだいじょうぶ」その言葉は、モナの心の中で確信《かくしん》にかわりました。さびしくて怖くて、真っ黒だった心が、はしっこの方から、少しずつ水色に、それからピンクへと染まっていっている様子がモナの頭の中に浮かびあがりました。

いったいどれくらいの時間が流れたのでしょう。遠くの方に、はじめて小さな小さな四角い光が見え、それがだんだん大きくなってきました。四角い穴の光は、暗闇の中で、その光の端を、四方へとうすいカーテンのように広げていました。その手の人が言いました。

「あれが光……」

「昼間の日差しの中では明るすぎて、光があるということすら忘れてしまうし、光がどんなものかと考えることさえしないのに……暗闇の中では、あのように小さな光でも、確かに〝ある〟ということを我々に教えてくれるのだ」

モナは、手の人の少し古くさい言いまわしを聞きながら、生まれたときから当たり前のように近くにあった光のことを考えました。それから手の人のことも考えました。この手の人の温かさ、なつかしさはいったいどこから来るのでしょう。パパの手でしょうか？ ママの手でしょうか？ そのどちらでもないとモナは思ったけれど、それが誰の手かということは少しもわかりませんでした。

第十四章　みんなおたがいさま

光の穴がどんどんと大きくなって、あたりの様子《ようす》が見えてきました。いちじくもギルもモナのそばにちゃんといてくれました。モナの手をにぎってくれていたのは誰なのでしょう。

そっと首を横に動かして、手の人を見て、モナは思わず息を飲みました。なぜって手の人の顔には、目と、そして耳がなかったのです。

「モナ、驚いているね。そう、僕はね、見ることも、聞くこともできないんだ」

モナはどう返事をしたらいいのかわかりませんでした。だって、聞けないのなら、どうやってモナの気持ちを伝えたらいいのでしょう。見えないのなら、身振りや手ぶりを使っても、紙に書いても、伝えることなんてできないのです。

手の人は暗闇でモナを助けてくれました。今も、手の人がそばにいるから、モナは心細くないのです。モナがどうして、手の人をなつかしく思うのか、手の人は知っているのでしょうか？　モナはどうしても、お礼を言いたかったし、それからたずねたいこともいっぱいありました。でも、その気持ちを伝える手段がわからないのです。もうひとつモナが思ったことがありました。それは、もうすぐ明るい光のもとへ出ようとしている今も、こんなにやさしい手の人は、ついさっきまでモナたちがいた、真っ暗で音のない世界にいるままなのだということでした。

伝えられないということは、なんともどかしいものでしょう。手の人のすぐ前にいるのに、手の人と心を通《かよ》わせる手段が少しもわからない……そう思ったとたん、胸にあついものが次から次へとこみあげて来ました。そしてとうとう涙をこらえることができずに泣き出してしまいました。

手の人が、モナをのぞき込むようにして言いました。

「本当に伝えたいと願えば、伝えられる。モナ、君の魂《たましい》が伝えてくれるのだ」

手の人は前にいちじくが言ったのと同じことを言いました。『本当に伝えたいと願えば、伝えられる。本当に気持ちを知りたいと願えば、知ることができる』

いちじくがモナを見てにっこりと笑いました。手の人が言いました。

「僕はひとりでは見えないし、聞けない……でも君が見たり聞いたりしたことを、僕に伝えようと思えば、僕は、モナの見たことを見るし、聞いたことを聞くことができる。僕は、今はモナというアンテナがあるからこそ、君を通して、世界を知ることができるのだよ。さっきの君は助けを求めていた。誰かに自分の心を伝えたかったんだよ。だから僕はモナの心につながることができた。けれども、アンテナを失えば、僕は暗闇の中で震《ふる》えていたモナと同じように、外の世界から離れたところにたったひとりきりでいるようなものなんだ」

モナの（助けて）の声で、来てくれたと思った手の人が、モナがいることで、外の世界を知ることができると言うのです。モナはそのことがとてもとても不思議な気がしました。

ここへ来る前にママが、「いい詩を見つけたわ」と騒いでいたことを思い出しました。「えっと……いのちは……いのちは……」モナが一所懸命思い出そうとしていると、ギルが、全部を覚えていて、大きな声で朗読《ろうどく》し出しました。

生命《いのち》は　　吉野　弘

生命は
自分自身だけでは完結できないように
つくられているらしい

花も
めしべとおしべが揃っているだけでは
不十分で
虫や風が訪れて
めしべやおしべを仲立ちする
生命は
その中に欠如を抱き
それを他者から満たしてもらうのだ
世界は多分
他者の総和
しかし
互いに
欠如を満たすなどとは
知りもせず
知らされもせず
ばらまかれている者同士

無関心でいられる間柄
ときに
うとましく思うことさえも許されている間柄
そのように
世界がゆるやかに構成されているのは
なぜ？
花が咲いている
すぐ近くまで
虻（アブ）の姿をした他者が
光をまとって飛んでくる
私もあるときは
誰かのための虻だったろう
あなたも　あるとき
私のための風だったかもしれない

（詩集「北入曽」青土社）

参考　福島　智「渡辺荘の宇宙人」素朴社

「そのとおり」

ギルの朗読に手の人が深くうなずきました。

「私も誰かの虻《あぶ》だったの？　それから風だったの？　あなたもそう？」

モナは深く息を吸い込みながら、心がとても満たされているのを感じていました。

ママの口ぐせの「みんなおたがいさま」という言葉の意味が、モナにも今、実感として感じられたのでした。

第十五章　鏡の部屋

光の中を進んでいくと、前方にひときわまばゆい光が見えました。手の人がモナの手をしっかりにぎりながら教えてくれました。

「モナが見ているのが、鏡の魔女の家だよ。君はあそこへ行くんだ」

モナの見るもの、聞くものは、どうやらモナの手から、手の人の心へと伝わっているようでした。

「鏡の魔女？」

「そうだよ。水の魔女と仲良しなんだ……」

「ねぇ、その人……いい魔女？」

暗闇の中を通ってきてモナは、少し怖がりになっているのでしょうか？　手の人は笑い、ギルも笑いました。

「当たり前じゃないか。モナはそこで実習をするのだもの」

みんなの笑いの中で、モナの緊張はまるでやわらかな光の中の笑顔のようにほぐれていきました。

　鏡の魔女の家のまわりは、オーロラのように光が線となり波になって、見たことがないほどの素晴らしい絵をつくりだしていました。光があちこちからここへ集まって来ているようでした。

　扉をたたくと、出てきた人は、身体が透きとおって見えるくらいに白く、髪が長く、美しく、そして、やはり少女のような人でした。光が集まっていたのは、この家にではなく、この女の人に集まっていたのではないかと思えるくらい、この人は輝いて見えました。けれど不思議なことに見つめられないような激《はげ》しい光ではなく、おだやかでやわらかな美しい光なのでした。

（水の魔女も最初、子どもに見えたし、この人もそう。もしこの人が鏡の魔女だとしたら、魔女って、案外《あんがい》みんな若いんだ……）

（魔女って、たいていはおばあさんなんだろうな）と思っていたモナには少し意外でした。

「モナ、こんにちは。よくいらっしゃいました。私は鏡の魔女です。ずっと待っていましたよ」

　透明な姿によく似合う、凛《りん》とした水色を思わせ

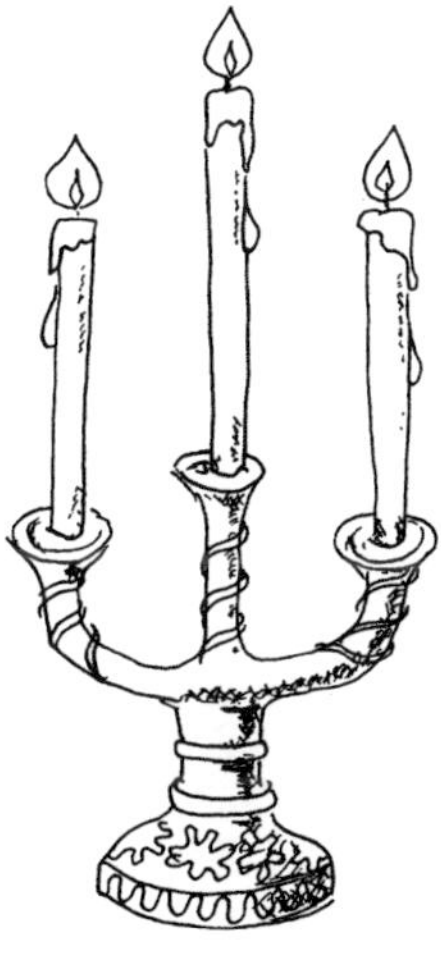

る声でした。

　通された鏡の魔女の家はいたるところに鏡が置かれていました。壁という壁はもちろんのこと、机の上にも何百何千という置き鏡や手鏡が置かれていました。

「もしかしたら、このたくさんの鏡は、私たちの世界のたくさんの鏡につながっているの？　これがもうひとつの入り口なの？」

「モナよくわかりましたね。そうです、そのとおり、ひとつひとつがばらばらにあるようでも、みんなここでつながっているのです」

　魔女の声を聞くよりも早く、モナは家にある鏡を探していまし

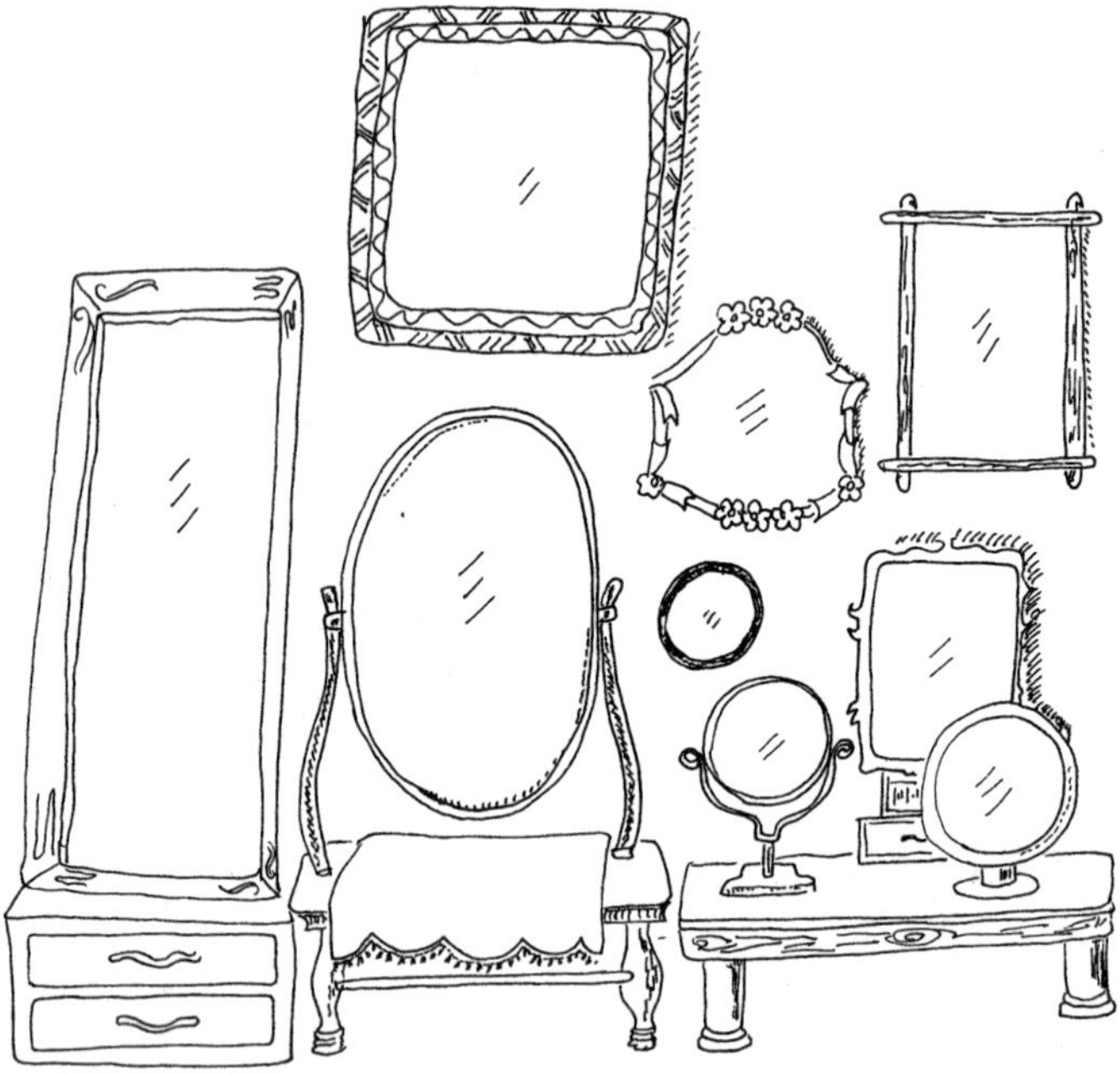

た。家にある一番大きな鏡は、台所にある姿見《すがたみ》です。家にいるころ、モナはこの鏡をよく見ていました。悲しいことがあったときも、自分の泣き顔をわざと鏡に映しながら泣いていました。うれしいことがあったときも、ウキウキすることがあった日も、モナはその鏡をのぞき込んで、自分の姿に話かけていました。

こんなにたくさんの中から、モナの大切な姿見を探し出すことなんてできるのでしょうか？　けれど、それは案外簡単に見つかりました。まるでたくさんの鏡の中で、その鏡がモナを呼んででもいるように、鏡の方から、その姿がモナの目に飛び込んできたのです。

「どうしても必要なときは、アンテナがはたらいて、見つかるものなのかな。ほらモナがまだ小さいころに、迷子《まいご》になったとき、たくさんの声の中でも、パパやママがモナの声を捜し当てたみたいに」

いちじくの言葉を聞いて、モナは思い出しました。初詣《はつもうで》の何万人もの人出の中で、モナは迷子になったのです。心細くて悲しくて「パパー、ママー」と叫んだけれど、その声は、たくさんの人の声でうち消されてしまったようでした。しかし、その声はちゃんとパパやママの心に届いて、ふたりはすぐに飛んできて、モナを抱きあげてくれたのでした。

「僕も、たくさんのにおいの中でモナのにおいはすぐにわかるもの。モナが学校から帰ってくるとき、まだ遠くにいても僕、ちゃんとかぎ分けられる」

鏡をのぞき込むと、その中で大好きなパパとママと妹のリサがお茶を飲んでいました。

「モナは何をしているのだろうね」

パパは紅茶を口に運びながら、けれど、そのお茶を飲むわけではなく、そのままにして言いました。リサはお茶目《ちゃめ》なしゃべりかたで「パパ、今日は十二回目ー」と言いました。

「おいおい、いつのまに、そんなにたくさんの数が、数えられるようになったんだい?」笑ってごまかしながら、また「モナは毎日のようにコーヒーを飲んでいたのに、むこうではどうなのだろうね」と言いました。

「十三回目」リサの声にママは笑って言いました。

「パパ、だいじょうぶよ。モナは私たちがこうして、モナを大好きで、モナのことを思っているということをきっと知っているわ。それがモナの大きな力になっているわ」

モナの目から、こらえていた涙が、どっとあふれてきました。

「ママ、そのとおりよ。ありがとう。私はちゃんと知っている……そして、みんながいてくれて、心配してくれて、私のことを思っていてくれることで、私、頑張れるわ」

いちじくも、ギルも、鏡の魔女も、そんなモナをとてもうれしそうな温《あたた》かいまなざしで見つめ、手の人も、同じようにモナの心をうれしく感じているようでした。

第十六章　鏡の魔法

鏡の魔女は、さっきからずっとひとつの鏡の前に立っていました。そして、その前で、うなずいたり、考え込んだり、微笑《ほほえ》んだりしていました。

「ミラー？　ほら、この鏡を見て」

手の人のことを鏡の魔女はそう呼びました。

「あなたはミラーという名前なの？」

手の人の名前を聞いて、モナの胸になぜだか、またなつかしさがこみあげてきました。

ミラーは鏡の魔女が指さしたひとつの鏡をのぞき込みました。「よかった」ただそうひとこと言うと、ミラーはモナのそばに戻ってきました。

「ふたりで何をしていたの？」

「何もさ」

「だって……何かしたのでしょう？　私の目にも何もしていないように確かに映ったけれど、でもふたりで何かして、それで戻ってきたのでしょう？」

ミラーは微笑みをうかべながら、

「何もしていないけれど、そうだね、でも、していたと言えるかもしれない」と言いました。

「ね、何をしたの？　お願い、教えてちょうだい」

「あの鏡の中の女の子がね、とても悲しいことがあって、ずっと悩んでいて、もう生きるのもつらくて、この世から消えてしまいたいと思っていたんだ。ほら、小さな瓶《びん》が女の子の横に映ってるだろう。彼女はその瓶の薬を飲んで死んでしまおうかと思っていた。でもね、今はまったく逆さ。生きていきたいと感じている。明日、また楽しい日がやってくるに違いないと考えているのさ。あの人は、それを見て、うれしくなって、僕をそばに呼んでくれたんだよ」

「鏡の魔女が女の子に何かを教えたのね」

「いいや、違う。何もしていないよ。ただ聞いていただけさ。女の子の話や、悩みを。心の声をただ、聞いていただけなのさ。それが鏡の魔女の仕事といえば仕事だからね」

「でも、何か魔法の力を使ったのでしょう？　女の子に魔法をかけたんじゃないの？」

「いいや、違う。ただ、女の子の気持ちを聞いていただけだよ」

「なぜ聞いているだけで、女の子の気持ちが変わったの？　何もしていないのに……助けてあげてもいないのに……そんなのおかしいわ」

　モナはすでに鏡の魔女が持つ不思議な魔力のひとつに気がついていました。鏡の魔女がそこにいるということだけで、モナは長い旅の疲れがすっかりとれて、心がいやされているのです。だからそれは魔女の魔法の力だろうと思ったのです。だから、今も何か魔法を使ったのに違いないと思いました。

　ふたりの話を聞いて、鏡の魔女がやさしく答えてくれました。

「人は誰でも自分で立ち直る力を持っています。悩んでいるときも、自分がどうしたらいいのかという答えをちゃんと持っているのです。でも、それには自分の気持ちを見つめなおす時間が必要なのです。気持ちを吐《は》き出して、整理することが大事なのです。それで、彼女は気持ちを変えることができたのです」

　ミラーも鏡の魔女に相づちを打ちました。

「モナ。たとえば、誰かに相談したときに、自分が持っている答えと違う答えがでてくると、迷ったり、間違った方を選んだりして、後で後悔《こうかい》することがある。相談にのってもらったとしても、どんなことも自分で決めなくちゃいけないんだ。鏡の魔女はけっしてそのとき、何も言わない。そこにいるだけなんだ。だからいいんだ。ああ、そうだね、そうかもしれない。モナの言うとおり、それが鏡の魔女の魔法と言えるかもしれないね」

鏡の魔女は、『そうよ』とでも言うように、おだやかに微笑んで、やさしくモナを見つめているのでした。

モナは実習の旅に出る前にパパが言ったことを、また思い出しました。

「大事なのは自分で決めることなんだ」

モナはパパの口調を思い出して、そっとつぶやいてみました。

「家にいても、ここにいても、水の魔女のところにいても、本当に大切なことって変わらないのね」

悲しくなったとき、どうしていいかわからなくなったとき、うれしいことがあったとき、どんなときでも、モナが大好きな鏡の前に座って、鏡の中の自分の顔を見つめてしまっていたのは、鏡の向こうに鏡の魔女がいて、自分の話を聞いていてくれるからなんだとモナはそのとき、わかったのでした。

第十七章　苦しみと悲しみ

鏡の魔女は、一日のほとんどを鏡の前で過ごしていました。ひとつひとつの鏡に、そんなにも一所懸命《いっしょけんめい》に向き合わなくてもいいのにとモナが思うほど、鏡の魔女はどの鏡ともしっかりと向き合っていました。そんな鏡の魔女に、モナは、どんどんと惹《ひ》かれていくのでした。

モナもたくさんの鏡をのぞいてまわりました。ステンレスの縁取《ふちど》りの四角い鏡の中には、初めてのデートのために、おしゃれをしている男の人がいました。男の人は紺色の背広と、藍色のセーターのどちらがいいか、迷っているようでした。

何度も着たり脱いだりを繰り返している男の人に、モナは「どちらも似合ってる。どっちも素敵よ」と言ってあげたくなりました。

長細くて、小さめの姿見《すがたみ》の中には、笑顔で「いらっしゃいませ」「ありがとうございました」と繰り返しおじぎをしている若い女の人がいました。どうやら、お店での挨拶《あいさつ》の練習のようです。

「みんな頑張《がんば》ってるのね。私も頑張らなくちゃ」

いくつもの鏡をのぞき込んだ後、振り返ったとき、鏡の魔女の姿が目に入りました。モナは、ずっと気がかりだったことがいっそう心配になりました。透《す》きとおるように白い鏡の魔女の顔が、いっそう白さをまして、青ざめて見えるのです。長い間いすに座って下を向いたままだったり、何か考え事をしているようだったり、ぜんぜん元気がないのです。そしてまた、ミラーも元気がないのでした。

「どうしたのミラー？　元気がないみたい」

不安になってモナがたずねると、ミラーは力なく答えました。

「鏡の魔女はきっと病気なんだ。あの人はいつも、他の人の苦しみを、まるで自分の苦しみのように感じてしまう。だから、鏡の中の人の痛みは、自分の心の痛みとなるんだ。でも、鏡の魔女は、いつも鏡の中の人といっしょに、けなげに立ちあがるんだ。鏡の魔女は〝聞くこと〟ができるからね。だけど、今回はそういうことではなく、何かもっと重大《じゅうだい》な恐ろしいことが起こっているような気がするんだ」

ミラーがそこまで言ったときでした。突然ドタッとにぶい音がひびきました。振り返ると、なんということでしょう。鏡の魔女が床《ゆか》に倒れているではありませんか。

モナの心臓が早鐘《はやがね》のように打ちました。

「ああ、ミラー、ミラー」

モナは『どうしたらいいの？』とたずねたいのに、そんな簡単な言葉さえも浮かばずに、立ちつくしていました。

「モナ、僕の手をにぎって、鏡の魔女のところへ連れていって、さあはやく」

ミラーの言葉にやっとのことで、ふたりで魔女のところにかけよりました。

「病院に連れていかなくちゃ」

「魔女はたいがいの病気は魔法の薬でなおしてしまうから、病院なんてないんだ」

「じゃあ、いったいどうしたらいいの？」

「とにかくベッドへ運ぼう」

頭の方から脇《わき》の下をミラーが抱え、足をモナが持ちました。鏡の魔女は羽根のように軽く、そのことが、モナたちの心をもっと不安にさせました。会ったばかりのときは、あんなに輝くばかりの光を放っていた鏡の魔女の体が、今、光を失いかけているのです。弱っていることはあきらかでした。口にこそ出さないけれど、それはふたりともが、わかっていることでした。ふたりは鏡の魔女をそおっとベッドの上におろしました。鏡の魔女は、静かに目をあけて弱々しく話し始めました。

「モナ、ミラー、伝えたいことがあるのです。聞いてくれますか？」

「でもお話をすると疲れてしまうわ」

「いいのです、モナ。大切なお話なのです」

鏡の魔女は大きな息をつきながら、ゆっくりと話し始めました。

「私はモナがここに来てくれるということを、もう百年も前から知っていました。そしてモナに会えることをとても心待ちにしていました。けれど、その日が来るのが怖かったのもまた本当なのです。なぜってモナは、私が今迎《むか》えている恐ろしい困難《こんなん》を助けることのできるたったひとりの人として、ここに現れるのだということがわかっていたから……」

「百年も前から、私が来ることを？」

「そうです。わかっていました」

（またた"わ）とモナは不思議に思ったけれど、今はそれよりも鏡の魔女の話を聞くことが大切でした。

「その困難って何なのですか？　私はどうしたらいいのですか？　あなたはどうなってしまうの？」

「モナ、あなたは私を救うことのできる〝唯一《ゆいいつ》の存在〟なのです。そして私の困難は、鏡の中のすべての人の困難でもあるのです。私がこのまま病に倒れ、命を失ってしまうようなことがあれば、向こうの世界の人々は、苦しみや悲しみから、立ち直るすべをなくしてしまいます。自らの力でのみ、与えられた人生のいくつもの困難を克服《こくふく》することができるのに、その手だてを失ってしまうのです。そうすれば世界は、悲しみや苦しみや、そして憎しみであふれかえるようになるでしょう。そして、いつしか、すべてのものの生命《いのち》が終わってしまいます。恐ろしいことに、もうそれは始まっているのです」

あわてて部屋にあるたくさんの鏡に目を移すと、鏡もまた輝きを失い、そのどれもが、色を失い、くすみ始めているのでした。

「実習中の私に、そんな力があるのですか？　そんなはずがありません！　だって私はただ魔女になりたくてここに来ただけなんですもの。あなたにも解決できないようなことを、私にできるはずがないわ」

何か恐ろしいことが起きている……大きな不安を前にして、モナは自分の無力さが悲しくてなりませんでした。もし鏡の魔女が言うように、モナが世界を救えるのなら、どんなことだってしたいと思いました。けれど、何もできないのだということもまた、モナは痛いほどわかっていたのでした。

「モナ。あなただからこそ、できるのです。いいえ、あなたでなければできないのです。誰も、代わりにはなりません。モナ、隣の部屋に深く彫刻《ちょうこく》された、大きなチェストがあるでしょう。あのチェストの真ん中の引き出しに、黒い手鏡があります。あの手鏡の中に、恐ろしい魔物《まもの》がひそんでいるのです。それは恐ろしい病のように少しずつ、この世界にしのびよってきて、今はもうはっきりとその姿を現そうとしています。モナ、あの魔物を倒せるのは、あなたしかいないのです。あなたにはその力があるのです。ミラーとともに行きなさい」

鏡の魔女はそれだけをやっと話すと、意識を失ってしまいました。鏡の魔女をひとり残していくのは、つらいことでしたが、ここにいれば、もっと彼女の容態《ようだい》が悪くなるということはモナにもわかりました。

「モナ、自分を信じるんだ。鏡の魔女の言葉を信じるんだ。僕たちは今すぐ、魔物を倒しに行くしかないのだから……きっとだいじょうぶ」

ミラーの言葉に、モナも深くうなずきました。

第十八章　新たなる試練への旅

モナが隣《となり》の部屋のチェストに近づくと、まるでチェスト自身が意志を持ってでもいるように、モナを受け入れようとしているのがよくわかりました。じゅうたんの上には残りのかすかな光が、道を作るようにしてモナをチェストへと導《みちび》きました。チェストの前に立つと、重くてモナの力では開《あ》きそうにもなかった引き出しが、すべるように音もなく開きました。その引き出しの中に、黒い手鏡がポツンと置かれていました。その手鏡をのぞくと、違う世界がぽっかりと口をあけ、そこには恐ろしく深く暗い空間がどこまでも広がっているようでした。

「やっぱりモナを待っているんだ」

「誰が？　……誰が待っているの？　魔物が私を倒して、この国と、すべての国を支配するために私を待っているの？」

あの向こうにモナを殺そうとしている魔物がぶきみに口を大きく開けて待っているのです。そう思うと怖さのためにモナの体はガタガタ震《ふる》えてとまりませんでした。

「待っているのは魔物ではないよ。そんなものは小さなものだよ。そうじゃなくて待っているのは、大きな大きな見えないほどに大きな、僕らを包んでいる何かだよ。そうなんだよ、モナ。僕らを、モナを待っているんだ。行かなくちゃならない」

ミラーはいったい何を感じているのでしょう。何を知っているのでしょう。

モナは自分の心の中にも、なにか止めることのできない気持ちがわきあがってくるのを感じていました。もうそれはモナの意志なのか、どこからか伝えられてくる意志なのか、モナ自身にもわからないのでした。けれど、またモナは思うのでした。

「勝てるはずのない戦い。けれど、私は行きます。自分で決めて、私は行きます。それが私自身を大切に思う気持ちに少しも反しないから」

モナとミラーが手をつないでチェストにさらに近づいたとき、モナはもうすでに闇の中の世界に入っていました。暗い闇は底なしのようでした。いったいどこまで下へ落ちて行くのでしょう。意識《いしき》が遠くなりそうになりながらも、モナは何度も闇の奥を見すえるように見つめ直しました。それはモナの『たとえ、魔物を倒すことができなくても、私がここにいる意味を、私でないといけない意味を見つけてみせる』というモナの強い気持ちからきていたのかもしれませんでした。

真っ暗な闇の中をどこまでも落ちていくと、突然、グルルゥーという音とも言えないような音がして、周囲の闇がふたりのところへ集まってくるように感じました。

（闇が濃《こ》くなっていく……）

体のまわりの闇の圧力に、モナが思わず目を閉じた瞬間、ふっと薄暗い世界に抜け出たかと思うと、ドスンとふたりの体がどこかへ着陸しました。

「あいたたた。モナ、だいじょうぶ？」

「ええ、ミラーこそだいじょうぶ？」

「よかった、ふたりともけがはないようだ。それにしてもここはどこなのだろう？　モナ、僕に見せてくれないか」

「ええ」

落ち着いて答え、ミラーの手をとりましたが、この世界のどこかに魔物がひそんでいる……そう思うと、モナの心は不安でいっぱいで、今すぐにでも、逃げ出したいくらいでした。それでもどうにか勇気をふり絞って周囲の様子を見渡せたのは、今にも命の灯《ひ》が消えようとしている鏡の魔女を助けたいという一心《いっしん》だったのかもしれません。薄暗い世界でしたが、目をこらすとぼんやりとあたりの様子が見えてきました。

（月も星もない夜の世界のようなところ……）

モナはそう思いました。ふたりが降り立った場所は、何もない荒涼《こうりょう》とした世界でした。

足下《あしもと》にはゴッゴッとした石ころだらけの地面が広がっていて、どちらを向いても地平線しか見えません。大地には、こぶのように見える木の残骸《ざんがい》が無数にあり、その周囲には枯《か》れてくだけてしまった木の破片《はへん》が落ちているばかりで、どこにも命を持ったものは存在しないようでした。きっとここは暗闇が支配する世界なのだとモナは思いました。

ふたりの他には動くものなど誰もいない世界でしたが、それでも、モナはかすかに、何かの存在を感じていました。それはいい知れなく重い、ぶきみな何かでした。

ミラーはモナよりももっと敏感《びんかん》にそれを感じていました。

「モナ気をつけて、すぐそばだ！」

第十九章　魔物

「ウー!!」ふと気がつくといちじくがモナを守るように、見えない敵《てき》に向かって、低いうなり声をあげながらそばにいました。

「いちじく、いつ？　いつからそばにいてくれたの？」

驚《おどろ》くモナに、いちじくは振り返らず、あたりを警戒《けいかい》しながら、モナを勇気づけるように言いました。

「ここぞというときはいつだって僕はいるんだ！」

いちじくの勇《いさ》ましい言葉を聞いて、モナの心にも勇気が戻ってくるようでした。

（いちじくがそばにいてくれて、ミラーもいっしょ。怖いけど、私には、仲間がいる！）

いちじくが今までどこにいて、どうしていたのか不思議だけれど、それを心にとめる余《よ》裕《ゆう》など今のモナにはありませんでした。

「うっ、なんて嫌なにおいなんだ」

いちじくが言う前に、モナもそのにおいに気がついていました。そのにおいはどんどん強くなるようです。においに色なんてあるのでしょうか？　でも、このにおいには確かに色がありました。においのせいで、目の前が黄色くなりました。絶え間のない吐《は》き気が三人をおそい、息さえもできないほどです。気配はだんだん色濃くなり、またにおいもこんなに強くなっているというのに、魔物の姿はまだ見えません。不安が重い鉛《なまり》の岩となって、モナの胸にドッカリと居座《いすわ》っているようです。

あたりは枯れ木と枯れ草で覆《おお》われていて、魔物が姿を隠すところなど、どこにもなさそうです。魔物に会うのは怖くてたまらないし、もし、会わずに逃げることができたら、どんなにいいだろうと思うけれど、それはモナの選ぶべき道ではありませんでした。なぜならば、モナは〝選《えら》ばれし者〟であり、〝唯一《ゆいいつ》の存在〟であり、そしてそれがモナの選んだ道でもあったからです。

けれど、こんなに恐ろしい場所に、なぜなんの力も魔法も持っていないモナがいるのかが、本当を言うとまだよくわかってはいませんでした。モナに倒せる魔物なら、魔女たちはいとも簡単に倒すはずです。それなのに、鏡の魔女が、その魔物のせいで今にも息をひきとろうとしているのです。

「いったい私に何ができるというの!?」

恐ろしい黄色いにおいは毒ガスなのでしょうか？　モナの頭はもうろうとしていまし

た。一度は決意したことだけれど、また迷いが頭をもたげてきたのです。

　そのとき金魚のギルの声がしました。

「モナ、モナになんて、何もできやしないよ。帰ろうよ。パパやママがずっと心配してるよ」

（ああ、ギルもいてくれたの。パパ、ママ、リサ、私、もう会えないかもしれない……魔女の修行に出るなんて言い出さなければ、こんなことにはならなかったかもしれないのに……。パパ、ママ、許して）

　大好きなパパとママのことを考えたとたん、モナは大事なことに気がついたのです。

「鏡の魔女が言ったわ。鏡の魔女が、もし死んでしまうようなことがあったら、世界は真っ暗闇になり、すべてが終わってしまうと……。鏡の向こうにいるすべての世界が終わってしまったら、もうパパやママやリサだって、学校のみんなだって、あのデートの準備をしていた男の人だって、挨拶の練習をしていた女の人だって、みんな死んでしまうんだわ。魔女は、それを救えるのは私だけだと言ってた。私が戦わなかったら、私の愛する人たちは誰も助からない！　世界中の人たち、私の愛する人たちがみんな死んでしまうんだわ。それだけはどんなことがあっても嫌。絶対に嫌よ」

　モナは決心しました。

（私は最後まであきらめない。もし私が命を落とさなければならないことがあったとしたら、それは愛する人を救うときだけだ……）

モナはなぜ自分がこうまでして立ち向かうことを選んだのか、今はっきりとわかったのでした。

「ギル。私は行く……」

「だめだよ、モナ」

ギルはモナの言葉をさえぎろうとしました。

「いいえ、ギル。もしパパがここにいても、ママがここにいても、ふたりとも私と同じことをするわ」

いちじくはモナの言葉に「そのとおりだ」と、うなずきました。

黄色いにおいがますます濃くなってきたとき、まるで浮かびあがるように、突然そのものは現れました。大きさは、モナたちと変わらないくらいですが、黄色と対照的な、どす黒い体をしていました。体は半分くさりかけて、タールのようなどろどろした液体が体中の毛穴から流れ出ていました。口からは恐ろしい黄色いガスを吐き出していました。そして、シューシューと、たえず何かを言い続けているのです。けれど、こんなに目の前にいながら、魔物は、こちらに気がついているのか、気がついていないのかは、わかりませんでした。

「すべてのものよ。呪《のろ》われてしまえ。滅《ほろ》んでしまえ。愛など幻《まぼろし》にすぎぬ。憎しみこそがすべてだ。怒りこそが力だ。呪われるがいい。滅びるがいい」

「なんてみにくいんだ」ギルが小さな声で、思わずつぶやいたとき、魔物ははじめてこちらに気がついたようでした。

「なんだ金魚か。薄汚《うすぎたな》い色の小魚《こざかな》め」

ギルはいつも美しい自分の色が自慢《じまん》でした。それを薄汚いなどと言われたのです。がまんできるはずがありません。

「おまえこそ、なんてみにくいんだ。おまえみたいにみにくいものは見たことがない」

魔物はなぜか、少し体を大きくしたようでした。

「貴様《きさま》の心が見えるぞ。どす黒い怒りが渦巻《うずま》いているな。もっと憎め。俺のことをもっともっと憎むがいい。どうせ何もできまい」

いちじくが「ウー!!」と敵意《てきい》をむき出してうなりました。

「ふっ、仔犬《こいぬ》もいたのか。あははは、弱々しい犬っころめ。それじゃあ番犬もつとまりゃしないだろう。そこで踏《ふ》みつぶされるのを待っているがいい」

モナのためなら、どんなことにだって立ち向かってきたいちじくです。弱々しいと言われることは、いちじくにとって、一番腹だたしいことでした。

「僕が弱いかどうか、おまえに噛《か》みついてやろうか」

魔物はまた体を倍くらいに大きくしました。

「あっはっは。貴様の心の中には、赤い戦いの炎が燃えさかっているな。早く噛みついてみるがいい。その瞬間、おまえは肉がくさって死んでしまうだろう。さあ、やってみろ。できまい？　臆病《おくびょう》者め！」

最初はモナやミラーとそれほどかわらない大きさだと思われた魔物が、あっという間に大きくなって、今は見上げるほどの魔物になり、シューシューという声はますます恐ろしく鳴り響き、地面すら、その物音でゆさぶられるほどでした。

「やめろ……魔物。おまえの声はなんて恐ろしくて、気味が悪いんだ」

ミラーはいちじくやギルやモナが感じている心を知り、地面から受ける振動《しんどう》で魔物の声を聞いていたのでした。

「そこにもいたのか？　強い恐怖を感じるぞ。あっはっは」

そのとき、ズウーンという恐ろしい響きが地面からわきあがるように起こって、魔物はまた、天にも届かんばかりの背丈《せたけ》になりました。おどろおどろしい姿はますます、すさまじさを増しました。声は地下の一番深いところからわき出てくるように轟《とどろ》きました。

魔物の体や息から吹き出る臭気《しゅうき》は、枯れ枝に少し残っていた芽をすべて枯らし、枯れ枝はたちまち朽ちて灰になってしまいました。地面は硫黄《いおう》を吐き出し、空は真っ暗になりました。

魔物と話したギルといちじくとミラーは、魔物の毒にでもあてられたかのように、いつもの冷静さを失ってしまったようでした。

「なんて嫌な生き物なんだ。なんて恐ろしい生き物なんだ。会ったものの心を傷つけずにはおかないんだ」

「この世の悩みのもとになっているのはこの怪物かもしれないな」

「このあたりに生き物がいないのは、あの毒気のせいだったんだ。僕たちがあんな化け物に勝てるはずはないよ」

三人は口々に、魔物をののしりました。魔物はます

ます大きくなって、ドロドロの体を引きずりながら、巨大な足を上げて、そこらじゅうを歩き回っていました。

地面の上にある水たまりを見て、ギルが叫びました。

「モナ、鏡の魔女の鼓動《こどう》が止まりそうだ。向こうの世界も、崩《くず》れ落ちそうになっている」

水たまりは鏡の魔女と、向こうの世界を映し出していたのです。

「パパ、ママ、無事でいて！　ああ、私どうしたらいいの！」

今や、モナのいた世界は終わりを迎えようとしていました。

黄色いガスをあびて、魔物のそばにいるみんなの体も弱ってきていました。もう立っていることさえも難しいのでした。モナには、自分がこの魔物にいったい何をしたらいいのか少しもわかりませんでした。

（でも不思議なことがある。魔物には私が見えていないみたい……）

魔物は、黄色い息をギルといちじくとミラーに対して吹きかけようとしていました。けれどモナのことは目にとめようともしないのです。

「モナ。僕たち、もうだめだよ」

ギルがモナに話しかけました。そのときに初めて魔物は気がついたようでした。

「おや、まだ誰かいるようだな。さては、俺さまを倒しに来ることになっている者が、姿を隠しているのだな。それは楽しみだ。俺さまはこの瞬間をずうっと何万年も前から待っていたのだ。おまえを倒したときに、ここも、もうひとつの世界も俺さまのものとなる」

「私はモナ。あなたはどうして汚いものが好きなの？」

まだモナが見えないのか、魔物はモナの姿を探しているようでした。

「私はここ、ここにいるわ」

モナは魔物によく見えるように魔物の前に進み出ました。

「モナ。なんて馬鹿《ばか》なことを。どうして、隠れていないんだよ。化け物に見えないなら、そのまま隠れていればいいのに」

ギルは自分がモナの存在を魔物に教えてしまったこともすっかり忘れて叫びました。

モナは、魔物と話がしたかったのです。モナは武器も魔法も持っていません。できるのは、魔物と話をすることだけでした。どうしてこんなふうに、すべてのものを憎むのか、モナが今、世界を助ける方法は残されていないのか……モナはそれを聞きたかったのです。

モナの心を知ったミラーがつぶやきました。

「モナ、無駄だよ。そんなこと、あの怪物に通じやしないよ」

けれど、やはりモナはそう思わずにはいられませんでした。

……愛されることを嫌うものがいるだろうか？　やさしくされることを心から憎むものがいるだろうか……。

そしてモナは思ったのです。

（きっと魔物には何かつらい理由があるはず。美しいものを信じられず、愛されることやさしくされることを否定しなければならなかった理由が、何かあるんだわ）

そう思いながら魔物を見つめていると、モナは魔物の恐ろしげな顔の奥に、悲しくてさびしげな心が見え隠れしているのがわかりました。

「いけない。それ以上前に進むと、魔物の毒気にやられてしまう。魔物に体をとかされてしまう。いけない、モナ！」

ミラーの叫びは、もうモナの耳には届きませんでした。

第二十章　魔物の正体

モナは心が動くままに身をまかせていました。手をのばし、魔物の足にそっと触《さわ》りました。

「痛い……」

タール状の溶けかかった魔物の表面は、モナの皮膚と心を痛みでいっぱいにしました。

「あなたは、こんな痛みの中に身をおいているの？」

黄色い毒ガスがモナをさらに苦しめました。

「ああ、そしてあなたはこんな苦しみの中にいつも身をおいているの？」

モナの胸がきゅうんと痛みました。その痛みはタールでおかされた手の痛みよりももっと深く悲しいものでした。

魔物が無防備《むぼうび》のモナをひとひねりすることなど簡単なはずでした。けれど、魔物の様子がどこか変でした。

「ウーッ」とうめいたかと思うと、モナの前にどうっと倒れ込み、大きな目で、モナの顔をにらみました。

「おまえは、俺さまの体に自分から触《ふ》れたのか？　この恐ろしくよごれた体に……。なぜだぁー！」

最後は叫び声となり、そのまま大きな声で泣き出しました。

「つらかったのね……」

モナが魔物の顔と、頭をなでようとしたときに、魔物の体は急に縮み、半分の大きさになりました。

魔物の涙は透明な美しいダイヤモンドを思わせました。

「あなたの涙ってとってもきれい……心がきれいな証拠《しょうこ》だわ」

ウーというさらに大きなうめき声と一緒にまた魔物の体が半分になりました。涙が体を伝わり、流れたところのタールもとけて流れ出しました。

「今だよ。やっつけるなら今だよ」

ギルの声にモナの心は悲しい気持ちでいっぱいになりました。

「どうしてなの？　ギル。こんなにつらがっている人を、こんなに苦しんでいる人をどう

して、やっつけろなどと言うの」

「でも、モナ。やさしすぎるよ。モナがこいつをやっつけなければ、誰も助からないんだ」

いちじくもギルに賛成しました。

そうだったのです。モナは魔物を倒そうとしていた……魔物が悪い者だと決めつけて、悪い者は死んで当然。やっつけられて当然だと思いこんでいたのです。

そのとき、モナの心に明るい光がぱっとさしこんできました。

「ああ、ごめんなさい。そうだったのね」

モナは魔物の手をとり、魔物を抱きしめました。魔物はもう、モナとすっかり同じ大きさになっていました。

「あなたは、私なのかもしれない。そうよ、あなたは私の心の中に住んでいるもうひとりの私だったのだわ。あなたは鏡に映った私なのね。ごめんなさい。ごめんなさい」

魔物とモナはいっしょになって泣きました。ふたりのあふれる涙が魔物のタールをすっかりと洗い流していました。魔物は今は、モナにそっくりで、少し髪が赤い、女の子になっていました。その女の子がモナに言いました。

「私はマナ。もうひとりのあなた。今ははっきりとそれがわかったの」

もとは魔物だったものがマナと名乗りました。マナは続けて言いました。

「あなたは、いいえ私たちは、いつも多くの命や生き方と関《かか》わりをもってしまう。ひとつひとつの命や生き方と、関わりを持ってしまう定《さだ》めがあるの。モナ、私は今あなたとひとつになります。あなたの中にはいつも私がいる。ひとつひとつの命と関わることができる魔法を持った私がいる。モナの心にだって、闇の部分があるけれど、この魔法が私たちを助けてくれるはず……」

　マナとモナは抱き合ったままそこに倒れました。

そして、マナとモナはひとつになりました。


「誰かの心が自分に牙《きば》をむいているように感じるとき、それは自分の心に牙があるからなのかしら。相手の心は鏡に映った私自身の心なのかしら」

　ミラーの腕の中でしばらく眠っていたモナが、静かに目をあけて寝言《ねごと》のように言いました。

「まだ、眠っているといいよ。その間に、光がずいぶん戻ってきているよ。今度目をあけたら、きれい

な世界がよみがえっているだろうからね」

ミラーはモナの髪をいとおしそうになでました。モナはまた眠りにつきました。

モナを気づかってそばを離れようとしないいちじくに、ギルが言いました。

「僕、わからないことがあるんだけど、マナがモナになったのかな？　モナがマナになったのかな？」

「ギル、そんなこと、どちらでもいいさ。同じことだよ」

「どっちでもよくはないよ。いちじくは平気なのか？　もしマナになったんだとしたら、僕、ちょっと考えちゃうな」

「同じことさ。僕にとったらどっちだって大切なモナだよ。モナはとても弱虫だけど、でも、強い……誰より強いんだ。小さいときから、ずっと僕はモナを守らなくちゃと思っていたけれど、でも、守ってもらっていたのは僕のほうかもしれないな。そうだよ、勇敢《ゆうかん》でやさしいのがモナだからね」

いちじくは疲れて眠っているモナの顔にまた目を落とし、モナと一緒に歩んできたことをとてもうれしく思うのでした。

第二十一章　再び鏡の魔女のもとへ

大好きないちじくとギルがそばにいて、それからまた、やさしいミラーもそばにいます。まわりには、美しい緑が、戻ってきていました。明るい光もふりそそぎ、モナは体中に幸せが満ちていくのを感じていました。空気を胸いっぱいに吸い込んでも、その景色を眺《なが》めても、いちじくとギルの様子を眺めても、何をしてもモナはにこにことうれしいのでした。心の中から笑いがこみあげてくるのです。それほど幸せな気持ちでいっぱいなのでした。

「さあ、鏡の魔女のところに帰ろう」

ミラーの声を聞いたとたん、あんなに幸せだった気持ちが急にしぼんでいきました。

「ミラー。あなたはこれまでもいつも鏡の魔女のそばにいたのでしょう？　それとも暗いトンネルの中にいたのは、私たちと同じように、どこからか、やって来たからなの？　どちらにしても、鏡の魔女のところに帰るということは、そこで、私たちはお別れということなのでしょう？」

モナにとってミラーは、今ではなくてはならない人でした。見えなくても聞こえなくても、伝えたいと思う気持ちがあれば、魂《たましい》で伝えあえるということを教えてくれたのも、ミラーでした。それから、愛があれば、魔物を倒す勇気だって生まれるのだということをいっしょに見つけてくれたのも、ミラーでした。

「ひとまず、鏡の魔女のところで僕たちはお別れだけど、僕はいつも君といっしょだよ。君といると、本当のことは何かということを知ることができるような気がするんだ。僕たちは知っていることだけを本当だと思う。でも知らないことの方がずうっと多いんだ。モナ、そのことをこれからも僕に教えてほしい」

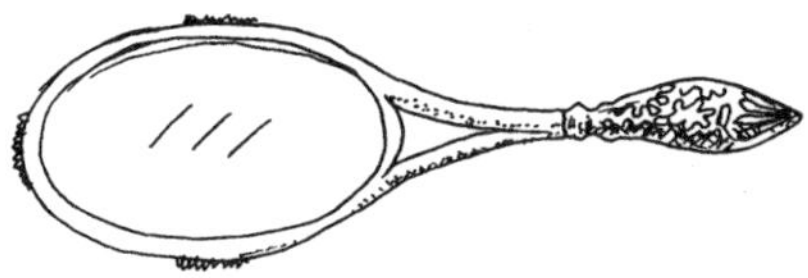

ミラーの言葉はモナの心の中にずっと大事にとっておいた言葉でした。そうです。その言葉は旅立ちの前の日、カガミくんがモナに言ってくれた言葉と同じだったのです。カガミくん、カガミくん……どうしているの？　カガミくん……心をこめてカガミくんの名前を呼んだとき、ミラーという名前が、鏡（カガミ）の英訳だということに気がつき、モナははっとしました。

「ミラー、あなたは本当はカガミくんなのでしょう？　そうよ。そうに決まってるわ。私、あなたと最初にあの暗いトンネルで会ったとき、あなたの手がとてもなつかしく、大切に感じられたの。そうでしょ。カガミくんでしょ？」

ミラーは答えず、ただ、モナをやさしく見守るような微笑《ほほえ》みを浮かべていただけでした。


モナは正直なところ、いったい何が本当なのか、よくわかりませんでした。でもそれでいいのだとも思いました。本当のことは見えることだけではないんだ。でもいつか、どれが正しかったのか、ちゃんとわかる日がくる。私は大きな流れの中にいて、その流れの中で精一杯生きていくことが大切なのだわ……。


「黒い手鏡だ」

いちじくが道に落ちている手鏡を見つけました。それは、魔物のところへ連れてきてくれた、あの、手鏡でした。中をのぞき込むと光り輝く笑顔で、鏡の魔女が手をふっているではありませんか？

「ああ、鏡の魔女さん。よくなられたのですね」

いちじくは高くとびあがってウォーンと喜びの声をあげました。ギルも赤い尾ひれをひらひら動かして、たまらなくうれしそうでした。ミラーとモナも、思わず手を取り合って喜びました。

四人は手鏡の中に吸い込まれていきました。鏡の魔女の家は、モナが最初に見たときよりももっともっと明るく光り輝いていました。鏡の魔女は、まるで羽が生えたかのような軽い足取りで、モナたちを迎えてくれました。

「ありがとう、モナ、ミラー、いちじく、ギル。あなたたちの勇気と愛が、この世界と、もうひとつの世界を救ったのです。見てください。この輝く世界を……家の中の鏡はもちろんのこと、もうひとつの世界もまた、輝きをとり戻しました。もうひとつの世界では、多くの悩みや苦しみが消えました。そして、意味のある悩みと苦しみだけが残ったのです」

「意味のある悩みと苦しみ？　私の力が足りなくて、すべての人の苦しみや悩みを消すことはできなかったのですね？」

「いいえ、そうではないのです。本来、苦しみも悩みもこの世界にとってはとても大切なものなのです。意味のあるものなのです。次の幸せを作ったり、大切なことを気づかせてくれたり、大事な働きをするものなのです。苦しみや悩みがあるからこそ、人は幸せや喜びを知るのです。けれど、モナたちが世界を救う前は、意味のない苦しみや悩みが世界中にあふれていました。その苦しみや悩みたちは、幸せも気づきも何も生まないものだったのです」

モナは鏡の魔女に会ったら聞きたいと思っていたことがありました。

「鏡の魔女。教えてください。これは私の実習だから、魔物は、もうひとりの私だったのですか？　これは私の心の中だけの世界なのですか？」

「モナ、その問題に答えることはとてもむずかしいことです。いいですか？　モナ。すべての始まりはひとつだけれど、またひとつの始まりはすべてなのです。あなたの生き方が宇宙を作るのです。そして、宇宙の進む道はまた、あなたの進む道でもあるのです」

モナは水の魔女たちが、同じことを教えてくれたのを思い出しました。

「さあ、モナ。あなたは次の魔女に出会うことになっていますよ」

モナにとって、それはとてもさびしいことでした。けれど、そうすることがモナにとっても、それからもしかしたら、この世界やこの宇宙にとっても必要なことなのかもしれないと思いました。

なぜならば、私もこの世界やこの宇宙を作っているひとりなのですもの。

「僕の心は、きっと君についていくよ、モナ」

ミラーはモナの手を強く握《にぎ》りしめました。

「次の旅の間も、僕の心はいっしょだから」

モナを元気づけようとしているミラーの気持ちが、モナにはとてもうれしかったのです。

「私の宝物なの」

モナはペンダントをはずして、ミラーの首にかけました。モナがまだ小さい頃、亡くなったおばあちゃんが、『モナは大きな冒険をする子なんだよ。モナに大事な友だちができて、命をかける冒険をともにして、これを渡したいと思うそのときまで、大切に持っているんだよ』と言って贈《おく》ってくれたものでした。モナは今がそのときだと感じたのです。いつも変わったことを言い出しては、保育園の先生や、大人の人たちに「不思議な子だね」と言われ、少しつらく思ったときも、このペンダントをにぎりしめると、すうっと心が楽になったのです。言わば、モナのお守りでした。

「ありがとう。大事にするよ」ミラーはモナの手をそっと離しました。それはお別れの時間が来たことを意味しました。鏡の魔女がモナの両手をとりました。

「モナは、けっして誰の命も奪わずに、誰のことも傷つけずに、たくさんの敵を味方《みかた》にしてしまう魔法を持っています。その魔法は火を放

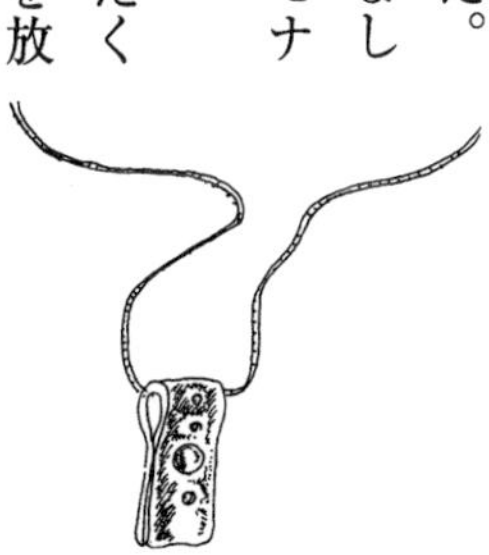

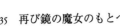

ったり、物を違う物に変えたりするような派手《はで》な魔法ではないけれど、とても大切な魔法です。たくさんの魔女がその魔法を持つことができたらと願っていて、手に入れられない魔法なのです。それはあなたの心の中にマナがいてくれるから、できることなのですよ。モナ、やさしいことは強いことです。忘れないで」

モナの手の指輪の穴には、いつの間にか銀色の美しい光を放つ石が増えて、海の石の隣できらきらと輝いていました。

第二十二章　空へ

「私、空を飛んでいる……」

気がつくと小さい頃からのモナの夢がかなっていました。

「まるで魔女になったみたい」

「正確には飛んでいるとは言えないんじゃないかな？　自分で好きなところに行こうとしてるわけじゃないもの。僕たち、どこかへ連れていかれてるって感じじゃない？　そうでなかったら、連れていってもらってるっていうか……」

またギルの皮肉《ひにく》屋さんが始まりました。

それでもモナは、ずっとあこがれていた夢がかない、空を飛んでいるということが、うれしくってしょうがありませんでした。

「私、ずっとずっと飛んでいたい。この空の向こうはどこへつながっているんだろう。どこまでも空を飛んで行きたい気持ちよ」

そのときモナの頭の中で何かがはじけたようでした。

「ね、ギル。ね、いちじく。私、わかったわ。何もかもがつながっているのよ。水の魔女のところでは、すべての水がつながっているということがわかったわ。鏡の魔女のところでも、鏡や水面を通して、みんなつながっていた……空だってこうして、どこまでも続いている。みんなつながっているのよ」

「そうさ、だけど、それだけじゃないんだ。時間だってつながってる。それから、〝行い〟や〝考え〟や〝生きること〟だって、みんなつながってるんだ」

ギルの答えは、モナがこれまで実習してきて、なんとなく、わかっているようで、わかっていないことでした。

「どういうこと？」

「どう説明したらいいのかな？　でもモナにもちゃんとわかる日がくるよ」

（いったいギルはいくつなのだろう）とときおりモナは思うことがありました。あるときは小さい赤ちゃん金魚のようだったりもするのに、今のように、何もかも知りつくしていて、何百年も生きているような気がすることがありました。

下に見える景色は、これまで何度も夜眠る前に想像した空から見た景色よりも、もっともっと素晴らしいものでした。深い緑はどこまでも深く、湖はキラキラと輝いていました。連《つら》なる山が少しけむって、いくつもいくつも影のように重なって美しい色合いを出していました。マッチ箱のように並んだ家々の瓦もまたキラキラと輝き、宝石がそこかしこに散らばってでもいるようでした。

しばらく飛んでいると、見渡す限りずっと海が続いているところに来ました。モナたちは、自分たちがずいぶん低いところを飛んでいることに気がつきました。そのときに行く手に見えてきた島はとても変わった様子をしていました。

島全体が、大きな光るすり鉢型《ばちがた》の岩の塊《かたまり》でできているのです。それはまるで、巨大なアンテナのようでした。モナたちを運ぶ風は、どうやらその島にモナたちを降ろそうとしているようです。近づくと、アンテナのように見えるすり鉢はどうやら火山の噴火口のようだとわかりました。モナたちはその〝アンテナ〟のそばの小さな小屋の前にストンと着陸しました。

「私たちはなぜここへ連れてこられたのかしら?」

「ここに空の魔女がいるんじゃないかな?　水の魔女と、鏡の魔女……次はたぶん空の魔女のところだよ。僕は本当は水の魔女のところにずっといたかったんだけどなぁ」
ギルの言葉にいちじくはいそいで「僕はいつだってモナといっしょにいたいんだから
ね。これからもずっとずっといっしょにいるよ」と言いました。
そのとき、突然、小屋の戸が音もなく開きました。そして中から男の人の声がしまし
た。
「遅《おそ》かったじゃないか」
中から出てきた男の人は、ひげもじゃでめがねをかけている、やせて背の高い男の人で
した。遅かったじゃないかという言い方は、モナにはひどく乱暴《らんぼう》に聞こえました。
「こんにちは。はじめまして。私はモナです。あなたは？」
「当方《とうほう》は空の魔女である」
「え？」
モナは目を白黒させました。
「え？　え？　魔女？　男の人なのに……？」
モナは驚いて、それから少し不服《ふふく》そうな顔をしました。今まで、出会った魔女はどの魔
女も透《す》き通るように繊細《せんさい》で、こわれそうでやさしくて、素敵でした。そういう魔女たちに
モナはとても心を惹《ひ》かれていたのです。だから今度はいったいどんな魔女に会えるのだろ

うと、それがとても楽しみだったのです。それなのに、こんなに背が高くて、ひげもじゃの男の人が「空の魔女」だなんて信じたくないことでした。

「だまされてるのかもしれないよ。いくら魔女修行で、不思議なことがたくさん起きるからって、男の人が魔女になっていいはずがないよ。もし魔法を使うなら、男の人は魔法使いと呼ばれるはずだよ」

ギルも不服《ふふく》そうに言いました。

第二十三章　つながること

「確かに僕は魔女ではない」

ひげもじゃの男の人は、少しむっとしたようでした。

「だが、空の魔女からしばらく代わりをしてほしいと頼まれているのだから、空の魔女を名乗って悪いとは言えないはずだ」

男の人はまるで威厳《いげん》を傷つけられでもしたかのように、少し下を向いて、口の中でブツブツとつぶやきました。しかしもう一度顔をあげて気をとりなおし、「ようこそ、イッテモモドッテモ島へ」とおごそかに言いました。

「え？」

モナはこの変わった島の名前をどこかで聞いたように思いました。

「いったいどこで聞いたのかしら？　イッテモモドッテモ……イッテモモドッテモ」

そのとき、モナの頭の中にパッとカガミくんの顔がうかびあがりました。そうです。その名前を聞いたのは、魔女の修行に出る前、カガミくんが魔女になるにはどうしたらいいかを調べてくれたときです。カガミくんはインターネットを使って魔女の情報を見つけてくれたのです。

「〝魔女になりたい人探しています〟の情報を送ってくれた島が、確か、イッテモモドッテモ島じゃなかったかしら？」

　モナの心がなつかしさでいっぱいになりました。カガミくんはいったいどうしているでしょう？　モナのことをどんなに心配していることでしょう？　カガミくんのことを考えると、『私はこんなにたくさんの冒険をして頑張ってるよぉー』と早く伝えたい気持ちがわきあがってくるのでした。でもカガミくんはそんなことはもう知っているような気もしました。だって、ミラーは、カガミくんだったかもしれないのですから。

「ああ、そうだ。あのとき、僕はおまえさんとの連絡方法を探していたんだ。そろそろおまえさんが来てもいいころだと思っていたのだ……もし来ないと、大変なことになるから、どうにかおまえさんにこの島に来てもらおうと思っていた。そのときに、パソコンのインターネットで〝魔女になりたい〟という文字を見つけたんだ。きっとおまえさんのことに違いないと思って、メールをすぐに送ったんだが、急にこの島のまわりに電磁波《でんじは》のうずができて、それっきりになってしまっていたんだ」

男の人は最初の勢《いきお》いをどこかへやってしまったみたいに、ブツブツブツ口の中でつぶやいてばかりなのでした。

「私はここに来ることになってたのね」

水の魔女も鏡の魔女も、「来ることになっていた」と言いました。モナは男の人の『ここに来ることになっている』という言葉を聞いて、きっとそうなのだろうと思えるようになっていたのです。それなのに、この男の人は、ここに来ることになっていたけれど、もしかしたら来ないかもしれない、来ないと大変だと思っていたとも言いました。そのことのほうがモナにはかえって不思議に感じるのでした。

ギルも同じことを思ったみたいでした。

「やっぱり君、魔女でも魔法使いでもないんだよ。どの魔女も僕たちが来ると言ったら絶対にそうなんだと信じていたのに、君は違うんだもの。この国の世界の人じゃないんだろう?」

「だから魔女じゃないんだ、そう言ってるだろう」

男の人はまた自信なさげに小さい声で話し出したので、モナたちはなんだかとても申し訳のない気持ちになりました。

「空の魔女が言ったんだ。〝あなたはパソコンでたくさんの人とつながっている〟って、そうそう、君たち、空から降りてくるとき大きなアンテナを見ただろう。あれを使うと、どんなに遠くからでもインターネットにつながることができるんだ。あれは石で出来ている自然の造形《ぞうけい》なんだけど、あれを見つけたとき、僕は、ここはネットにぴったりだと思ったんだ……横道にそれてしまった。それで空の魔女はこう言った。『水の魔女は水で、カガミの魔女は鏡で、そして私は空でつながっているけど、あなたはパソコンでつながっている……それってもう魔法みたいね。ひとつひとつの家のパソコンがみんなつながってい る……なんて不思議なことなのかしら。人間は、もういくつも魔法を持っているのね。だけどね、忘れないで。つながっているのはそれだけじゃないの』って。おかしな話だよな。パソコンはつながらずにいるときだって、ちゃんと機能を持っていて、ワープロだの、計算だのしているけど、ネットにつなげると、何億倍もの力をさずかって、まるで違ったものに変わるんだ。人間の気持ちだってそうだよな。つながってこその気持ちなんだよ」

そこまで言ってひげもじゃの男の人はおしゃべりするのを急にやめてしまいました。

「おっと、しゃべりすぎたようだ。こんなふうにしゃべっている場合じゃないんだ。君には早く空の魔女を助けに行ってもらわないといけないんだ」

「待って。空の魔女が、『つながっているのはそれだけじゃない』って言ったのはどういうことなの？　空の魔女を助けに行くってなぜ？　空の魔女はどうしたの？」

モナの前には大きな冒険が、また待っているようでした。

第二十四章　行っても戻っても……

空の魔女が、今大変らしいのです。〝助けに行く〟とは、いったいどういうことなのでしょう。鏡の魔女のように病気になっているのでしょうか？　それとも怪我《けが》でしょうか？　そうでなかったら誰かにとらえられているのでしょうか？

「いや、まだだいじょうぶだ。とにかく君が、空の魔女のところへ行くことが大事なんだ」

「行くってどこに行けばいいの？」

「だから、空の魔女のところさ」

「だから空の魔女はどこにいるの？」

「だから君の行くところにいるのさ」

「だからいったい私はどこに行ったらいいの？」

「ああ、もどかしいなあ」

ひげもじゃの男の人が、伸びほうだいに伸びたひげをなでながら言いました。

（何を言ってるの？　もどかしいって、それは私のせりふだわ）

モナにはわけがわかりません。

「空の魔女は君に会って、君に助けてもらうためにここを出たんだ」

男の人はなお、わからないことを言いました。

「どうして空の魔女はわざわざ私に助けてもらうためにここを出たの？　どうしてそうしなくてはいけなかったの？」

「それは俺にもわからない。きっとそうすることがとても大事だからだ」

助けに行かなくてはと思っていたモナのはりつめた気持ちが、だんだんと薄れていきました。

（何がなんだかわからないわ。この男の人の言ってることって、めちゃくちゃだもの）

「ねえ、未来というものは変えられないの？　私がどんなに頑張ろうとも、どんなになまけようとも未来は同じなの？　だったら、なまけたほうが楽《らく》なんじゃないの？」

モナの言葉に、男の人は小さい子供に説明でもするようにていねいに言いました。

「モナ、今、君がここにいるのは、決められていたからではないんだよ。君が、ひとつひとつのことに対して、右にするか、左にするか、上にするか、下にするか、そういうことを決めてきた結果の積み重ねで、ここにいるんじゃないか。君のひとつひとつの行動は、どんなことも偶然《ぐうぜん》ではなく、とてもとても必要だった……今の君にとって、なくてはならないことだったのだよ。そして未来は変えられる。未来は未知数《みちすう》なんだよ。そうじゃないかい？」

「だったら私は空の魔女を助けに行かないかもしれない。それなのに、どうして、空の魔女は私が行くと思っているの？　どうして、ここに来ると知っていたの？　今までもそうだった。私の運命はもう何十年も何百年も前から決められているみたいだったわ。私、自分で決められない人生なんて嫌よ。自分が誰かに踊《おど》らされているのなんて嫌。私は小さいときから魔女になりたかった。それが私の決めた私の夢だと思っていた。でもその夢だって、もしかしたら、誰かにむりやり見させられた夢だったの？」

話しているうちに、モナは悲しくてたまらなくなってしまい、とうとうシクシク泣き出しました。

「イヤ……イヤよ……」

「だいじょうぶなんだよ。モナ、違うんだ。さっきも言ったように、モナの人生はモナだけが決めることができるんだよ。モナの夢はモナが考えて、決めた夢だからね。よくお聞き、モナ。ただ、ひとつだけ決まっていることがあるんだ。けれど、それは悪いことではなくて、素晴らしいことなんだよ」

モナは、子供のように声をあげて泣いていましたが、男の人の言葉につられて顔をあげました。

「なあに、なあに？　素晴らしいことって……」

「それはね、何もかもが前向きにできているということだよ」

男の人は、またわからないことを言うのです。

「前向きに？　前向きってどういうこと？」

「何もかもが前向きなんだよ。そうなんだよ。この宇宙を作っている、すべての物質が前向きなんだ……風も、石も、地球も、宇宙も、細胞《さいぼう》も人間も……。モナ？　わかってくれるだろうか？　たとえばそうだな。僕たちが風邪《かぜ》をひいたら、それはいつかなおる。悲しいことはいつか思い出になる。山火事になって燃えつきたところには、いつか草が生え、ジャングルになる。動物の糞《ふん》も、死骸《しがい》も、草の葉も、いつかは土に戻り、それが次への命の源《みなもと》になる。人も動物も、それから風邪のバイ菌さえもが、自分たちの子孫を残そうという思いを持っている。人を愛し、子供を愛するということも、子孫を残そうというためだったり、心をいやそうというためだったりするのだよ。どんなことも、すべてのものが前向きにできているおかげで、この世界はこれまで続いているのさ。ひとつひとつを作っている小さな小さな細胞《さいぼう》もそうだし、ひとつひとつが集まって作っている大きな世界全体もそうなのだよ。気づかないかい？　モナ。モナの知っているすべてのもの、そしてそれをつなげる〝つながり〟さえもが前向きなのだ」

　モナたちの話を聞いていたいちじくが、モナにそっと触れました。

「どうする？　モナが決めて進むんだ」

　モナはじっと考えました。まだ男の人が言っていることはよくわかりませんでした。でも、私に会いたがっている魔女がいる。そして、どんな理由で会いたがっているにしろ、空の魔女は私に会いたくて、どんな危険かはわからないけれど、危険をおかそうとしている。そして空の魔女を助けられるのは私だけ……。そう思ったとき、モナはやっぱり出発しようと思いました。

「私、出発するわ。空の魔女のところへ」

　いちじくもまた、うなずきました。

「そうだね、とにかく出発しよう。モナが出かけようと思ったところに進むんだ。そうすれば、きっとそこには空の魔女がモナを待っているよ」

「そうね、私が空の魔女に会えるように願って進めば、きっと空の魔女が私の助けを必要としてそこで待っているんだわ」

　小屋の番人は三人に、ロープや懐中電灯やナイフなどを貸してくれました。三人は小屋をあとにしました。小屋の中にはどんなコンピューターが並んでいるのか、本当はちょっと見たい気がしていたのです。カガミくんはパソコンが好きだから、話してあげられたのにと残念でしたが、でも今はどうやら出かけることが大切なようです。そして空の魔女に会わなければなりません。

この島はとても奇妙な島でした。モナが思いつくままに先に進んでも、もとのところへまた巡って来ているようなのです。

「変だよ。もうこの場所は、何度も通《とお》ったよ。ほら、あそこ。あそこに大きな熱帯植物《ねったいしょくぶつ》みたいな葉っぱが生えているだろう。あの赤い実の傷、前に見たのと同じだよ。あのへんてこな形をした黒い岩だって、さっき見た気がするよ」

いちじくが言う前から、ギルは不機嫌《ふきげん》そうでした。

「だまされたんじゃない？　さっきの男は、自分のことを空の魔女だなんて、言ってさ。なんだかうさんくさい感じだったよ。モナはいつも信じすぎるんだよ。いったん小屋に戻ろうよ」

「本当ね。ここは、何度も通った気がするわ。きっとだからイッテモモドッテモ島というのよ。いくら前へ行っても行っても、また元の場所に戻ってしまうんだわ。こんなので本当に空の魔女に会えるのかしら。同じところを行ったり来たりしているばかりじゃ、会えるわけがないわ」

　モナも不安な顔をしました。

「だいじょうぶだよ、僕はイッテモモドッテモというのは、行っても戻っても、モナなら会えるという意味だと思うよ」

　いちじくの言葉を聞いて、くじけそうだったモナの心もまた元気になってきました。これもまた、前向きだということなのでしょうか？

第二十五章　流されるかもしれない

行っても戻ってもきっと出会えるよといういちじくの声にはげまされて、モナはまた前へ進み出しました。あの大きな木をすぎたら、今度は黒い岩が見えるはず……何度もとおった景色だから、モナにはわかりました。ところがどうしたことでしょう。大きな木のかげに広がった景色は初めてのものでした。それどころか、そこには息を飲むような広大な景色が広がっていたのです。そこには向こう岸が見えないくらいの幅広い川が横たわり、川岸いっぱいまでの水が流れていました。もっと向こうは白い水煙《みずけむり》が立ちのぼってよく見えません。どうやらそれは滝のようでした。

ドドド……といくつもの雷《かみなり》が一度に鳴り響いているようなこんなに大きな音に、どうして今まで気がつかなかったのでしょう。それともモナが滝に気がついたとたん、その音は現れたのでしょうか？　こんなに大きな滝を見たのはモナも初めてでした。もしこの滝に飲み込まれるようなことがあったら、ひとたまりもないでしょう。

ふと川上を見あげると、何か白いものが川の真ん中にひっかかって、今にも流れて行きそうになっています。

「ね、見て……あれ。あれは何かしら」

「人だよ。あれ……人だよ」

ギルの言うとおり、注意して白いものを見ると、それは確かに白いドレスを着た少女のようでした。川岸に倒れている大きな木に、ひっかかっているようです。その少女は気を失っているのか、まったく動く様子はありません。顔は水面に出ていましたが、その体は川の水の流れにゆられていて、このままだといつ水の中に沈んでしまうかわかりません。

「たいへん！」

モナが息を飲むように言いました。

「たいへんだ。このままだと流されてしまうよ。あの滝に飲み込まれたら死んでしまうよ」

「助けなきゃ……」

「でもどうやって？　気をつけないと僕たちも流されてしまうからね」

モナの声に、いちじくが慎重《しんちょう》な声でつぶやきました。

モナは倒れている木の根元《ねもと》まで、注意深く川岸を降りていきました。足下は急な坂になっていて、そして、滝からのぼってくる水しぶきで足下は濡れ、一歩一歩踏みしめないいと、足を踏み外してしまいそうです。そうなったらモナもまた、あの砕《くだ》ける波の中の藻屑《もくず》と同じようになってしまうでしょう。

「待って!!　体にひもを結ぶんだ」

いちじくがモナに声を掛けました。

(そうだわ。こうして降りても、私の力で女の子を引き上げることができるかどうかわからないもの。いちじくの言うとおりだわ)

小屋の男の人が持たせてくれたひもの片方を、岸に生えている木にしっかりと結びました。それから長いひもの先を少し残して、モナの体にもひもを結びました。

「できないかもしれない……私も流されてしまうかもしれない。でも私は女の子をこのままにしておくことなんてできないもの。なんとかやってみるわ」

いちじくとギルもモナのすぐそばにいました。もし何かあったら、僕たちは命をかけてモナを守る……ふたりともそう思っているようでした。

折れた木につかまりながら、モナはゆっくりと川へ入っていきました。川はとても冷たくて、ずっと川につかっている少女のことが気にかかりました。川はすぐに深くなりました。足は、もうすでに川底に届かず、ただ、木につかまっているだけでした。いちじくもギルも息をすることを忘れたように、モナを見守っていました。モナが進むと、木が揺《ゆ》れ、少女が木からはずれてしまいそうになるのです。モナは片手で木につかまり、手を少女の方へと伸ばしました。もうちょっと、もうちょっとで届きます。

「モナ、女の子を引き寄せるんじゃなくて、女の子の体にひもを結ぶんだよ」

いちじくの声で、もう一歩、モナは進みました。川の流れがいっそう激しく、今にもモナも流されてしまいそうです。ひもの長さが届くでしょうか？　そのとき、ギルが悲鳴《ひめい》をあげました。

「モナ、早く‼」

「モナ、早くするんだ。木が流される。根元の土が流れ出している」

振り返ると、土がどんどんくずれて流れていきます。モナは冷たさと怖さで、気が遠くなりそうでした。

第二十六章　秘密

気が遠くなりそうになったとき、モナの耳元で声がしました。

「しっかりするのよ。モナ、助けて、助かるのよ」

それは確かにママの声でした。

「ママ?」

確かにママの声でした。助けて……とはどういうことなのでしょう?　ママ……なつかしいその言葉。私の大好きなママ……それでもまだモナの心は現実から遠くをさまよっていました。もう一度、その声が、モナの心に呼びかけました。

「モナ。モナ。あなたならできるのよ」

そうだ。今頑張らなければ……、生きなければ……。

モナは、どこにこんな力が隠されていたのだろうと思うくらいの力で、木をしっかりと握《にぎ》り、そして、少女の手首に輪になったロープの端をひっかけてしっかり結びつけました。

「今だ!!」

いちじくが川岸からロープをひっぱりました。

流れは速く、少女の身体は鉛《なまり》のように重く感じられました。少女が木から離れたと同時に、大きな木は音を立てて、大きな流れの中に流されて、すぐに遠くへと消えて行きました。もう一秒でも遅かったら、もうその少女は助からなかったでしょう。

ひもにつながりながら、モナも必死になって、一歩ずつ岸に戻ろうとしました。ようやく足がつく深さにたどりつ

いて、モナは最後の力を出しきって少女を引きよせました。そして、すぐに少女の胸に耳を当てて、心臓の鼓動《こどう》を確かめました。

「だいじょうぶ。気を失っているだけよ」

そのとき、ギルが驚きの声をあげました。

「これは……いったい。こんなこと、あるはずないよ」

三人が見た少女の顔はモナにそっくりでした。

「私？」

「いや違う……あの人だ」

ギルが言い、いちじくも息を呑みながら、「本当だ。似てる」と言いました。

「いったい、誰？」

「もしかして、この人が空の魔女なのか？」

モナは、ふたりがいったい誰のことを言っているのかわかりませんでしたが、この少女が空の魔女かもしれないということは、川で少女に触れたときから、いいえ、流されそうになっている少女を見つけたときから、なんとなくそう感じていたのです。

いちじくがうめくように言いました。

「そんなばかな……でも……いや、やっぱりあの人だ」

空の魔女は弱々しいけれど、規則正《きそくただ》しく息をしていました。

「よかった……ね、ふたりとも教えて。この人は誰？　いったいどういうことなの？」

モナはたずねながらも、頭の中には、たえずさっきの「モナ、助けて、助かるのよ」という声がよみがえってきていたのです。けれど、やはりそんなばかな、という思いもまた頭の中をくるくるまわっていたのです。

「もしもし、だいじょうぶ？」

モナが呼びかけると、少女は「んん……」と小さくうめいて、ゆっくりと目をあけました。その顔はモナにとてもよく似ていたけれど、でもやはり違う人でした。透《す》けるような秋の青空を思い出させるような青白い顔に少し赤みがさしました。

「モナ、ありがとう。私、モナにやっぱり会えた……」

「あなたは誰？　どうして私の名前を知っているの？　あなたが空の魔女なのね？　どうして川なんかに？」

いろいろとたずねたくなるモナにいちじくが、やさしく言いました。

「上の花畑まで、僕が背中に乗せていくよ。少し休んでもらったほうがいい。おしゃべりはまだ早いよ」

第二十七章　めぐりの中で

花畑はそれはそれは見事なものでした。白と薄紫《うすむらさき》の花々はいったいなんという名前の花でしょうか？　一重の四枚の花びらに、小さな葉。どこにでもありそうなのに、誰も見たことのないような花です。香りは強くもなく、弱くもなく、体も心も心地よくさせてくれるようでした。その花畑は、遠い山すそまでずっと続いてました。少女だけでなく、三人もまた長旅の疲れが一度にとれるようでした。

この少女はきっと空の魔女に、違いありません。三人は少女がいったい誰なのかということだけを考えていました。三人は、モナと少女の顔が似ていることが不思議でなりませんでした。誰もそれを言わないけれど、誰もが、この少女はあの人なのではないかと思っていて、もしそうなら、どうしてこんなことが起きるのかということに頭をめぐらせていたのでした。

三人が見つめる中、少女は体を回復させるに十分なほど眠り、やがて目覚めました。

「助けてくれてありがとう」

「あなたは、あなたは空の魔女ですね」

モナが少女にたずねると、少女は少しだけ考えて答えました。

「ええ、そうよ。モナ、ギル、いちじく。本当にありがとう……」

「私たちの名前をあなたはご存じなのですね」

いちじくの問いに「もちろんよ」と空の魔女は少し笑って答えました。

「だって私、あなたたちとずっと前から仲良しだもの」

「ううん、少し違う。あなたたちとは、近い未来に、仲良しになると言ったほうがわかりやすいかもしれないわ」

「やっぱりママだ!!」

ギルがうれしい声で叫ぶように言いました。

「でも、それはおかしいわ。おかしすぎるわ」

モナの言葉に他のふたりもうなずきました。それは三人が空の魔女が目覚めるまで、おたがいの心の中でさんざん考えていたことでした。

もし空の魔女がモナのママだったら、ママは今どうして子供なのでしょう? もしモナを生む前のママだったら、あとで生まれるモナがママを助けるということはどういうことなのでしょうか? もしここで、ママが死んでしまっていたら、モナは生まれてこないことになる……。そのとたん、過去はすっかり消えてしまうのでしょうか？　第一、まだ生まれていないはずのモナが、モナを生む以前のママを助けて、それからママの人生が続いていく……。そんなばかなことがあるでしょうか？

「おかしいわ。おかしすぎるわ」

モナがまた繰《く》り返《かえ》すと、空の魔女はあどけない顔で笑いました。

「あなたたちは時間を軸《じく》に考えすぎているわ」

「どういうこと？」

「お茶碗《ちゃわん》の底からしか見えない世界にいると、世界の形は丸いって思って、それ以上は何も考えられないってことなの。時間は古い順番に一列に並んでいるってみんなは思ってるけれど……」

「そうじゃないの？」

「違う。違うのよ。時間は広がっているし、つながっているの。裏側に隠れていたり、ねじれていたり、重なっていたり……。そしてね、どう見えるかは何を軸にするかによって変わってくるのよ」

「ママ？　じゃあ、あなたは本当に私のママ？」

「そう、いつか、ときが来たらモナを生んで、私はあなたのママになるの」

「だったら教えて。ママはどうして、わざと私に助けられるために危険をおかさなければならなかったの？　私はママにこんな形で会うためにここに来たの？　私はママに会うために修行の旅に出たの？」

またモナの心が、迷子になりそうでした。だってモナは自分の人生は、モナのための人生だと思いたいのです。誰かのために生まれてきたのではないと思いたいし、自分で決めて生きていきたいと強く願ってきたのです。それなのに、ただ、そうなっているようにあやつられて生きてきたのだとしたらどんなに悲しくつまらないことでしょう。モナはまた頭をかかえこんでしまいました。

いつのまにかすぐそばに小屋で出会った男の人が立っていました。

「モナよ、少し説明が必要だろうか。すべてのものは大きな大きなこの世界の営《いとな》みの中の部品にすぎない。でも、どの部品がなくなっても、この世界は動かなくなるんだ。ひとつの出来事が起きるためには、他のすべての出来事も必要なんだよ。それぞれのものたちは、それぞれの気持ちで、それぞれの生き方をする。そのことがまた次の結果を生む。すべてのものは、複雑にからみあって、おたがいの今のためにあるんだ。今のモナのために、他のすべてのものが営《いとな》まれてきたんだ」

「私のため？　私のために世界中の人がいるの？」

「そうだよ。過去の人も未来の人も……すべての人が君のためにいるんだ。そして、ギルのためにとも言える。そして、いちじくのためにだ。あるいは、私のために、あるいはそこに咲く小さな花のためにだ」

「モナ。他のすべてのものが、ひとつの今のためにある。おたがいさまなのだ。からみあっているんだよ。つながっているんだ。わかるかい？　どれもけっしてひとつではありえないんだ。時間も、空間も、そんなものはとうに超えてすべてのことが、つながり、からみあっている。モナ、大きくなって、もしこの世界に来たことを忘れるようなことがあっても、このことだけはけっして忘れないでいてほしい」

モナのほおをいくすじもの涙が流れていきました。悲しい涙ではないのです。うれしい涙とも少し違うのです。ただ、静かに心におりてくる、おだやかだけれど大きな感動がモナをすっぽり包んでいたのです。

「モナ、私もね、魔女になりたかったの。そして旅に出たの。旅の途中でいろいろなことがわかってきたし、見えてきたの。私がいつの日か結婚し、生まれてくることになっている私の娘のあなたも旅に出てるって聞いて、とっても驚いたの。私も、今、魔女の修行中なのよ。これがこの修行の最後の旅なの。あなたに会うことがどうしても必要だったかどうかはわからないわ。でも前の旅で、あなたが私に会いに来てくれると知ったの。そして私を助けてくれるということがわかったの。私はここではもう空の魔女だったけれど、ここにいる彼に、私の代わりにモナを導いてねとお願いしてきたの。私は危険な目にあって、そしてあなたが私を助けてくれる……どうしてだかわからないけれど、それは私たちふたりにとって、とても大切でかけがえのないものなのだと、これまでの旅で気がついていたわ。私はあなたを探すため……いいえ、あなたに探してもらうために、ただまっすぐ歩いていたの。そんなときに、川で溺《おぼ》れかかっている黒猫を見つけたの。それで黒猫を助けようと、川へ入っていったの。でも、黒猫に見えたのはただの布っきれだった。猫じゃなくてよかった！　と、岸に戻ろうとしたそのときに、急に水かさが増してきたの。すごい勢いで流されてしまったけれど、どうやら大きな木にひっかかったみたい。あとはあまり覚えていないの」

ママの話は、とても不思議だけど、きっとみんな真実なのだと思いました。そして、モナのママもまた、同じように夢を追い続けていたのだということが、モナには、とてもうれしかったのです。モナの心をいつもいつも理解してくれたのは、ママも、自分の気持ちを大切にしながら大きくなっていったからで、もしかしたら、向こうの世界にいるママは、小さいときに、モナと出会って助けられたことを覚えているのかもしれないと思いました。

「モナ、モナの指輪を見て！」

いちじくの声に、指輪に目をやると、指には新しい石が加わっていました。それはどこまでもどこまでも青い、そして、高い空の色の石でした。

第二十八章　四人目の魔女

「また、未来で会いましょう」

三人の魔女に会ってきたモナたちは最後の魔女に会うために、空の魔女と別れて、新しい旅に出発しました。

「もうすぐ家に帰れるわ。私、話したいことがいっぱいあるの。パパもママもどうしてるだろう」

「だってママには、今会ってたところじゃない？」

「ギルってば、わかってるくせに……。ほら、私たちのいた世界にいるママとパパのことよ。それに、クラスのみんなもどうしてるだろう。そう言えば、あっちは今、夏休みなんだわ」

　モナはまたカガミくんのことを思いました。

（この数週間で、きっと私も変わったわ。もう昔の弱虫だけの私ではないわ。いろいろなことがあったのですもの。カガミくんに、私、いったい何から話をしたらいいのかしら）

新しい魔女に会うために、三人はふたたび空を飛んでいました。高度がまた落ちてきました。そこは、辺《あた》り一面が深い緑に覆《おお》われた森の奥でした。そして三人が降り立った場所もまた、一度入ったら、もう抜け出すことなどできないのではないかと思われるほどの深い森に囲まれているのでした。

この森の中には恐ろしい毒や、するどい牙をもった蛇や、名も知らぬ動物が息を潜《ひそ》めて獲物《えもの》を待ちかまえているかもしれません。触れるだけで、体がただれてしまうような猛毒を持った植物が、生えているかもしれません。以前のモナだったら、体がすくんでひとときだってもいられなかったでしょうが、この森の真ん中に立って、モナはなぜか、心がとてもいやされるのを感じていました。耳をすませば、ブワーンという、低いうなりのような音が聞こえてきます。森のたくさんの動物や、虫の声が重なり合って、その音を作り出しているのだということがモナにはわかりました。

大きなシダの葉が、風もないのに、ワサワサと揺れました。

「僕は毒を持っているから、葉にさわっちゃだめだよ。だけどどうだい。このりっぱな葉ぶりは。遠くから見て欲しいな」

シューシューと赤い舌を出して、あざやかな黄色と、緑のしまの蛇が目をギラギラさせました。

「よく来たね。待っていたよ。だけどそれ以上近づいちゃいけないぜ。もう少しでも近づいたら、俺さまはおまえのそのやわらかな腕に噛《か》みつかなければならなくなるからね」

ひとつひとつの声に、モナはうなずき、微笑《ほほえ》みかけました。モナの心が満ち足りた思いでいっぱいになってきました。この幸せはいったいどこからくるのでしょう。

「いちじく？　ギル？　私、とてもとても幸せな気持ちなの。この幸せな気持ちは何なのかしら？」

いちじくもまた、うれしそうでした。そして言葉を選びながら、穏《おだ》やかに何度もうなずきました。

「僕はおたがいが〝つながっている〟ということがしみじみ感じられるからだと思うな。そう。なんて説明したらいいのかな？　おたがいの気持ちがつながっている。森も生き物も、この大地も、そして我々もつながりあっている。僕たちはふだんそのことになかなか気がつけずにいるだけなんだ。でも僕は今、はっきりとわかるんだ。僕たちはつながっている。けっしてひとりじゃないって。もしかしたら、僕たちはみんなひとつなのかもしれないね。その思いが僕たちを幸せな気持ちにさせてくれていると思うんだ」

モナもギルも、魔女の世界に来て知ったことの数々が、自分たちを少しずつ変えてくれていたのだと知るのでした。

たくさんの心の声に耳を傾《かたむ》けながら、三人はさらに森の奥深く進んで行きました。

歩き始めてすぐに、モナは、ある一本のすっくと伸びた大きな木の陰《かげ》に、モナをまっすぐに見つめている小さな女の子のいるのに気がつきました。モナたちのまわりには木々や花や小さい動物など、モナを見つめるたくさんの視線《しせん》がありました。でも、その少女のまなざしは、その中でも特別にモナを必要としている視線だったのです。だからこそ、モナの心にすっと届いたのかもしれません。

「こんにちは」

小さな少女はモナと視線をあわせると、そのときを待ってでもいたようににっこり笑いました。

「こんにちは。私、森の魔女を待っていたの」

少女の声は、小さいけれど、しっかりとしていました。

(どうして、私が森の魔女を探していたのだとわかったのだろう)

モナは不思議に思いました、

「私たちもこれから森の魔女に会いにいくところなのよ。よかったらいっしょに探しましょう?」

すると、少女は少しとまどった顔をしましたが、すぐに大きな瞳をいっそう大きくキラキラと輝かせながら、弾《はず》んだ声で答えました。

「私はもう森の魔女を見つけたわ」

「え？」

本当に不思議なことを言う少女です。言葉だけではありません。よく見るといろいろなところがとても不思議です。さらさらのまっすぐな髪は風もないのに、自然とふわーっとなびいています。森の道はいばらだらけでしたが、目の前の少女は裸足《はだし》でした。細くて、きゃしゃなかかとは真っ白で、すぐにでも傷ついてしまいそうなのに、その足は、傷どころか泥の粒《つぶ》ひとつだってつけてはいないのです。

「あなたの足、どうして、そんなにきれいなの？　どうして、泥で汚れていないの？　森

の葉っぱがくっついていないの?」

　少女は、あどけなく、微笑みました。

「だって私、今、お部屋のベッドで眠っていたんですもの。私はここにいるけど、ここにいないいんだと思う」

「僕が、モナの家の金魚鉢の中にいながらここにいる、っていうのと同じだね」

　ギルがうれしそうに言いました。

「そうか、そうだったのね」

　モナは、不思議な話を聞いても、だんだんと驚かなくなっていく自分に驚きながらも、少女の話をごく自然なこととして受け止めていました。

　でも、モナにはもうひとつ、少女にたずねたいことがありました。

「さっき、あなたは『もう森の魔女を見つけた』って言ったけれど、私には見えないの。森の魔女はいったいどこにいるの?」

　少女は、小さな細い指をまっすぐモナに向けました。

「ええ、だって……だってあなたが、森の魔女だもの」

　モナはクスリと笑いました。小さな少女は何を勘違《かんちが》いしているのでしょう。

「ごめんね。私は森の魔女ではないのよ。ここに魔女の修行に来ているだけの実習生《じっしゅうせい》な

の。いつか魔女になりたくて、実習に来た、言わば見習《みなら》いなの。水の魔女、鏡の魔女、そして空の魔女の三人に会ってきたの。あとひとりだけ、森の魔女に会って、そこで実習を終えることができたら、家に帰れるの」

少女をがっかりさせてしまってはいけないとモナは思いました。そこで、

「でも、だいじょうぶ。きっと見つかるわ。会おうと思ったら、会えるのだと私知っているの。今までだってそうだった……。心配しないで、いっしょに探そ

うね」

とつけ加えるのを忘れませんでした。

でも少女は心配などしていませんでした。

「いいえ、あなたが、森の魔女に間違いないわ。私、ここに来る途中に、真っ白なふくろうに会ったの。まっすぐのびた木の根元で待っていたら、『森の魔女が君に会いに来てくれるよ。緑のドレスを着ているから、すぐにわかるよ』ってそう言ったの」

「ごめんね。やっぱりそれは私ではないわ。第一、ほら。私は、緑のドレスなんて着ていないでしょう?」

そう言って、何気なく自分の服に目をやったとき、モナは自分の目を疑《うたが》いました。この修行の旅に出発したときは確かにベッドから起きあがったまま、白い木綿《もめん》のネグリジェを着て、ここに来ていたはずだったのです。それなのに、いつのまにかそのネグリジェは、深い森の緑の色に染まっていたのです。

「こんなことって……」

それは、これまでモナが見たことのないような、とても不思議な緑色でした。深くて濃《こ》い色のその奥に、あざやかで光沢《こうたく》のある、黄みどり色や青みどり色のすじが幾重《いくえ》にも折り重なっていて、まるで緑色だけでつくった虹《にじ》のような色合いをしていました。

見ると、いちじくも、また頭の上に、森の葉でつくられた冠《かんむり》をかぶっていました。そしてギルもまたいつのまにか目の奥に深い緑の堤《つつみ》の色をたたえているのでした。

第二十九章　私は誰？

モナにはいったいどういうことなのか、ぜんぜん見当《けんとう》がつきませんでした。

「本当に私が森の魔女なの？　いいえ、そんなはずがないわ。確かに、私の服は緑に変わっているけど、私が魔女のはずはない……まだ魔法は習っていないし、空だって飛べないもの……魔法が使えなくて、空が飛べない魔女なんているはずないわ」

「だけど、僕はどうして、森の葉でできた冠《かんむり》を頭にのせているのだろう」

「僕の目の色はどうしてこんなふうに変わっちゃったのかな？」

ふたりはまたおたがいを見つめました。

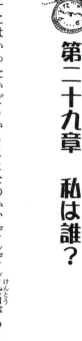

「そうだよ。そして君はいったい誰なの？」

三人の視線は目の前の、まだまだ幼い少女に集まりました。今まで出会った誰もが、モナにとって、そして三人にとって、いつも大きな意味を持っていました。出会うこと自体がモナにとって、いつも、とても必要なことだったのです。

どんなことも今につながっている……そしてどんな未来も今とつながっている。ここにあるすべてのもの、すべての人、すべてのこと……。

モナはそのとき、自分の体から説明のしにくい不思議な感情がわき起こってくるのを感じていました。目の前の少女がとてもとてもいとおしくてたまらないと思ったのです。初めて会ったのに……この少女が誰だかわからないのに。この私の気持ちは何？

少女は、きらきらとやわらかな光があふれる瞳《ひとみ》を持っていました。

「おばあちゃんが教えてくれたの。この道のこと……今日の夜眠ったら、そしてあなたが望《のぞ》むなら道が開けるって……。私ね、ちょっと悲しいことがあったの。不安でたまらなくて、おばあちゃんの家に来たの。おばあちゃんはいつも私に元気をくれるのよ。みんな大事、あなたも大事……って。私のおばあちゃんは魔女なのよ。ママは『魔女なんているわけないでしょ。そりゃあね、おばあちゃんの周りは確かに不思議なことはいっぱいあるけれど……』って現実的なことを言うけれど、私はおばあちゃんは魔女だと思ってるの」

少女は言葉を続けました。

「それどころか、おばあちゃんは誰だって魔女なのよって言うの。私も魔女だって……。だから、自分を信じなさいって。きっとだいじょうぶって」

「それってモナの言葉みたいじゃない」

ギルがびっくりして言いました。モナも、いちじくも驚きました。そして、もうひとつ

びっくりしたことがありました

「金魚ちゃん、おばあちゃんのうちのジルにそっくり……。おばあちゃんのうちのジルはおばあちゃんとお話ができるのよ。ママったら、金魚がお話しするはずがないわっていつも言うけどね」

「え？　ジルって言った？　ジルって僕みたいなの？　僕にそんなにそっくりなの？」

モナは何も言いませんでした。ただ胸がいっぱいなだけでした。自分より小さいこの少女をいとおしいと思う気持ちに身をまかせて、少女をそっとやさしく抱きしめました。そのとき、モナの気持ちの中に予感のようなものがひらめきました。私はまたこの少女に会えるわ。まだ生まれたばかりの彼女を、もっと大きくなった彼女を私は知っている気がするんだもの。

モナは少女に微笑みかけました。

「きっとだいじょうぶ……。私もそう思う。おばあちゃんの言うとおりよ。みんなが魔女。あなたも魔女。ええ、そうよ。そして私だって、魔女なんだわ。何もできない私だけど、私だって、魔女なんだわ。大切なことは信じること、心の声に耳をすますこと、そして夢を持ち続けることよ」

モナは空を仰《あお》ぎました。手を天に向けて伸ばすと、指輪から四つの光線が広がりました。海の色、鏡の色、空の色、そして深い緑の森の色。

その光線はやがて、暗かった森の空を開いて行きました。

森の木々の隙間《すきま》から、青い空が見えました。なつかしい世界へ、なつかしい宇宙へつながっている空でした。

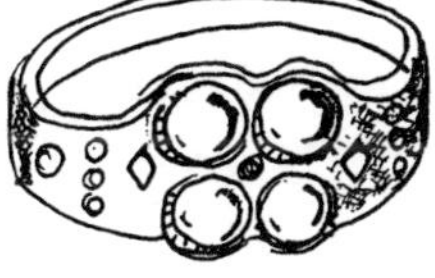

第三十章　ふたたび

見あげた空から、指輪の光が戻って来るように、細かな光がちらちらと落ちてきました。不思議に、光はやがて筋《すじ》のようになり、その筋が広がって、三人と少女を包みました。そしてあたり一面がまばゆい光でいっぱいになりました。今まで一度も光をあびたことのない深い森の葉の裏側や木のひだの、ひとつひとつにまでその光は満ちていきました。それと同時に、モナの心の中に何か温かいものがどんどん流れてきて、それが心と体のすみずみまで広がっていきました。気がつくと、体の中が自信や、勇気、やさしい気持ちなどで満ち満ちていました。

小さな女の子は目にたくさん涙をためていました。

「私はひとりぼっちだと思っていたの。ママもパパも私のことなんて何もわかってくれない……学校でも、グループのみんなが友だちをいじめるのが嫌で、グループを抜けてからは、ずっとひとりぼっち。おばあちゃんだけが私のこと思ってくれてると思っていたの。でも今は、違うって思えるの……何かわからないけれど、私はいつも大きなものとつながっていて、包まれているみたい……ね、森の魔女さん。教えて……この世界は特別なの？私たちの向こうの世界とこの世界とはまったく別なものなの？」

「私たちは確かに、それぞれがみんなひとりぼっちなの。ひとりで生まれて、またひとりぼっちで死んでいくんだわ。真っ暗な闇の中でさびしさに飲み込まれそうになったり、苦しさや悲しさが体の中でどんどん大きくなることがあるわ。でも、あなたが生まれるずっとずっと前の人が、あなたを必要として、あなたを守っている……。あなたが亡くなったずっとずっと後の人が、きっとあなたを待っている。出会う人はみな、いっしょにすごすことの理由を持っている。それはこの世界とあの世界が裏表だったり、包まれていたりする証拠だわ。忘れないわ、私。私は私らしく輝いて生きていく。ね、あなたもあなたらしく輝いていて……。それが生きているということだと思うの」

モナの言葉が終わるか終わらないうちに、光の中央に、どこまでも続いているように見える白い階段が現れました。

「私はまだここにいたほうがいい気がする」と言う少女を残して、三人はその階段にすいよせられるように上へ上へと登っていきました。少女も森も小さくなり、やがて、ひとつの点となり、その点も消えました。

モナたちのまわりは白から、薄ピンク色に変わり、そしてそれが赤になりました。

「パパといっしょに歩いた、夕焼けの中にいるみたい……なんだか眠いの……」

「少し眠るといいよ。いろんなことがありすぎるほどあったから……」

赤色が、やがて青に変わり、それは群青色《ぐんじょういろ》になりました。そして、夜のとばりがおりました。

いったい夢なのか、夢でなかったのか、いろいろな人が、ふたたびモナの前に現《あらわ》れては消えていきました。空の魔女……コンピューターをつかっていた男の人、ミラー、鏡の魔女……黒っこたち……みんな口々《くちぐち》にモナに「おめでとう」とお祝いの言葉を言ってくれています。そしてたった数週間前とは思えないくらい、うんと昔に訪れたように感じるなつかしいお城の前で、水の魔女も立って手を

振っています。

「あなたの実習はこれで終わりました。あなたなら、きっとりっぱな魔女になれることでしょう。いいえ、あなたはもうずっと前から魔女だったのよ。この旅はそれに気づくための旅……。誰もがみんな魔女なのです。信じてさえいれば……。モナ、ごきげんよう……でも私たちはいつもいつもあなたのすぐそばにいますよ」

　モナは眠い目をなんとか開けよう開けようとしながら、まぶたが重くて、開けられず、そして、いつしか気持ちのよい深い眠りに落ちていったのでした。

第三十一章　なつかしい家

朝日がモナの顔の上に差し込んできました。モナはウーンとのびをしながら、そっと目をあけました。

「眠ってしまったんだわ」

いったいここはどこだろう？　自分がどこにいるのだろう？

「鏡の魔女のベッド？　森の中？　それとも空の魔女の家？」

まだ寝ぼけた瞳で周囲を見回すと、そこには懐かしい見慣れた部屋の光景が広がっていました。

「いいえ、違うわ……違うわ。違う……ここは私の家だわ。私の懐かしいベッドだわ」

モナはあわててベッドから跳《は》ね起きました。

モナの頭の中はまだ混乱したままでした。

「どうして私、ベッドの中にいるの？　そんな……ことって。今まであったこと……ひょっとしてみんな夢？　そんなはずないわ」

すべてが夢なんてそんなこと、悲しすぎるとモナは思いました。今では自分の一部になっているようにも思える、修行中に出会った大事な人たちのことを思いました。それが全部、夢だなんてモナには考えられないことでした。

ぼんやりした頭のまま、あたりを見回しました。モナの部屋の中は、モナが毎日いたときのままでした。そうだわ、いちじくとギルはどうしたかしら？　パパとママはどこにいるの？　部屋のドアを開けていそいで階段を駆けおりました。

「おはよう……モナ、よく眠れたかい？」

パパがベランダから声をかけました。あんなに会いたかったパパなのに、モナはパパに抱きつくことができませんでした。抱きしめてくれるはずのパパが、まるで普通の一日が始まっただけのようにモナに声をかけたからです。

ああ、話したいこともたくさんあったはずなのに……振り返ってパパを見て、モナはまた立ちつくしてしまいました。いちじくとパパは朝のお散歩に出かけていたようでした。

「いちじくがリードでつながれている……」

モナは修行中、ずっといちじくといっしょにいたけれど、リードでつなぐなんてことは考えもしないことでした。そして、やっぱりいろいろなことがただの夢にすぎなかったのではないかと不安でたまらなくなりました。

「パパ？」

「どうしたんだい、モナ？」

（どうしてパパは私に修行のことをたずねないのだろう）

パパは、不安そうなモナを、心配そうに見つめました。振り返って金魚鉢を探すと、ギルの金魚鉢は変わらずテーブルの上にあって、ギルは岩の陰から尾っぽだけをのぞかせていました。

「モナ起きたの？　モナ？　私に顔を見せてちょうだい」

声がしました。モナの心の中にぱっと光がさしました。

ママ？　ママ？　ママなら大丈夫。私の旅のすべてを見つめてくれていたはずだもの。ママの胸に飛び込むと、またママもモナをいとおしそうに抱いてくれたのです。

「おやおや、大きな赤ちゃんだね。いったいモナはどうしてしまったんだい」

パパが驚いたように言いました。

第三十二章　冒険の意味

「ママ……」
モナがママの胸に飛び込むとママはモナをいとおしそうにやさしく抱きしめてくれました。見あげるとそこには、いつものやさしいママの瞳が静かにモナを見つめていました。モナはもうそれで十分だと思いました。たとえ、今までのことが、夢だったとしても、ママが、モナの心を知って、受け止めてくれている……現実にあったことであろうとそうでなかろうと、モナの心には修行の旅でもらったことが、たくさんたくさん詰《つ》まっているのだから……。

朝ご飯は旅の間じゅうずっと食べたいと思っていた、ママのふわふわのオムレツでした。いつかこんなオムレツが作れるようになりたいと思っているのですが、モナが作るとどうしても固くなったり、ベタベタして、ママのオムレツのようにはならないのです。ママのオムレツは外側が色よく焼けていて、でも中にはまるで、トロリとした温かいおいしいスープが入っているようで、軽く外側をナイフで傷つけると、そのスープが中から、こぼれてくるのです。モナはこのオムレツにケチャップとマヨネーズとチーズをかけて食べるのが大好きなのです。

オムレツはモナを元気にしてくれました。満足そうなモナを、ママもうれしそうに見つめていました。小さいときに眠れないとママは必ず『ベッドで飲むなんて本当はお行儀《ぎょうぎ》が悪いんだけど、今日は特別ね』と温かなミルクを持って来てくれました。そんなときも、ママは同じようにやさしい顔で私のことを見つめてくれました。

(そう、そのときの目とおんなじ。ともあれ、ママもパパも、いちじくも、ギルもみんな今、私といっしょにいるのだもの。それ以上のことは望まないわ)

とそのとき、電話のベルの音がしました。電話はカガミくんからのものだったのです。

「モナ? 今日会える? 新しく公開された映画、ほら、あの魔女が出てくるヤツさ。もしまだなのだったらいっしょに観《み》ない?」

なつかしいやさしいカガミくんの声は、変わってはいませんでした。

「行く。もちろん行きたい。私、話したいことがあるの」

モナはカガミくんにだけは、夢であろうとそうでなかろうと修行の旅の話をしたいと思いました。旅の間じゅう、話したいことがたくさんあったのです。

(きっとカガミくんなら、信じてくれるわ)

待ち合わせの映画館の前でモナはドキドキしていました。そうしてもう一度、もし夢だとしたら、いったいどこからが夢なのかしら？　と考えていました。実習に出かける前に、先生と約束したことはどうなのだろう……カガミくんがいろいろ情報を探してくれたのは本当だったのかしら？　夢だったのかしら？

向こうの方からカガミくんが手を振って走ってくるのが見えました。カガミくんの胸元にきらりと光るものが見えました。

（あ、あれは？）

カガミくんのシャツの首のすきまに光るものが見え隠れしていたのです。

そして、モナははっきりと見たのです。その光るものはモナがずっと大切に持っていた、あのおばあちゃんのお守りのペンダントでした。そしてそれは旅の途中でミラーに渡した物だったのです。

第三十三章　同じ風の中で

モナの目はカガミくんの胸のペンダントにくぎづけになりました。そしてカガミくんもそのことに気がついたのでした。

「このペンダント……いいだろう？　このあいだ、いつもは通らない裏通りにふらっと入っていったんだ。人通りもない道なのに、布を広げてペンダントやお守りや銀の指輪なんかを売っている男の人がいてね。不思議な雰囲気の男の人だったよ。黒いマントをこの夏の暑い中、着てさ。いつもだったら、そんなものにはぜんぜん興味がないから、さっさと通り過ぎるのに、そのときはなぜだかとても心惹《ひ》かれて、立ち止まったんだ。品物を見ていたら、このペンダントが目に入って、値段が書いてなかったからおそるおそるたずねたら、『それはあなたの持つべきもの。だからお代は要りません。持っていきなさい』なんて男の人が言うんだ。ちょっとびっくりしたんだけど、そのときに僕、どうしてもこれをほしいと思ったんだ。それでもらってきたんだよ」

「それにね。これを見たときに、なぜだかモナのことが頭に浮かんだんだ。このペンダントはモナみたいだと思ったんだ。不思議だろう？……ペンダントがモナの雰囲気《ふんいき》にぴったりとかそういうわけでもないのに……それでね、一度首にかけてみたら、僕、これをずっと持っていようって思ったんだ。それからね、もうひとつ、モナに渡したいものがあるんだ。その男の人がね、『これをあなたの大切な人に渡しなさい』って言って僕に渡してくれたものなんだけど、僕はそのとき、ああ、これはモナが持つべき物なんだなってわかったよ。手を出してごらん？」

カガミくんはモナの手をとって、手の中にあった指輪をはめてくれました。それは、驚いたことに、あの四つの石が入った指輪だったのです。モナの指に吸いつくように、その指輪はおさまるべきところにおさまりました。

モナは胸がいっぱいになりました。どこからか、心地《ここち》よい音楽が流れてきました。やわらかな光がモナの体を包みました。その音楽と光は、モナが〝目に見えない本当のこと〟に気がついたことを祝福しているようでした。知らず知らずのうちに、涙がほおを伝っていたけれど、そんなことにも気がつかず、モナはカガミくんを見つめていたのです。

（ミラーはカガミくんだったのね。いいえ、カガミくんがミラーだったのかしら？　そんなことはどうでもいいことなんだわ。私の旅は夢ではなかった……現実に起こったことだったんだ。いいえ、現実って言っていいのかはわからない……どんなふうに言ったらいいのかわからないけど、でも私は確かに旅をしていたんだわ。だけど、そのことをカガミくんは知らないみたい……知らないけれど、確かに私のそばにいて、私を助けてくれていたんだ）

今、モナはここで生きているのだけれど、この世界はどこかの別の世界と、水や光や森や土や、そして気持ちでつながっていて、私たちは両方の世界を行ったり来たりすることがきっとできるのだということにモナは気がついたのでした。

（誰もがもうひとつの世界とつながっているんだわ。気がついてないだけなのよ。だからもしかしたら……そうよきっと。誰だって不思議な力を持っているんだわ。みんなが魔女なのかもしれない。魔女をしながらお花屋さんだったり、魔女をしながらお母さんだったり、魔女をしながらお巡《まわ》りさんだったり……。誰もが心の耳をすませば、大切な扉をあけて、その空気を吸うことができるんだわ）

モナはうれしくてたまらなかったのです。人は笑ったり泣いたり、怒ったりやきもちをやいたり、くやしがったり、よろこんだりしながら生きている……そしていずれ死んでしまうけど、どのひとつをとっても、けっしていらないものはないんだ。どれもが大きな意味を持っていて、いつかの素敵なことを作りあげているんだわ。私たちは誰もが、この大きな世界の、大切な〝一部〟なのよ。

モナの目には石も木もベンチも看板も、まわりのなにもかもの物がすべて光をうけて輝いているように見えました。きっと、私だって、輝いている……そしてありのままのこの私を、この大きな世界が必要としてくれている。そうね、私は、私のことを好きでいていいんだわ……それって本当にうれしいことだなと思いました。そう思ったら、モナは自分の体も心も大好き！　抱きしめたいくらいと思ったのでした。

「モナ、どうしたんだい？　ぼおっとして」

カガミくんに言われてはっとしました。そうだ映画を観《み》に来たんだった。カガミくんありがとう……同じ風の中でこうしていられてうれしい……にっこり笑い合って、映画館の中へ入ろうとしたときでした。そこに、まるで待っていたように、じっとこちらを見ている人がいました。

「あ、ホシノくん」

「よぉ、ホシノ。君もこの映画、観に来たの？」

ホシノくんはカガミくんの言葉には返事をしませんでした。カガミくんがそこにいることさえ、まるで見えていないようにモナをじっと見すえました。

「どうして絶対に行くなと言ったのに、出かけてしまったんだ？　あんなに止《と》めたのに……」

（どういうこと？　ホシノくんは私の旅のことがわかるの？　知っているの？）

パパもカガミくんも気がついていない旅のことを、どうしてホシノくんは知ってるのでしょう。

「いや、モナを責めるわけにはいかない。モナは知らないかもしれないが……、いや……もういい……」

ホシノくんはがっくりと肩を落とすと、ふたりに背を向け、何かをブツブツと言いながら、街の中に消えていきました。でも、モナには、ホシノくんの言った言葉がはっきりと聞こえたのです。

「……運命の歯車《はぐるま》は動き出してしまった。もう誰にも止められない……」

「ホシノのやつ……いったいどうしたんだ？　変なやつ」

ホシノくんの言葉は、モナの新しい旅が始まるということを予感《よかん》させるようでした。

魔法の国
エルガンダの秘密

魔女・モナの物語 2 The Story of Witch MONA

文・絵
山元加津子

みんなでひとつの命を生きている

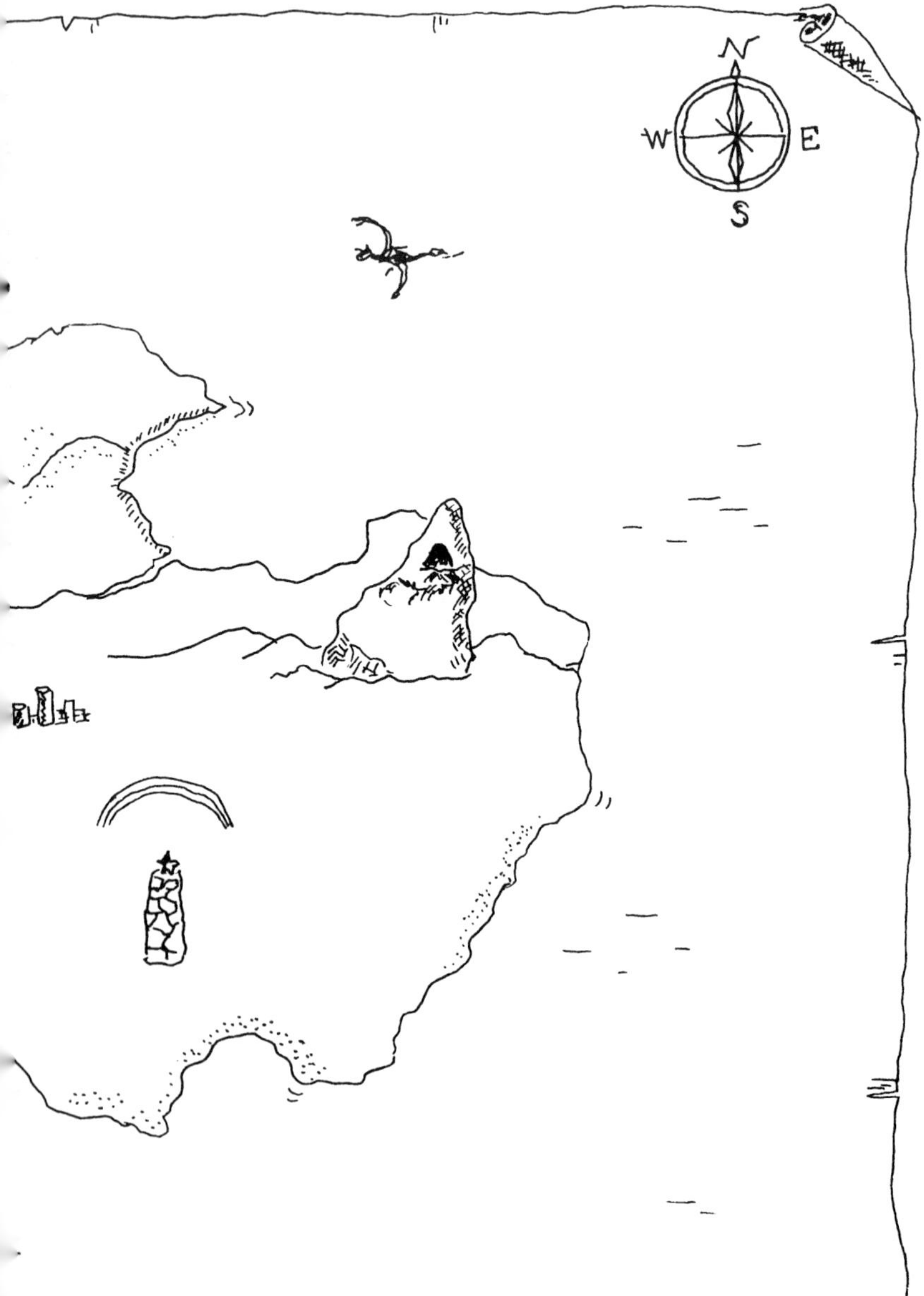
N
W
E
S

魔法の国 エルガンダの秘密

魔女・モナの物語 2 *The Story of Witch MONA*

文・絵
山元加津子

この本に登場する人たち

モナ

この物語の主人公。
「魔女・モナの物語」で魔女修行から
帰ってきたモナに新たな事件が降りかかり、
再び、愛犬いちじくとともに
旅に出かける。

アル・ノーバ

父を探し、助け出すために
旅に出たまま、
何十年も行方不明になっている。

ギル

いちじく

予言の魔女・ドーパ

石の魔女

プラネット

黒魔術の本の番人

赤沼の生き物

悪霊

伝説の剣

石の魔女の手下

魔法の国　エルガンダの秘密

もくじ

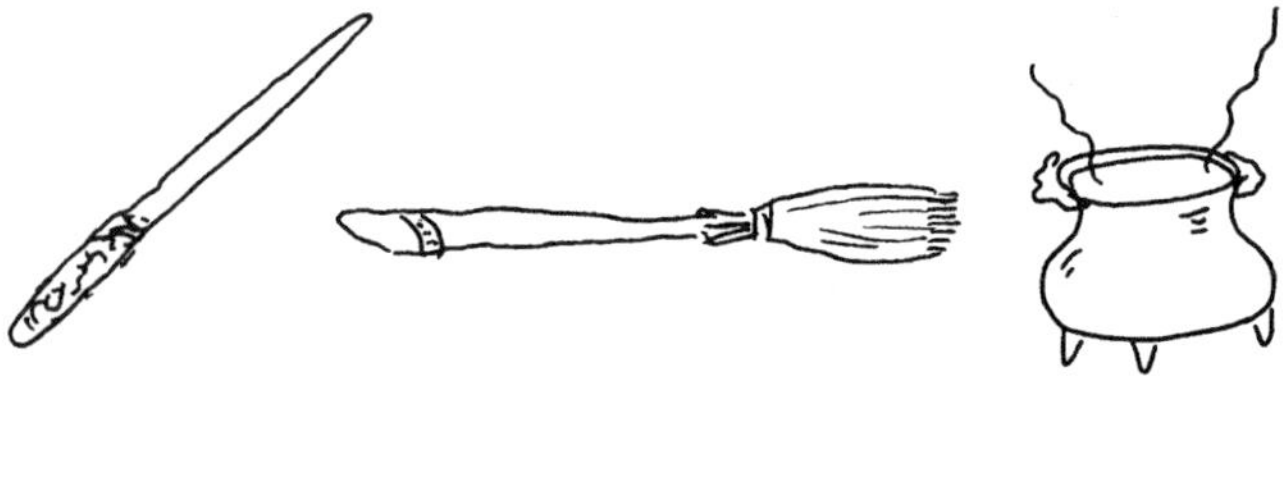

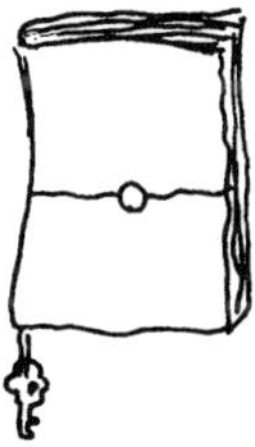

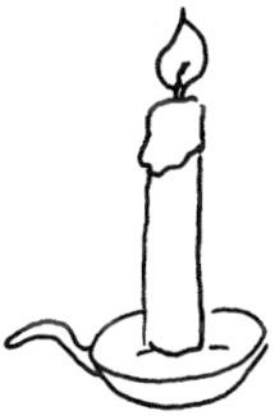

装丁・森本良成

魔法の国　エルガンダの秘密

第一章　始まり

大きな太陽が、海の水平線近くまで傾き、あたりにはすっかり夕陽の色が広がって、すべてがオレンジ色に染まっていました。砂浜にずっと続く足跡をたどると、その先には、おばあさんがいました。

おばあさんは、海で拾ったような流木《りゅうぼく》の杖をつきながら、ぶつぶつと何かをつぶやきながら歩いていました。顔のしわは深く刻《きざ》まれ、腰を大きく曲げて座り込む様子を見ると、おばあさんが、いったいどのくらいの年齢なのかわからないほど、年老いているように見えました。おばあさんは海岸そばの療養所に、いつのころからか暮らしていました。

職員の中には、ずっとずっと前からそのおばあさんがそこにいた気がするという人、あるいは、気がついたら、いたんだという人などいろいろでしたが、誰も、確かなことはわかりませんでした。そして、彼女が人と話をしたり、笑ったりしているところを見た人は一人もいませんでした。

おばあさんは、最初の色が何色だったのかわからないほど色あせた古いカーディガンをはおり、すり切れた薄茶色のロングスカートをはいていました。

行く手には、嵐の日の大きな波でどこからか運ばれてきた大きな流木が、砂に半分埋もれるようにしてありました。おばあさんはゆっくりとその流木に腰を掛けました。

やがておばあさんは動くのをやめました。あまりにも長い間動かなかったので、おばあさんは、景色のひとつのように見えました。

星が光り出す頃、おばあさんはついに立ち上がり、持っていた杖《つえ》を天に向けてびゅうっとひと振りしました。

そのとたん、薄暗くなった空から、白い光がまるで流れ星のように、おばあさんの近くに線をえがきながら降りてきました。その光の主《ぬし》は若い男の人の姿をしていました。若者は、おばあさんの前にひざまづきました。二人は何か話をしていましたが、どうしたことでしょう、やっと歩いているように見えたおばあさんが、二十歳も三十歳も若返ったよう

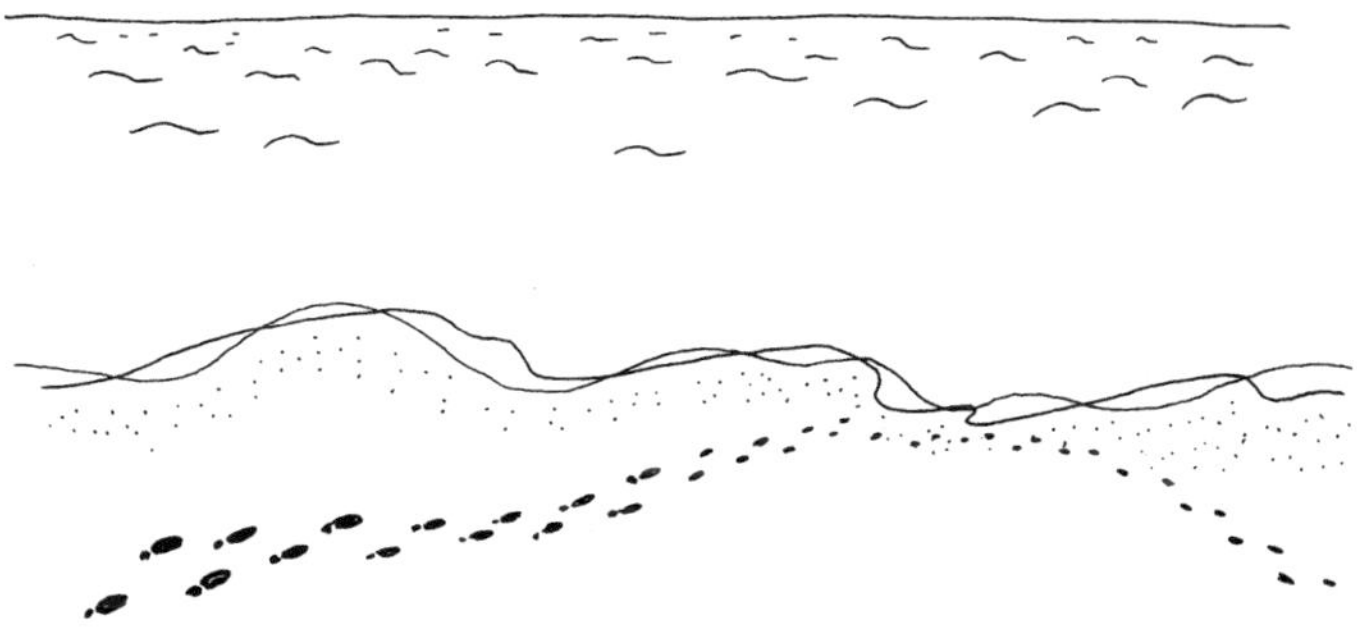

に、背を伸ばし、杖を繰り返し振りかざし、若者を打ちすえているようでした。若者は、何度も何度もおばあさんにおじぎをし、そしておばあさんはその都度《つど》に若者に杖をふるうのでした。やがて、若者は何かをあきらめたかのように、とぼとぼと、浜辺の向こうに続く林の中へ去っていきました。

その日モナは、いつもと何かが違うと感じていました。

学校の帰り道、街路樹の緑が揺れてやわらかな光を作っていることも、いつもの曲がり角のところにいる犬がモナにしっぽを振る様子も、みんな同じなのに、でも、どこかが違っているとモナは思いました。そしてその思いが、モナの心を暗く重くし、そしてたまらなく不安な気持ちにさせていました。

「モナー」

遠くでモナを呼ぶ声がしました。声のする方を振り返ると、おさげが手を振って走ってくるのが見えました。

「ねえ、モナ、何かいいことないかなあ」

おさげの明るい声を聞くと、モナの心は少し軽くなりました。

「うふふ、おさげっていつも、〝いいことないかなあ……〟って言ってるのね」

「だってぇ、毎日毎日おんなじことの繰り返しじゃない。朝起きて、学校へ来て、それで勉強してさ、部活の後は、帰るだけじゃない。それでお風呂に入って、すぐに夜になって、眠ったらまたすぐ朝でしょお？　ずっとそれの繰り返し。なんにも変わらない。こういうのを、退屈な毎日って言うのよ‼」

おさげは力を込めて言いました。

「ねぇモナ、つまらないと思わない？　大人になっても、朝起きて、働いて、また夜になって、朝になっての繰り返し。それでね、このまま私、おばあちゃんになって死んじゃうのかな。私ってなんのために生まれてきたのかな。なんかそんなこと考えちゃうんだぁ」

「え？　そう……？　そうなんだ。ウフフフ、ウフフ、アハハハ。ハハハ」

「やだ、モナったら、そんなに大笑いすること？」

「ごめんごめん。だっておかしいんだもの。うれしいの。こういう毎日って幸せだなあって。おさげがいてくれて、私、すごくうれしくて、幸せだなあって」

「変なモナ。モナは考えないの？　そういうこと」

モナはまたウフフと笑いました。

「もちろん、いつも考えるわ。そうね。たとえば、セミの幼虫はね、七年間もひとりぼっちで土の中にいるわけでしょ？　その間は誰とも言葉を交わさないで、ただ土の中にいるだけじゃない。そしてやっと外に出てきても、精一杯鳴いて生きて、一週間で死んでしまう。セミが登場してどのくらいたったのか知らないけれど、ずっとずっとその繰り返し。子孫も、その子孫も、そのまた子孫も、ずうっと、同じことの繰り返しでしょ？　土の中にいる七年の長さって、セミにとってどういう意味があるのかなとか、何代もずっと繰り返されることにどういう意味があるのかなって思うの。それにほら、セミだけじゃなくて、ホタルだって、ただ光り続けて短い一生を……」

「ちょっとぉ、ちょっと待ってよ。モナって、やっぱり変わってるわ。セミはどうでもいいのよ。ホタルもどうでもいいの。問題なのは私よ！　私の日常のモ・ン・ダ・イ‼」

「ウフフ、そうね。どうしよう……おかしくてとまらない。おさげ、ありがとう」

「モナにそう言われると、つまらない毎日も、まあ、ちょっとはましに思えてくるわね」

顔を見合わせて、二人で笑い転げていると、不安なんて、気のせいだと思えてくるのでした。

そのときです。モナの目の前の空気が、蜃気楼《しんきろう》のようになって、揺《ゆ》れたのです。目をこらすとその揺れのいくつかが小さな空気の渦《うず》をつくって、渦の向こう側に違う風景を映し出しています。映し出された風景は、とても恐ろしいモノでした。いいえ、はっきりは見えなかったけれど渦がどくろの目の形になり、そうかと思うと、その向こうの暗闇に恐ろしい光る目が見えたような気がしました。その上、裂《さ》け目となってぽっかりと空いた空間から冷気と生ぐさいにおいが、モナにむかって流れてきたのです。そのにおいは手の形になり、モナをつかみ、その裂け目にひきずりこもうとしています。モナの悲鳴があたりに響き渡りました。

「モナ‼　モナ‼　どうしちゃったの？　顔が真っ青よ‼」

おさげの声でモナは自分を取り戻しました。気がつくと、ぽっかり空いていた裂け目は、あとかたもなく消えていました。

「おさげ、見えたでしょう？　ね、今、見たでしょう？」

「モナ、何の話？　どうしちゃったの？」

「え？　おさげは何も見えていないの？」

不思議そうにモナの顔をのぞき込んでいるおさげに、モナは何も伝えることはできませんでした。

おさげと別れた後、モナは走って家に帰りました。とにかく急いで金魚のギルに、今あったことを話そうと思いました。ギルというのはモナの家に住む金魚の名前です。

モナには小さい頃から魔女になりたいという夢がありました。モナはその夢をかなえるために、以前、魔女になるための実習に出かけました。旅の間に、モナはどうやらいつか森の魔女になれそうだということがわかりました。けれど、こちらの世界に戻ってきても、モナは相変わらず、空を飛ぶどころか、目の前のコップひとつ、魔法で形を変えることも、自由に動かすこともできないのでした。その修行の旅で、金魚のギルがモナと話ができることがわかったのです。それからというもの、ギルはモナにとって大切な友人になりました。実習が終わったあとも、ギルはモナにとってよき相談相手でした。部屋で二人きりになったときには、今も変わらず人間の言葉で話をしてくれるので、モナにとって、ギルはあこがれの魔女の世界とモナをつないでくれているようにも思えるのです。

「ギル、大変よ。何かとんでもないことが起こってる」

「モナ、どうしたんだい？　そんなにあわてて」

金魚鉢の中で振り向いたギルがいつものように、自慢の長い尾をゆっくり振り、モナを見上げました。そのとたんでした。とつぜん、ギルの目の玉だけが急に破裂するのじゃないかと思うほど大きくなったかと思うと、体がみるみるうちに小さくなっていきました。ギルが恐怖の表情を浮かべました。

「うわぁ、モナ。モナ！」

「きゃあー。ギル、ギルどうしたの？」

モナがなにもできずに立ちすくんでいる間に、ギルの体はどんどん小さくなりました。そしてあぶくほどの大きさになり、パチンと音をたてて、とうとう金魚鉢の中にギルの姿はなくなってしまったのです。

「いやあっ!!　ギルー!!」

(ギルが……ギルがいなくなってしまった)

目の前にギルがいたのに、モナには何もできませんでした。モナはあまりのことに金魚鉢を抱いたまま、ぼおーっと立っているしかありませんでした。そのとき、部屋のドアがあいて、パパが入ってきました。

「モナ。大きな声が聞こえたけど、どうかしたのかい?　おや、この金魚鉢どうしたんだい?　何か飼うつもりなの?　何もいないじゃないか。パパも昔はザリガニなんかをつかまえてきて、よく飼ったものだよ。そうだ。モナ、何かペットショップでさがしてこないかい?」

「パパ、何を言っているの。ギルの金魚鉢じゃない。ザリガニなんか入れたら、ギルの帰ってくるところがなくなっちゃうじゃないの。いったいどうしちゃったの?」

(パパが変だわ)

パパはギルのことをすっかり忘れてしまっている……。何かとてつもなく恐ろしいことが確かに起こっているようです。モナの心は、今にも不安で押しつぶされそうでした。

「モナこそ、腹をたてて、どうしたんだい？　ギル？　ギルって誰だい？」

「パパ、何を言ってるの」

モナはついに声をあげて泣き出してしまいました。泣きたい気持ちが体の奥からわき起こってきてとまらないのです。パパはそんなモナの様子に、ただ、おろおろとしているばかりでした。

モナは急に顔をおこしました。

「そうだ、ママよ。ママならわかってくれる……」

「ママー。ママー。大変。ギルがいないの……何かが起こってるの！」

ところがどうしたことでしょう。いつもなら、すぐに「どうしたの？　モナ」と顔を出してくれるはずのママの姿が見えません。キッチンも見ました。庭にもいません。玄関にはいつものママの靴があるけれど、姿が見えないのです。モナの心臓が早鐘《はやがね》のように打ちました。不安がどんどん大きくなってモナの心を覆っていきます。

（そんなこと……まさか、ママまで消えてしまったなんてことはないよね。絶対にないよね。車はある？　ママの車……）

モナは自分に言い聞かせるようにしながら、家を飛び出してガレージを見ました。そこには、ママの銀色の車が停められたままになっています。

（ママはどこにも出かけていない。家からは出ていないわ）

近くのスーパーに行くときだって、ママはいつも自分で「アル」と名前をつけたこの車を使います。実はこの車はモナが見つけた車でした。自動車販売店に置かれた銀色の目の大きな車を見て、「可愛い！」とモナが一目で気に入ったのです。そして、ママもこの車が気に入ったようでした。

「高速道路を走ると、まるで空を飛んでいるような気持ちね」と言いながら、ママはアルに乗ればいつもごきげんでした。アルという名前だって、モナが想像するには、たぶん、ママの好きなアーティスト、ミスターチルドレンの曲の歌詞「あるがままの心で……」の「ある」からとった言葉だと思うのです。アルが車庫にあればママは家の中にいるに違いないのです。

やっぱり家の中のどこかにいるんだわ。そうよ、きっとうたた寝してるだけかもしれないし……。不安を打ち消そうとするけれど、そのたびに、ギルがどんどん小さくなって、パチンと泡のように消えてしまったことが何度もよみがえってくるのです。

「パパ、ママはどこ？　どこにいるの？」

「モナはいったいどうしちゃったんだい？　大きな声を出して」

「まさか。パパはママのことまで忘れてしまっているんじゃないでしょう?」

「忘れる? 何のことだい? 本当だ。ママはどうしたのかな?」

パパはママのことは、忘れてはないようでした。けれど、パパは起きたことの重大さには少しも気がついていないようで、のんきな声を出すだけでした。

「モナ、ママはおばあちゃんのうちに出かけたんじゃなかったかい?」

モナはもう一度、家中を探して回りました。ベッドカバーもめくりました。いるはずのないクローゼットの中も確かめました。けれど、やはりママの姿を見つけることはできませんでした。

不安が大きくなり、また大声で泣き出したい気持ちになったけれど、今は泣いているときではありませんでした。ギルが消え、おそらくはママもどこかへ消えてしまったのです。ついさっき、空気の裂け目から、恐ろしい風景が見えたのもきっと偶然ではないのでしょう。何かが起きているのです。

モナは、ポケットの中の小さなコンパクトのことを考えました。それは大好きなカガミくんがモナにプレゼントをしてくれたコンパクトでした。

カガミくんは、いつも元気なモナが、時に落ち込んで元気をなくしていると、必ず「どうかしたかい?」と聞いてくれました。どんなときもいつも、「どうしたらいいか考えよう」と言ってくれるカガミくんに、モナはママとギルがいなくなったことを話したいと思いました。けれど、パパと同じように、カガミくんもきっと何かが変わってきていることに少しも気がついていないだろうと思うのでした。

ポケットのコンパクトを握りしめ、モナは立ち上がりました。

「私が、ママやギルを助けるしかない。なんとかしなくちゃ。必ず、ママとギルを連れ戻してくる！」

モナはベランダの犬小屋へ急ぎました。モナには小さいときから、きょうだいのようにして育ったいちじくという犬がいます。

魔女の修行のあいだは、モナに人間の言葉でおしゃべりしてくれたのに、帰ってきてからは、前と同じように、ワンワンと返事をするだけでした。このときも「いちじく、一緒に行ってくれる？」と聞くと、いちじくはただワンと吠《ほ》えただけでした。けれど、モナにはいちじくが、「もちろん僕も一緒に行くよ」と言ってくれたのだとはっきりわかりました。

助けに行く……そう決めたけれど、いったいどこへ行ったらいいのでしょう。

モナには魔女修行ではっきりとわかったことがありました。それは、魔女の世界とこちらの世界は、別の世界ではなく、たくさんの道筋でつながっているということです。水道の向こう側には水の魔女がいて、鏡の向こうには鏡の魔女がいる、空は空の魔女とつながっていて、花や木々は森の魔女とつながっている……私たちはここにいても、いつも向こうの世界とつながっているのです。

「大切なのは、ママとギルのところへ行きたいと願うことだわ」

モナはいちじくを抱き上げ、抱きしめて、ママとギルのことを考えました。

いつもモナを優しく見つめていたママの深く黒い瞳、そっとモナの髪をなでてくれた柔らかで細い指、静かな声、温かな笑顔。美しく長く伸びた真っ赤なギルの尾、黒く大きな瞳。どれもが、ついさっきまで手をのばせばすぐに届くところにあったのに、今はどことも知れない遠い場所にあるのです。そして、二人は、今、いったいどうなっているかということさえわからないのです。

モナの心の中に、突き上げるような悲しみと、そして怒りがわき上がってきました。

(いったい誰がこんなことを。ママ、ギル、待っていて！　すぐに行くから)

「ママー！　ギル！」

モナの体の中から不思議な感覚がわき上がってきました。悲しい怒りは、モナの足先にも手の指の先にも、そして髪の毛の先にも、体中のひとつひとつの全ての細胞にあるのだと、モナははっきりとわかったのです。心はどこかにあるのじゃないんだ。細胞ひとつひとつに、私の心、私の気持ちがあり、そのひとつひとつが私自身なんだ。モナがはっきりとそう意識したとたん、モナの細胞のそれぞれがひとつの生き物として働き出したようでした。いつしか、モナは暗闇の中にいました。

細胞の全てが光を放ち、やがて、そのどれもがモナの体というつながりから解き放たれて、暗闇の中にバラバラに散らばりました。モナはそのとき、自分が宇宙に融《と》けていくのを感じていました。

暗闇の空間はときどき窓が開いて、その向こうの世界が見え隠れしています。カプセルのような乗り物が、空中に浮かんで現れては消えるのが見えました。未来の車でしょうか？　また窓が開いて、そこから恐竜がうなり声をあげているのが見えました。その向こうの窓からは、真っ赤に燃えるような星が見えます。星を取り巻く気体が渦をつくり、ときどき爆発が起きているのが見えます。ここでは時間や場所というものが、順序よく並んでいるのではなく、おそらくは同時に大きな中に存在しているようでした。

いつのまにか、また暗闇の中にモナはいました。モナはふとあんなに悲しく思っていた気持ちも、不安に思った気持ちも、そして怒りの気持ちもなくなってしまっているのに気がつきました。体もなく気持ちもなく時もなく場所もない……なにもかもがない中で、モナはいったいどこまでが自分でどこまでが宇宙なのか、全部が宇宙なのかとぼんやりと思

いました。けれど、すぐにその静かな時間は終わり、何か大きな力で、一点に向かって引っ張られていく感じがしました。宇宙の中に広がってばらばらになって融けたモナの細胞のひとつひとつが、すごいスピードで寄り集まっていくのでした。何かの秩序で、細胞が形を作っているのがわかりました。どうやら細胞はまたモナの体を作りなおしているようでした。

第二章　歩く

モナが目をさまして最初に見たのは、青く白い光りを帯《お》びて、そそり立っている高い高い山々でした。山から吹き下ろしてくる風は、固く冷たくヒューという音をたてて、モナの顔のあたりに小さなつむじ風を作っていました。

手をついて起き上がろうとしたとたんです。

「モナ、気をつけて！」

鋭い声が届いてきました。モナに声をかけたのはいちじくでした。

モナはいちじくが一緒だということにほっとしたと同時に、自分が魔法の世界に来ているのだということに気が付きました。いちじくが人間の言葉を話していたからです。

「モナ、気をつけて！　足下《あしもと》を見て！　すぐに！」

「えっ……？　あっ!!」

なんということでしょう。モナは断崖絶壁《だんがいぜっぺき》の山の中腹にある、平らな岩の上に横になっていたのでした。下を見下ろすと、目もくらむような恐ろしい高さでした。どんな高いビルに登っても経験できないほどの高さにモナたちはいるようでした。遙《はる》か下に川が流れ、細く白い流れにキラキラと水が光っているのが見えました。

「どうして？　どうして私たちこんなところに？」

「僕にも、わからないよ」

「いつのまにこっちの世界に来たの？　なんだか不思議な感覚だけは覚えてるわ。だけど、鏡や水を通らなくてもこっちの世界に来られるなんて……」

「僕もどうやってここへ来れたのかわからない。そんなことより、僕たちこれからどうしたらいいんだろう。座っていられるような広い場所はここだけだよ。見てごらん、モナ」

いちじくは、風に毛をなびかせながら、岩の先にある足場の方を向きました。その足場からは山の上の方と下の方へと一本の細い道が続いていました。

「道はこれしかないよ。下に降りるにも上に登るにも、この細い道を通るしかないようだよ。でも片足ずつしか歩けないから、一歩でも踏み外したら間違いなく助からないよ。モナ、大丈夫？　行けそうかい？」

モナは決して臆病《おくびょう》ではありませんでした。けれども、それにしても、なんという高さでしょう。そして、道とは言っても、わずか一〇センチほどの幅しかなく、山にへばりつくようにして続いているだけなのです。そしてその道も今にも崩れそうに見えました。

「いちじく、こんなに細いのよ。それに手でつかまるところだってほとんどないわ。私、怖い」

「でも、ここにずっといるわけにはいかない。ここしかないんだ」

「私が魔女だったら空を飛んでいけるのに」

「仕方ないよ。降りる？　それとも登る？　どうしようか？　モナはどう思う？」

どんなに怖くても、ここにじっとしているわけにはいきません。そして、モナは二人を助けるために来たのです。モナは深く息を吸い込みました。

「ずうっと下まで降りて行けば、あの川があるわ。そこは水の魔女に通じているかもしれない。でもね、いちじく。こんなに高いところに私たちがいるということに、何か理由があるのかもしれないわ。そうだとしたら、上へ登ったほうがいいんじゃないかしら」

「僕はモナにしたがうよ。僕は、モナの言うとおりにするって決めたから」

そうです。いちじくはいつも、そう言いました。自分で決めることが大切、僕もモナの言うとおりにするということを決めたからと。

モナはしばらくじっと考えました。そのうち、モナの心の中に、登ろうという気持ちがだんだんと強くなってきているのがわかりました。今いるところは、ずいぶん高いところです。山の上の方はかすんでよく見えないけれど、下まで降りるよりは山頂まで登る方がずっと近いように思えました。それに、大切なものがもし上にあるのなら、一度下まで降りてしまっては、もう二度と山頂まで上がるなんてことはできないような気がしたのです。

そしてもうひとつは、降りる方が登るよりずっと怖いように思えたのです。小さいときからモナは木に登るのが好きでした。どんどん登っていくことは上手なのに、いざ降りようと思うと、足がすくんで降りられなくなって、パパに抱き上げて降ろしてもらったということが何度もありました。

(登ったら降りれなくなるかもしれないけれど、どのみち、今だってずいぶん高いところにいるんだもの。なんとかなるわ)

「いちじく、上へ行きましょう」

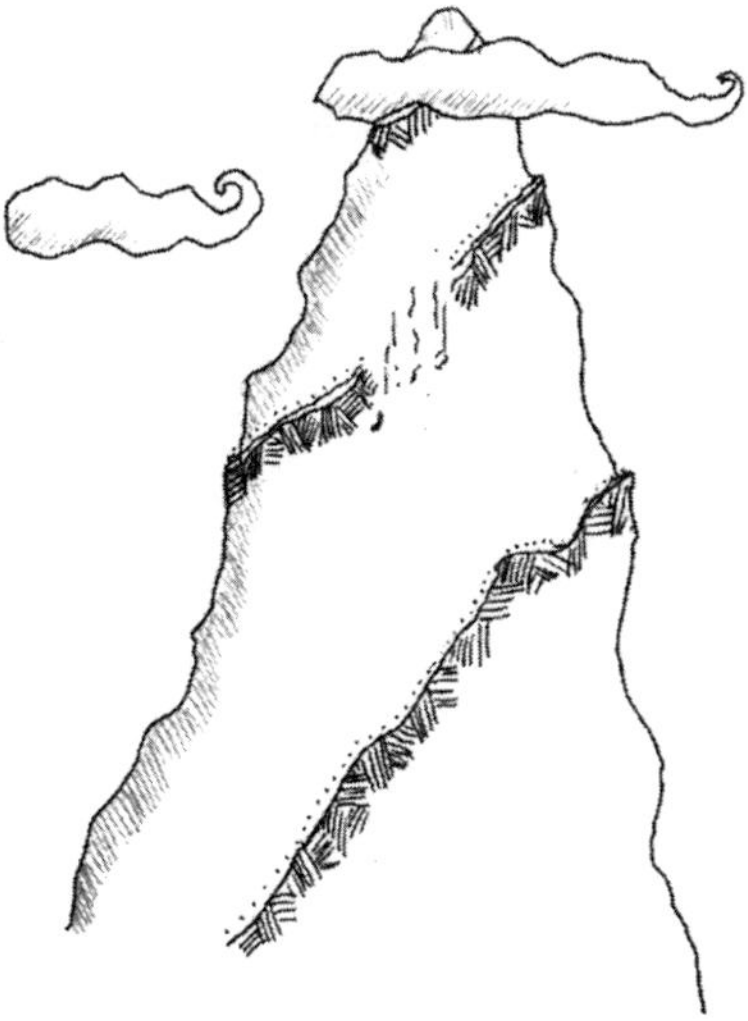

「うん！　わかった」

いちじくは、答えるが早いか、まるでカモシカのように身軽な動きで、飛ぶように、山に沿った細い道を上へと進み始めました。けれどモナはそういうわけにはいきません。壁にへばりついているような細い道に一歩踏み出そうと思うだけで体がすくんで、どうしても最初の一歩が踏み出せないのです。モナの体には谷からの風が容赦《ようしゃ》なく吹き上げてきます。

「モナ、けっして下を向いちゃだめだ」

モナはうなづきました。

「ただ、前を向いて歩いていけばいいんだわ。一歩一歩、歩くだけ。そうすれば、間違いなく山を登りきることができるはずだわ」

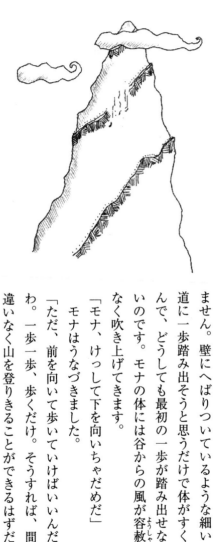

モナは目をつむり、大好きなママとギルのことを考えました。ママに、そしてギルに会いたい会いたいと思いました。その思いはエネルギーとなって、モナの背中を押したようです。気がつけばモナは、細い道を進み出していました。

片足ずつていねいにモナは足を進めました。道はとても細く、モナの小さな片方の足を置くだけでいっぱいなのです。足を交互に進めることはとてもできません。両手でしっかりと壁にしがみつくようにして、少しずつ前へ進んで行きました。

ときどき下からの突風が、モナの体を壁から引きはがすように揺さぶりました。いちじくは前を進みながら、モナの足下に気を配っていました。また次へとモナが足を進めようとしたときです。

「モナ！　あぶない！　崩《くず》れるっ！」

「え⁉」

モナが声をあげたとたんでした。モナの一メートルほど前にある道の上の石が、ゴロゴロと落ちていき、その振動で、モナの方へも崩れが広がってきました。前を進んでいたいちじくが、叫びました。

「モナ、こっちへ飛びうつるんだ、早くっ！」

迷っている暇はありませんでした。モナは、足に力を込めると、思い切り崖の先へ飛び出しました。

「きゃあっ」

モナの体は、何もない空中に飛び出し、崩れた場所を飛び越えて、いちじくのそばの道にかろうじて足をおろすことができました。

振り向くと、モナといちじくの後ろの道はすでに崩れてありませんでした。

「よかったモナ。危ないところだった。無事でよかった。でも、もう僕たち戻れなくなっちゃったよ」

「ありがとういちじく。いちじくがいてくれなかったら、私、今頃、あの石と一緒に間違いなく下へ落ちていた。戻れなくなったことはいいの。今、無事だったんだから、帰りのことは考えないことにしましょう。とにかく、私たちに残されているのは前に進むことだけだもの」

「そうだね。急がなくちゃ。日が暮れる前に登りつけなかったら、足下も見えなくなるし、こんなに細い道じゃ、休むこともできやしないからね」

モナはまた岩にへばりつくようにしながら、前へ進みました。足下から吹き上げる風は絶えずモナの体を揺らし、どの岩も崩《くず》れそうで、気持ちを集中し続けなければ、すぐに真っ逆さまに谷へ落ちていくでしょう。くちばしの鋭い黒い鳥が、まるでモナの行く手をはばむように、モナの顔や体すれすれのところを飛んで行きます。そのたびに、バランスをくずしそうになるけれど、モナはただ、前へ進むことに、心を集中させていきました。

岩を持つ手は、とっくに疲れて岩をつかむ力もないはずなのに、それでも、モナは次につかむ岩を見つけては足を進めました。けっして運動神経のいい方ではないモナの小さな体のどこに、こんなにたくさんの力が潜んでいたのでしょう。ママやギルを助けようとする力や、生きようとする力がモナを応援しているかのようでした。

けれどモナが進むより早く、日が傾いてきそうでした。

いちじくが、またカモシカのように道をかけあがり、そして、降りてきました。

「モナ、もうちょっとだ。もうちょっとで頂上に出るよ」

「いちじく、ありがとう」いちじくの言葉に元気づけられて、モナは、少し薄暗くなってきた中を、いっそう慎重になりながら、足を速めました。そしてとうとう、最後の岩に手をかけ、山を登りきったのでした。

赤い夕陽はすでに地平線に沈み、夕闇はすぐそこまでやってきていました。

山の頂上には、不思議な景色が広がっていました。すでに夕闇だというのに、ぼんやりと薄明るく淡い光に包まれて、あたりを見渡すことができました。そこは思ったよりも平らな場所が広く、一面、光る石英《せきえい》でできた白い大きな石で覆《おお》われていました。とりわけ目立つ大きな岩のかげに、洞窟《どうくつ》があるのが見えました。

「きっとどこかへつながっているんだわ」

モナはひどく疲れていました。持っている力をすべて出して登ってきたのです。もうへとへとでした。だからと言ってここで休むわけにはいきませんでした。こうしているあいだに、ママがそしてギルの運命が変わっていくかもしれないのです。

「中へ入りましょう。ねえ、いちじく、私、本当はとっても怖いの。もし、ここに何もなかったら、私たちには行く道もそして戻る道もなくなってしまうんですもの……いいえ、そんなこと、今はどうでもいいわ。とにかく、勇気を出して、中へ入らなくちゃ」

モナは自分に言い聞かせるようにつぶやきました。やがて、次第に空は闇に変わっていきました。けれど、洞窟は外側と同じように、透明で薄白い岩でできていて、その岩は自分で光を出しているようでした。洞窟の中も全体が薄ぼんやりと明るいのです。外から見るよりも洞窟の中は驚くほど広く、穴は奥へ奥へと続いているようです。

「モナ、ここは何か特別な場所に違いないよ。だって僕のひげが、なんだか好き勝手に動いているよ」

いちじくを見ると、ひげがピンとアンテナのように張り、それぞれがいろんな方向に動き回っていて、いちじくはとても困った表情になっていました。

「うふふ、いちじくのひげって、おもしろいのね」

あちこち勝手に動き回るいちじくのひげを見ながら、モナも不思議な感じがしていました。体の細胞のひとつひとつが勝手になにかを感じているようなそんな不思議な感覚がしていたのです。

「たとえここが得体《えたい》の知れない不思議な場所でも、だいじょうぶよ。恐れることはないよね。さっきまであんなに危険な崖を一歩ずつ登ってきたんだもの。それに比べたら、今はこんなふうに歩いて進めるんですもの。さぁ、行きましょう」

奥へ奥へと進んで行くと、次第にひんやりとした空気が二人を包み込んでいきました。二人は少し広い場所に出ました。そこには石英の柱がいくつも立っています。モナの足が止まりました。

「いちじく。柱を見て！　どれもこれも、みんな彫刻が彫ってあるわ」

本当に、見事な彫刻でした。こんなにも険しい山の頂上の洞窟に、いったい誰が彫ったというのでしょう。信じられない思いがしました。それにしても、彫刻の素晴らしさはどうしたことでしょう。まるで本物がそこにあるかのような精巧《せいこう》さで石英に刻まれていたのです。けれど、よく見ると柱の表面は平らなままです。その彫刻は柱の内面に浮かび上がるように刻み込まれていたのでした。モナは、洞窟の先へ進むことも忘れて彫刻の数々に目を奪われました。

「すごい……。あ、ピラミッドがある。これはナイアガラの滝？　あ、これは東京だわ……びっくり！　私たちの世界の景色まで彫刻になってる」

モナはぴょんぴょん飛びながら、次から次へと柱を見てまわりました。

いちじくが急に息を飲み、声を落として言いました。

「モナ、これは僕たちが登ってきたこの山じゃないのか⁉」

いちじくの見ている柱には、いちじくの言うとおり、モナたちが、たった今までへばりつくようにたどった道が、そっくりと険しい山に彫り込んでありました。

「僕たちが最初にこの世界に来たのは、ここだよ。そして、ほら、この洞窟もある。それにほら、ここ。これって、さっき崩れた場所じゃないのかな？」

「え⁉　なんですって」

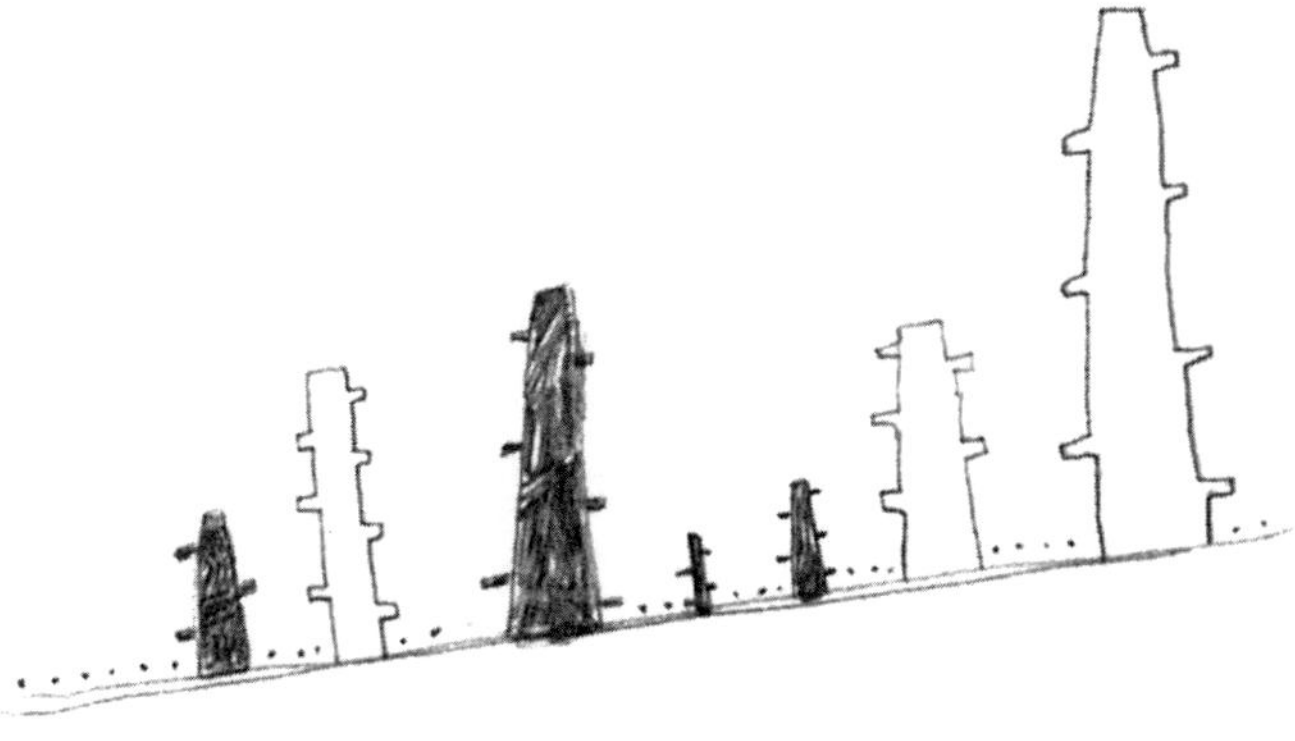

モナがのぞき込んだその先には、険しい崖に囲まれた山の彫刻がありました。山道の途中は、崩れたために途切れています。それは間違いなく今しがたモナたちが登ってきた細い道でした。

そんなおかしなことってあるでしょうか。

「どういうことなの？　この彫刻はどうやって作られたの？　それに山道が崩れたのはついさっきよ。どうして、同じように崩れているの？」

「おまえさんたち。そんなに不思議がらずともよいんじゃよ」

突然、後ろから男の人の声がしました。驚いて振り返ると、いつからいたのでしょう、そこには体の大きなおじいさんが立っていました。顔は白い髪と白く長いひげに覆われていて白い長い服を着ていました。

誰もいないと思っていたのです。モナたちは、思わず、戸口に向かって逃げだそうとしました。

「怖がらずともよい」

たしかに、おじいさんは優しそうで、とても悪い人のようには見えませんでした。おじいさんは穏やかにモナの顔を見つめ、ていねいに話し出しました。

「大きなもの、小さなもの、どんなものでも同じ仕組みでできておるのじゃ。じゃから、崖が崩れれば、ここの崖も当然崩れる。あたりまえのことじゃよ」

おじいさんは奇妙なことを言うのです。

「同じ？　どんな大きなものも、どんなに小さなものも？」

「そうじゃよ。宇宙もそうじゃ。わしらの体をつくっている細胞もそうじゃよ。同じ仕組み、同じ設計図じゃからのう」

「設計図？　何が設計図でできているの？」

「何もかもじゃよ。おまえさんも、それから、そこの小犬ものう」

いちじくは「そこの小犬」と言われたことが、少し心外《しんがい》だったようでした。

「僕の名前はいちじくっていうんだ。ここにいるのは、モナ」

おじいさんはにこやかに笑いました。

「ああ、知っておる。君たちがどうして、どうやってここに来たのかも、何もかも知っておる。よく頑張ったのう。この山はこれまで何万人もの人が登ろうとして、志半ばであきらめた山じゃ。今までに登り切った者は何万人もの中でたった数人おるだけじゃ」

モナは、自分も設計図でできているという言葉に、心をうばわれていました。

「おじいさん、私が設計図でできているってそう言ったでしょう？　違うわ。私は生身の人間。機械じゃないのよ」

「あははは。機械とは、おまえさんもおかしなことを考えるのう。ところで、モナはどうやってここの世界に来たのかおぼえておるかい？」

「わからないの。でも、不思議な夢を見たの。私の体が小さな小さなつぶつぶになって、全部がばらばらになって宇宙に融けてしまう夢よ。そのときの気持ちをよく覚えているわ。私、そのときすごく悲しくて怒っていたの。ところがその思いは、私の体のどこかにある心が感じているのじゃなくて、ひとつひとつの細胞のすべてが持っている気持ちだという感じがしたの。でもいつしか、悲しみも怒りも消えて、私は宇宙に融けた。そして今度は、すごいスピードでひきよせられるようにして、ひとつひとつが集まってまた私になったの。今でもそのことを思い出すと、鳥肌《とりはだ》が立つくらいゾクゾクするわ」

「モナ、いい経験をしたのぉ。いいかい、本来はなにもかもが、ばらばらなものなんじゃよ。ばらばらはモナかもしれないし、いちじくかもしれない。そこにある岩かもしれないし。クローバーかもしれない」

「おじいさんの言うこと、難しい。私、よくわからないわ」

「モナ、夢じゃなかったのじゃ。モナがここへ来るときに、モナは本当に一度ばらばらになったんじゃよ。同時に、モナはおそらく心のありかがわからなくなったはずじゃ……、まさにそのとき、モナは宇宙の中の完全なひとつだったんじゃ。そして、そのあと、設計図にそって、小さな粒が集まってまたモナに組み立てられたんじゃよ」

「おじいさん、誰がその設計図を持っているの？　私を組み立てたのは誰？」

「難しい質問じゃな。言うなれば、その設計図は小さなひとつひとつの粒が持っているものなのじゃよ。そう、まるで遺伝子のようにな。じゃがな、その設計図には宇宙全てのことが詰まっとる。おまえさんの中にある設計図には、おまえさんだけでなく、わしのこと、そこの小犬……おっとすまん、いちじくじゃったな、いちじくのこともすべて書かれておるものなのじゃ。そしてもう一つ、大切なことがある。モナができたということは、小さな粒たちが、そして大きなこの世界が……それから何もかもが、モナを必要としていたから、モナが作られたということなのじゃよ。いいかね、全部でひとつの命を我々は生きておる。その全部が、モナを、いちじくを必要としたからこそ、存在しているということじゃよ」

とてつもなく不思議なことをおじいさんは言っているのに、一度ばらばらになったり、それから組み立てられるようにして、この世界に来た経験をしたモナには、心か体の深いところでそれがわかるような気がしました。頭ではわからないけれど、でも、なんとなく納得できるのです。

モナはまた柱の彫刻へ目を移しました。そして、光のようにひとつの考えがうかんできたのです。

「おじいさん、ママとギルもこの柱の彫刻のどこかにいるのね。これを見たら居場所がわかるのね」

モナもいちじくも、おじいさんの顔を見つめました。

第三章　彫刻の世界

柱の中にある彫刻は、とても細かい部分まで、完全に再現されていました。モナが、もし顕微鏡を使って覗いていたら、実際の道に落ちている小さな石や砂粒のひとつまで、完璧に映し出されていることがわかったでしょう。モナは目の前の精巧な彫刻のひとつひとつを、針の先ほどのことも見落とさないような真剣さで見つめました。すべて同じ様子を再現しているのなら、この中にママとギルを見つけることができるかもしれないと思ったからでした。けれども、建物の奥、海の波の裏、森の樹の陰……どこを探しても、ママの姿もギルの姿も見つけることはできませんでした。

モナはあることに気がつきました。

「おじいさん、この柱の彫刻は本物とまったく同じなのに、景色の中には誰もいない。動物もいない、鳥もいない。生き物がいないわ」

「よく気がついたのう。説明がむずかしいんじゃが、ここに生き物や人々はいる。けれども、見ることはできぬのじゃ。どう言えばいいだろう。そうじゃ。この柱は、時間のすきまをとらえているものなんじゃ。だから生き物は、ここには現れないと説明したほうがいいじゃろうか」

（こっちの世界の人たちは、みんなどうして、そんな難しいことを知っているの……？）

モナにはおじいさんの言っていることが少しもわかりませんでした。ただ、ママやギルの居場所はこの彫刻ではわからないということだけがわかったのでした。

モナはほんの少しでもいいから、ママとギルを助けるための何かヒントがほしかったのです。あまりにもがっかりしているモナを見て、いちじくが元気づけるように言いました。

「モナ、この彫刻をよく目に焼き付けておこうよ。ママは映っていないけれど、これはとても正確な地図なわけだからね」

「そうね。でも、覚えられるかしら？　目的地もわからないのに、何本目の道がどこにつながり、道の両側には何があるか……こんなに込み入った道をおぼえられそうにないわ」

柱の彫刻の中は息を飲むほど細かくできていて、森の中にもいくつもの道があり、その先もまたいくつも分かれているのです。

「モナ。僕はたぶんできるよ。真剣になれば写真をとったように、この地図が頭に入れられる。ひとつひとつの細部を観るのではなく、どの場所も全体の一部としてとらえるんだ。思い出すときは、この全体を思い浮かべる。そしてその中の細かなところを観ていけばいい。モナ心配しないで。僕の血の中には野生の力があるはずだよ」

おじいさんもまた言いました。

「モナ、よくお聞き。モナの体の中にもその力はあるんじゃよ。モナの体を作った設計図には、太古の昔、自分の力だけで生き抜いていかなければならなかったときの記憶が焼き付けられておる。そしてモナの身体の中には、それどころか、この宇宙全体の地図が本当なら身体の中に入っているはずじゃ。大昔の人々はそれをたよりに、正確な場所に正確な形でピラミッドを築いたのじゃ。インカ文明のナスカの地上絵、あれもそうじゃ。モナ、どの方向に海があり、どの方向に森があり、そしてこの山があるか、それがわかれば、体の中の磁石とお日さまを頼りに進めばいいんじゃ。モナ、自分の力を信じるんじゃ」

「おじいさんはこっちの世界の人なの？　それとも、私たちの世界の人？　なぜピラミッドを知っているの？」

「モナ。わかるかい？　どちらの世界もつながっているのじゃ。別のものではない」

モナは、おじいさんの言葉に、不思議な安らぎを感じました。太古の人々は、現代の技術を持ってしても再現不可能だと言われるような数々の遺跡を作り出してきました。ピラミッド、ナスカの地上絵、モアイ像、ストーンヘンジ……。自分たちの祖先である人間は不思議な力を利用して、それらの遺物の建造を成し遂げてきたのです。そしてモナの身体の中にも、人間が代々受け継いできたその力があるのだというおじいさんの言葉に、勇気がわき起こってくるように感じました。

「そうだわ。大切なことは私の中にある。心の奥にあるんだわ。心の目と耳をすましていれば、きっと見つけられるはずよ」


そう考えたとたん、モナの心の中になんともいえない不思議な感覚がわき上がってきました。

（私の中にはママの遺伝子が受け継がれている。それは私の中にママの一部がいるということ。そして、ママのママや、ママのママのママだって、そしてもちろんパパだって、私の中にいるんだわ。そっか、ずうっとつながっているんだわ）

おじいさんは何度も白いひげをなで、モナをうれしそうに見つめました。

「モナ、何かわかったようだね。おまえさんは、やはり伝説の通りの女の子じゃ」

「伝説？」

「鏡の魔女を知っておるじゃろ。モナのことは鏡の魔女の家に伝わる金色の書に書かれておる。ワシも百年くらい前に、一度だけその金色の書を見たことがあるのじゃ。モナという女の子が現れ、この魔法の世界におとずれる恐ろしい危機を救うだろうと書かれておるのじゃ」

「私？　それ私のこと？　ううん、そんなはずがない。きっと違うわ。私はまだ魔法だって使えないの。何もできないもの。ホウキにすら乗れないのよ。ただ、私はママとギルを助けて帰りたいだけだもの」

「いいや、金色の魔法の書には、〝モナは魔法の真髄《しんずい》に気がつく力を持つ〟と書かれておった。それは、なかなかできることではないのじゃ。まあ、いずれわかるじゃろうて」

いちじくが少しあせるように言いました。

「おじいさん、地図は覚えました。でも、僕たちはここからどうやって下へ降りたらいいんだろう。登ってきた道は、崩れて無くなっちゃったんです……」

三人は、目の前の柱の彫刻に目をやりました。登ってきた山の道は、崩れて完全に寸断《すんだん》されています。そこを歩いて通ることが不可能なのは誰の目にも明らかでした。

おじいさんは、眉をひそめ声を落として言いました。

「実はな、この洞窟は奥にずっと続いておるのじゃ……。その先には洞窟湖がある。湖まで行けば、水の魔女の家に行けるはずじゃよ。魔法の回廊《かいろう》で直接つながっておるからな。しかし、困ったものじゃ。この洞窟の中は迷路のようになっておって、たどりつくのはそうそう容易なことじゃないのじゃ。それどころか、道に迷って、ここへ戻ってくることもむずかしいのじゃ。しかも、たとえ湖にたどりついても、その湖には恐ろしいドラゴンが住んでおる。なんでも湖の底ある魔法の剣を守っておるのじゃ」

「とにかく行くしかないわ。前に道があるのなら、それがたとえどんな道でも進んで行きたいの。私たちはママとギルを助けなくちゃならないんだもの。あきらめるわけにはいかないわ」

モナの決意はとても固く、いちじくだって、同じでした。

「そうか。そうじゃな」

数分後、モナたちは、おじいさんと別れて洞窟の奥へと続く道を進んでいました。洞窟の表面はスベスベとした石に覆われ、自ら、薄白く光っていて、懐中電灯がなくても、ぼんやりと洞窟の奥を見ることができるのです。けれど、モナたちがどんどん進んで行けたわけではありませんでした。

最初は一本のまっすぐな道でしたが、やがて、小さな脇道がいくつも二人の前に現れたのです。

「脇道には行かずに、まっすぐの道を進みましょ」

モナといちじくは、たとえ迷っても戻れるようにまっすぐの道を進みました。次から次へと脇道が現れましたが、モナたちはそこへは入らずに、大きな道を進みました。けれども、モナたちがまっすぐと思っていた道もゆっくりと曲がっていて、モナたちもどちらへ向かって進んでいるのかわからなくなりました。やがてその道も右に左に大きくぐねぐねと曲がりはじめ、前に進んでいたはずなのに、いつの間にか後ろ向きに歩いているような気持ちになってくるのでした。

「あれ?　いつの間にか登り坂になってるわ」

「ねぇ、この道でいいのかな?」

「でも、大丈夫よね。脇道には入っていないから、いざとなったら戻ればいいんだもの」

モナはそう言いながらも、進むべき道はさっきの脇道だったたんじゃないかと心配でなりませんでした。でも、いちじくを心配させないためにも、それから自分自身を勇気づけるためにも「だいじょうぶ」と声を出して言うことで、不思議と安心感が心の中に生まれてくるのでした。

やがて、ついに、大きな道が急に狭くなって、右と左に分かれている場所にたどり着きました。そこには、モナがなんとか立って通れるほどの大きさの穴と、地面に這いつくばらなくては通れないくらいの小さな穴がありました。

これまでずっと先頭に立って道を進んでいたいちじくが、その別れ道の前で立ち止まりました。

「モナ、どっちだい?」

「大きい方かなあ? いちじくはどう思う?」

「せっかく柱の彫刻を覚えたのに、洞窟の地

図はなかったものな。それに、洞窟の中じゃ、どちらが北か南かわからないしなぁ。お日様もささないし……」

「でも、きっといちじくの方が方向感覚がしっかりしているから、いちじくが決めてみて」

「それじゃあ、左の穴にするよ」

左は大きい方の穴でした。

「さあ行きましょう」

元気に歩き始めた二人でしたが、進むにつれて、その穴はどんどん細くなり、小さくなって、そしてついには土の壁に行く手をふさがれて前に進めなくなってしまったのです。

「ごめん。間違ったみたいだ」

「いいの。いちじくのせいじゃないわ」

「私たち、左側の入り口が大きかったから左を選んじゃったのよ」

「きっとそうだ。僕たちやっぱり目に見えるもので決めちゃうんだ」

「見えるものだけを信じてしまう。心の目と耳をすませていない証拠だわ」

モナがそう言ったとたんでした。何かにつまづいたいちじくが「あっ……」と、悲鳴ともつかない声をあげました。

「こっちを見ちゃだめだ」

けれど、いちじくの声と同時にモナが叫び声をあげました。

「きゃあっ」

モナには、いちじくの声は届いていませんでした。モナの眼は、いちじくの足下にある頭蓋骨《ずがいこつ》に釘付けになっていたのです。

骸骨の主は、高い山にたどり着いたあと、湖に向かう途中ぐるぐる回って道に迷い、ここで息絶えたに違いありません。頭蓋骨は、何かを訴えるかのように、大きな眼の空洞をモナたちに向けて、転がっていました。

「かわいそう。こんなところで一人ぼっちで亡くなるなんて」

いちじくが言いにくそうに言いました。

「モナ、僕、さっきから考えてるんだけど、あのおじいさん、どうして僕たちと一緒に来なかったんだろう。それにおじいさんはどうしてこんな山の上にいたんだろう。いったい何をするためにいたのだろう。それにおじいさんにしたって、帰り道もなくなったのに、それほど悲しんでるふうでもなかった。なんだか変だなあ。あやしくはないかい?」

「いちじくらしくないわ。おじいさんはとても優しかったわ。疑うなんていけないことよ。おじいさんは湖があることを教えてくれたでしょう?」

「でも、こんなに高い山の上に本当に湖なんてあるんだろうか？　僕たちもこの骸骨と同じ運命をたどるのじゃないのかな」

「いちじく、だいじょうぶよ。心配しないで。私は少しも心配していないわ。おじいさんの言葉は私の中の大切な言葉と同じだった……。〝大切なことは心の目と耳をすますこと。そして自分を信じること〟。ね、いちじく、自分を信じましょう。自分の中の、ずっとずうっと前から伝わっているたくさんの力が、私たちの中にあるのよ。私たちはそれぞれがひとりぼっちじゃないのよ。たくさんの昔が、私たちを応援しているわ。守ってくれている。きっと私たちに、なんらかのシグナルを出してくれているはずよ。だから、私は、私を信じられるわ」

「わかったよ。僕も僕を信じよう。僕の中にあるはずのたくさんの力を信じよう」

「ねえ、いちじく、今までどんどん先へ進んでいたあなたが、どうしてここへ来て、初めて私に『どっちだい？』と尋《たず》ねたのかしら？　心の中では、進むべき道が、小さい穴のような気がしていたのじゃないの？　けれど、大きい穴の方が歩きやすそうに見えたから、迷ったのかも知れないわ。いちじくにはきっとわかるのよ」

「モナの言うとおりかもしれない。僕はこれまで迷わずに道を選んできた。それがたまたま大きな道だったのかも知れない。ここへ来て初めて、どうも小さい方へ進んだ方がいいような気がしたんだ。よし、僕は僕を信じる。そして僕が行こうと思った道を進むよ」

いちじくはもう迷いませんでした。洞窟の穴がどんなに小さくても、それからまっすぐでなく降りていくものでも、急に登っていくものであっても、いちじくは自信を持って、「モナ、こっちだ」「次はこっちだ！」と歩みを止めませんでした。

「モナ不思議なんだ。僕が『こっちだ！』と言っているのに間違いないんだけど、でも実は、何も考えてなくて、口から、『こっちだ！』という声が勝手に出て、足がそちらへ進んで行くみたいなんだ」

「きっと何か大きな力が私たちを導いてくれているんだわ。ウフフ、まるでいちじくも魔法が使えるみたい」

おじいさんと会った広間からもう何時間たったことでしょう。どんどん進んでも、戻る道はもうわからない……そのことを思うと、モナの心は不安で押し潰されそうでした。けれど、モナは信じていたのです。いちじくについていけばきっとだいじょうぶ。

モナの信じるとおり、体がやっと通れるような道であってもその道が行き止まりになることはもうありませんでした。

突然いちじくが言いました。

「モナ、水のにおいだよ。近いよ」

第四章　ドラゴンと湖

「モナ、水のにおいだよ。近いよ」

いちじくは鼻をひくひくさせながら、声を押し殺して言いました。

「いちじく、湖なの？」

二人は顔を見合わせました。あるかどうかさえわからなかった湖が、何時間も何時間も迷路を歩いて、今やっと発見できそうなのです。モナはうれしくて駆け出しました。それを見たいちじくは、小さい声でモナを止めました。

「モナ、待って！　ドラゴンがいるはずだ。ドラゴンに気付かれたら大変だよ！」

「僕、ここへ来るまで考えていたんだ。どんなに僕たちが静かに湖に入っていっても、ドラゴンは僕たちのこと、絶対に見つけると思うんだ。モナにはママたちを助けなくちゃいけないという大切な目的がある。だからね、モナ。僕が先に行く。ドラゴンが僕に気をとられている間に、モナは湖に近づくんだ。きっと湖にたどりつけば、すぐ水の魔女のところに行けるよ。水道だって、どんなに小さな水たまりだって、水の魔女とつながっているはずだから」

「だめよ。それじゃあ、いちじくが……」

「僕ならだいじょうぶ。あとからきっと追いつくさ」

いちじくは自分に言い聞かせるようにきっぱりと言いました。絶対にモナを守る。いつも守る。僕が守る……そのためだったら命だって投げ出せるんだ……いちじくは思いました。けれど、モナは首を縦には振りませんでした。

「そんなこと、いけないわ。私たちずっと一緒にいなくちゃ。いちじくだけを危険な目にあわせることはできない。ねえ、ドラゴンに説明したらいいんじゃないかしら？　だって、ドラゴンは剣を守っているのでしょう？　私たち剣なんていらないし、少しも興味がないもの。ただ、水の魔女のところに行きたいだけだから、だから通してってお願いしたら、わかってくれるはずよ」

「モナ、それは無理だよ。いいかい、相手はドラゴンなんだよ！　モナはドラゴンを知らないのかい？　恐ろしい牙を持って、火を吹くんだ。相手を殺すことなんて平気な生き物だよ。モナ、ドラゴンは、僕たちを見つけたら、すぐに襲いかかってくるさ。大事な剣を守ってるんだ。僕たちの言葉なんて、耳を傾けるはずないよ」

「いちじく。あなたの言うように、ドラゴンは恐い存在だわ。でもね、私は一生懸命説明すれば、きっとわかってもらえると思うの。剣を守り続けているような気高いドラゴンならば、きっと心が通じるはずよ。だから、まず『こんにちはドラゴンさん』って声をかけたいの」

それを聞いたいちじくは、モナに聞こえないように小さくため息をつくと、静かに歩き出しました。

「とにかく、僕が先に行くからね。モナ、とにかく、そっとだよ。そっと」

いちじくは身体も軽いので、ふだんから音を立てずに走ったり歩いたりできるのですが、それでもいっそう慎重に、音をたてないように進んで行きました。モナはいちじくのように静かに歩くことはできません。けれど、いちじくの真似をして、持ち上げた足をそっとおろすと、また次の一歩も同じようにして前へおろし、慎重に進んで行きました。

また一歩……とモナが足を上げたときです。てっきりただの石英の模様だと思っていたものが、地面に描かれた大きな大きな絵だということに気がつきました。モナは思わず叫び声を出しそうになりました。けれど、大きな声を出してはいけないとなんとか思いとどまって、あらためて床の絵に目を凝《こ》らしました。床に描かれている絵、それはおそろしく大きなドラゴンの絵だったのです。

描かれているドラゴンの瞳は鋭く、刺すような目つきをしていました。身体にあるたくさんのウロコは一枚一枚びっしりと身体から立つように生えていて、それがしっぽの先まで続いていていました。大きく開いた口の中にはたくさんの刃物のような牙が生えています。そしてなんということでしょう、その口にはくいちぎられて、身体が半分になった男の人が、血だらけになってくわえられていたのです。

見るもおぞましい光景でした。モナは自分の身体の中の血が、一瞬流れを止めたように感じました。吐き気がして、身体中のあちこちが急に痛みだし、不安と恐怖で胸が押し潰されそうです。

「いちじくの言う通りだわ。私の話なんてドラゴンに通じないかもしれない。それに私たち、このドラゴンに見つからずに湖にたどり着くことなんてとてもできないわ」

「絶望だわ」モナは声にならない言葉を吐きました。ドラゴンが絵と同じ大きさなら、モナといちじくが、ドラゴンの爪にひっかけられただけで、ひとたまりもないでしょう。

(もう、何の望みもないわ。ママ、ギル、ごめんね。私、二人を絶対に助け出したかったけれど、無理かもしれない。私には何の力もないのよ。二人を助け出すどころか、探し出すこともできないもの。ごめんなさい、ママ。ごめんね、ギル)

いちじくも震えていました。けれどいちじくはモナとは違っていました。怖いのは事実です。けれど、ただ、怖がっているだけではありませんでした。

「モナ、僕がいるよ、僕がいるじゃないか。僕はわかってたよ。ドラゴンとはそういうものだ。僕はドラゴンを倒せるとは思っていない。僕はこんなに小さいけれど、早く走ることはできるよ。がむしゃらに頑張れば、少しは時間をかせぐことはできると思う。僕はあきらめてるわけじゃないんだ。むしろ逆だよ。時間をかせいで、モナが湖にたどり着けたら、僕も逃げるから。だいじょうぶ。ちゃんと逃げ切れる自信があるんだ」

モナはいちじくを見つめました。この上いちじくを失うようなことがあったらどうしたらいいのでしょう。いちじくは優しい笑顔を返し、そして口元をきりりと引き締めて決意を新たにしました。いちじくの長くて白い耳の毛がふわーっと後ろになびいています。

「よし、行くよ」

いちじくが前へ進み出したとたんでした。

洞窟のあちこちの裂け目から、手足がたくさん生えたモナほどの大きさの生き物がたくさん飛び出してきたのです。それはみるみるうちに二人に近づいてきました。よく研がれた包丁のような鋭い刃のついたハサミを持ち、八本の足を持った蜘蛛ともカニとも知れない恐ろしげな生き物です。生き物たちは、モナが怖さのあまり声もあげられない間に、ワシャワシャと近づいてきて、大きなハサミを振り上げると、素早く二人の目の前へやってきました。

「ガチャ！」

大きなハサミが目の前で音をたてました。

不意をうたれて、二人は一瞬にして手と足を押さえつけられました。ふりほどこうと思っても、手と足は、岩と生き物の足にがっちりはさまれたままで、少しも動けそうにありません。それどころか逃げようと激しく動けば、鋭いハサミで、すぱっと手足が切り落とされてしまいそうでした。気味の悪い生き物たちは、モナといちじくの体をつかんだまま、天井へ運んでいき、あっという間に二人を逆さにつり下げてしまいました。

「ギチギチ。ギチギチ。ギチギチチ」

生き物たちは、不気味な音を出しながら二人を取り囲みました。どうやらその音で仲間を呼んでいるようです。見る間に生き物の数がどんどん増えていきました。

「ギチギチギチ。カシャカシャ。ギチ。カシャカシャカシャカシャ」

生き物の出す鳴き声とハサミを鳴らす音が折り重なって、二人を押し潰してしまいそうです。

「キギィッ!!」

一匹が大きな鳴き声を出したとたん、全ての音が鳴りやみました。そして中でも一番大きな生き物が二人に近づき、ハサミをゆっくりと二人の顔に向かって振り上げました。いちじくはうなり、モナは涙を流しました。

と、そのときです。モナたちを狙っていた生き物たちの様子が変わりました。何かにおびえて逃げようとしているようでした。モナたちを狙っていた大きなハサミを洞窟の奥に向けて、腹部をびりびりと揺らし、ゆっくりと後ずさって行きます。生き物たちは、明らかに何かにおびえていました。

「グゥワォォゥゥルルルゥゥゥゥ」

洞窟の奥の方から、生まれて初めて聞くような、とてつもなく大きなうなり声が響いてきました。その声は、一瞬にして周囲の空気の粒を硬い固まりに変えてしまうかのような恐ろしさがありました。空気がビシビシと唸《うな》りをあげて、巨大な声の主がすごい早さで近づいてきていることを知らせています。もうモナたちには一縷《いちる》の望みもありませんでした。

ずぅぅぅんんん。

すさまじい早さで迫ってきたのは、まるで全身が炎に包まれたかのような、濃い銀色をした巨大なドラゴンでした。血走った目がモナといちじくをにらみつけています。

「グォォォッ」

ドラゴンは、唸りを上げると口から炎を吐き出しました。

「モナーっ」いちじくは絞り出すような声をあげました。

モナにもいちじくにも、なすすべがありませんでした。

炎はバーナーのように鋭く、石英の床を焦《こ》がして線を作ってモナの足下に近づいてきました。あと少しでモナの足に炎が届くかと思われたとき、炎は次々と不気味な生き物たちの手足を燃やしていきました。生き物たちも、それには耐えられなかったのでしょう。

「ギィーッ」と叫ぶと、モナたちを放りだし、一斉に逃げ出していきました。

「きゃあああっ」

モナといちじくは真っ逆さまに下へ落ちていきました。けれど、下の岩にたたきつけられるまえに、二人の身体はドラゴンにくわえられました。

化け物がドラゴンに変わっただけ、ハサミで切られるのか、食べられてしまうのか、その違いだけだ……。

ところがどうも様子がおかしいのです。ドラゴンは、二人の身体を傷つけないようにそっと優しく口にくわえ、湖のほとりに運び、そして降ろしました。

近くで見ると、ドラゴンは、とても大きいのに、幼い顔をしていました。まだ子どものドラゴンのようでした。

「もうだいじょうぶ。決して、もう二度と僕に会いに来た大切な友だちを、あいつらに殺させやしない」

ドラゴンはそう言うと、涙をポロポロとこぼしました。

「どういうことなんだい？　僕たちは洞窟の絵を見たんだ。あの男を食べたのは、君じゃなかったのか」

「僕が⁉　僕がどうして、友だちを食べなくちゃいけないんだ」

いちじくの言葉に、ドラゴンはひどく傷ついた顔をしました。

「ああ、ドラゴンさん、どうぞ気を悪くしないでね。ドラゴンさんの絵がね、あの……あなたが、血まみれの男の人を食べている。あの、そういう絵があったものだから……」

ドラゴンはきっぱりと言いました。

「僕が食べただって？　そんなはずないじゃないか。間に合わなかったんだ。叫び声に気がついたときには、あいつらは友だちを捕まえて、あの大きなハサミで友だちの身体をはさんでしまったあとだった。僕がかけつけたときには、友だちの身体は腰から下がなかった。あの石を見たんだね。あの石は、瞬間、瞬間を、焼き付ける力を持った石なんだ」

ドラゴンが言うとおり、ドラゴンの後ろの石には、たった今ドラゴンが悲しげに涙を流している姿と、モナといちじくがドラゴンの顔をのぞきこんでいる姿が焼き付けられていました。

ドラゴンの悲しみは、まだ癒《いや》されてはいないようでした。ドラゴンはウォーと声を上げて泣きながら言葉を続けました。

「僕、あのとき、友だちの身体をそれ以上食べられたくなかったんだ。だから湖に連れてきた。そして湖のそばに埋めたんだ。絵は、湖に連れてくる途中に石に刻まれたものだよ」

「泣かないで、そうだったのね。本当にごめんなさい。ね、ドラゴンさん、あの男の人はここに一緒に住んでいたの？」

「いや、あのとき、初めて会った。僕は男の人が生きているときに、話すこともできなかった」

「それなのに、友だちなのかい？」

モナといちじくが顔を見合わせました。

「僕はずっとずっと何十年もここに、たった一人でいたんだ。誰とも話さず、たった一人で。何十年もだよ。来てくれた男の人は、きっと僕に会いに来てくれたんだ。だから、友だちだよ。友だちと思っちゃいけなかったのかい？」

またドラゴンが泣きべそをかきました。ドラゴンはあんなに強かったのに、けれど、とても泣き虫なようでした。モナはあわててドラゴンをなぐさめました。

「いいえ、そんなことはないわ。友だちって思っても、もちろんいいわ。私たちも、もう友だちですもの」

モナの言葉にようやく少し元気を取り戻し、ドラゴンは言葉を続けました。

「家を出たのは、僕がまだもっともっと小さいドラゴンだったとき。母さんと僕はいつも一緒だった。母さんはいつも僕をそばに置いておきたがった。でも、僕は、父さんを探しに行きたかったんだ。父さんはある日、帰ってこなかった。母さんはね、いつも泣いていたよ。僕は父さんを探しに行きたかったんだ。でも母さんは、僕が小さいからダメだって言った。ある日、父さんをどこかの洞窟で見たという噂を聞いたんだ。父さんは、石の姿になっていたそうだ。でもそれはウソだ。ウソに決まってる。あの強い父さんが、石になんかなるものか。僕は父さんを見つけて助け出そうって思った。泣いてばかりいる母さんに何度も言ったけれど、母さんは、『坊やには無理よ』って言うばかりだった。それで僕は、母さんがちょっとよそ見をした間に出発した。山を越えて、ついにこの洞窟を見つけたんだ。これが父さんのいる洞窟かどうかはわからなかった。でもそうかもしれない、そう思って中へ入ったんだ。けれど、迷子になってしまって……歩いても歩いても、洞窟の迷路は続いていて、そこから抜け出ることができなかった。のどが乾いて死にそうだったよ。僕はとうとう力尽きて、座り込んでしまったんだ。死にそうになった僕の目の前に現れたのは、魔女のおばあさんだった。おばあさんは僕をここへ連れてきて水を飲ませてくれたんだ。それで僕に話があるって言うんだ。ちょっとの間、湖の底に沈む剣をみはっていてほしいって。もうすぐ剣を取りに来る人が現れるから。そうしたら、その剣を渡してほしいって。取りに来てくれた人はあなたの友だちだから、母さんのところへ帰る道を教えてくれるわって魔女はそう言った。父さんの居場所を教えてって魔女にたのんだら、その人が知っているって言ったんだ。僕は、おいしい水をごちそうしてもらったし、帰り道もお友達が教えてくれるなら、それくらいおやすいご用だって約束しちゃって。何より、父さんの居場所を教えてくれる人だって、魔女が言ったからね。でも、誰も来ない。二時間経っても三時間経っても、二日経っても、誰も来ない。そのままもう何十年も経っちゃったんだ。僕、本当にさびしかったよ。心細かった。湖の入り口にいたカニに似た生き物とは友だちにはなれないとすぐに気がついたよ。あいつらは、ただ、凶暴なだけの生き物だよ。何年か前に、やっと男の人がすぐ近くまで来てくれたんだ。それなのに、あんなことになってしまって……。僕は彼を救えなかった。きっと彼は友だちで、僕を連れて行ってくれる人だったはずなのに。父さんの居場所も知っていたかもしれないのに。でも、今、君たちが来てくれた。母さんは僕のこと、どんなに心配してるだろう。君たちに剣を渡して、僕はやっと母さんのところに帰れるんだね」

モナは、あまりにまっすぐで、優しいドラゴンがいとおしくてたまらなくなりましたけれど、ウソを言うわけにはいきませんでした。

「ああ、ごめんなさい。私たちは剣を取りに来たわけじゃないの。私たちが探しているのは、水の魔女のお城への入り口なの。それに、あなたのお母さんのところへ帰る道も知らないし、お父さんの居場所だって知らないの」

「君たち、僕が待っていた人じゃないの？　そんなはずないよ。絶対君たちだよ。剣をもらってくれよ。くれるだろ？」

「ごめんなさい。剣はいらない。だって、剣は人を殺したり、傷つけたりするための道具だもの。そんな道具は最初からいらないし、使いたくないの」

ドラゴンはモナの言葉に強いショックを受けたようでした。身体の力がすべて抜けたように、ぐったりして、全身のウロコが、元気なく、しおれました。そして、聴いたことのないようなさびしげな声をあげて、泣き出したのです。

モナはドラゴンが気の毒でなりませんでした。このまま私たちが湖へ進めば、ドラゴンはまた何十年もここを離れることができないかもしれない。そんなことになったら、もうこのドラゴンは母さんドラゴンに会うこともできなくなるかもしれません。

モナは優しいママの笑顔を思い出しました。ドラゴンだって私と一緒。お母さんにすぐにでも会いたいはずです。

「その魔女さんが、うそをついたということはないの？　本当にその人は来るの？　ねえ、一緒にここを出ましょう」

「でも、僕、剣をそのままにはしておけない」

「いいわ。私に剣を下さいな。ねえ、ドラゴンさん、私はさっきも言ったように、ドラゴンさんのお母さんのところへ行く道は知らないの。でも、洞窟を出て空を飛べば、お母さんのいるところがきっと見つけられるわ。ね、一緒に行きましょう。私もママと友だちを探しているの」

ドラゴンはモナの言葉を聞き終わるが早いか、おおいそぎで湖へ戻り、剣が入っている

と思われる宝箱を持って戻ってきました。箱には貝がらがびっしりとついていました。大きな鍵もついていて、頑丈《がんじょう》そうで、簡単に開きそうにはありません。ところがどうしたことでしょう。モナが箱に近づき、そっと触れたとたんでした。ふたはゆっくりと開き始め、隙間からはまばゆい光があふれました。

「やっぱりこの箱は君を待っていたんだ。剣だって君を待っていたんだ」

ドラゴンは、うれしい気

持ちがおさえられず、笑いながらあたりをグルグル飛び回りました。箱の中に入れられたものは、剣というには少し小振りだけれど、あたり一面を輝かせるほどの美しい光を放っていました。取っ手には見たこともないような、大きな真っ赤なルビーがいくつもついていて、刃は銀色に光り輝いていました。

モナが剣を手にすると、それは驚くほど軽く、そしてモナの手にしっくりとなじみました。まるで導かれるように、モナは剣を頭上に高々と掲《かか》げました。剣から放射状に幾筋もの強い光が出ました。そしてその光はやがて一つとなり、湖の中程を照らしました。

そのとき、さらに驚くことが起きました。湖がまっぷたつにわかれ、水面から湖の底にいたるまで、両側に水の壁ができ、湖の水がザーザーと滝となって、落ちていきました。二つの壁の間には道ができ、道の向こうには地底へ続いているトンネルのようなものがありました。

「きっと水の魔女のところへ通じているのよ。行きましょう」

モナといちじくと、そしてドラゴンは連れだってその道を進んで行きました。何百年も開くことのなかった道は、深い緑色をしていました。

モナたちの様子を入り口のトンネルの反対側の壁からそっと見ているものがありました。

トンネルの手前に、剣の箱が置かれていた台座がありました。箱の下になっていた部分には、ふたがついた、もうひとつ小さな穴がありました。モナたちがトンネルの中へと姿を消すと、すぐに、黒い影がふたつ現れました。黒い影のひとつがすばやく湖の底に降り、ふたをあけ、小さな穴に手を入れて、白く美しい貝がらでできた箱を取り出しました。大きい影はもうひとつの小さい影に白い箱を渡しました。小さい影が箱を開けると、あたりが薄紫の光におおわれました。箱の中には紫色の涙の形をした大きな宝石が入っていました。小さな影は大切に紫の涙を取り出して、不気味な高笑いをしました。

「あのものたちは気づいてはいまい。我々がこの紫の涙を手にするのに、どれだけ念入りな計画をたて、どれくらい長い間、この時が来るのを待っていたことか。今、その時が来た。ワッハッハッハ……。それどころか、我々は、まんまと森の魔女・モナを誘い出すことにも成功した。愚《おろ》かなドラゴンだ。そして愚かな森の魔女だ。さあ、ぐずぐずしているとまた湖の水が満ちてしまうよ」

黒い影たちが底から湖の岸へあがると同時に、まさに湖の壁の水が崩れ落ちて、湖は何もなかったような姿に戻ったのでした。

第五章　ドラゴンの背中に乗って

ドラゴンの背中に乗せてもらって、モナといちじくはトンネルの中を進んで行きました。このトンネルも不思議な石英でできているためか、うっすらと明るく、前へ進んで行くことはそれほど困難なことではありませんでした。

ドラゴンの首はひんやりと気持ちがよく、ほおをくっつけると、疲れがとれていくようでした。

お互いに話をしたいこと、尋《たず》ねたいことは山ほどありました。ドラゴンもおしゃべりをしたくてたまらないようでした。

「洞窟で一番つらかったのは、話し相手がいなかったことさ。僕、本当はとてもおしゃべりなんだ。母さんに言わせるとね。他のドラゴンたちは、生まれて最初に口を開いたときに、小さな小さな炎をポッと出すそうなんだけど、僕は最初に口を開いたときから、もうおしゃべりをしていたんだって」

ドラゴンはクックックと笑い声をあげました。

モナは、ついさっきまで、ドラゴンのことをこれ以上怖い生き物はないと思っていたのに、今は、とても可愛くいとおしいと思い始めていました。

「ドラゴンさん、お名前を教えてくださる？」

「僕ね、アル・ノーバというんだ。母さんはアルって僕のこと呼んでくれてた。魔法の言葉で、天まで届く柱っていう意味があるらしいよ」

「すごーい。なんて強そうな名前」

ドラゴンは大きな口をさらに長く横にあけ、うれしそうに笑いました。

「僕ね、強くなりたいんだ。弱虫だけど強くなりたい」

「アルは弱虫なんかじゃないわ。私たちを助けてくれたもの」

「私はモナ、そしてね、親友のいちじくよ」

モナが自己紹介をすると、ドラゴンのアルは目を見開いて、そして体をくねらせてうれしそうに飛びました。

「やっぱりそうだったんだ。僕、そうじゃないかと思ったんだ。君たちがモナといちじくだったんだね。母さんの話していた通りだ」

「どういうこと？」

「母さんは夜眠る前に、よくモナの冒険の話をしてくれたよ」

アルは遠い目をしながら、話し出しました。

「百年以上も前にモナという女の子が、この魔法の国エルガンダへやってきたんだ。魔女修行に……」

「ちょっと待って。エルガンダってここの名前なの？　聞いたこともなかった。そのモナって本当に私？　百年以上も前っておかしいわ。私が来たのはついこのあいだだよ」

「いいや、僕が洞窟へ来て迷子になる前に百年以上前って聞いたから、もっともっとうんと昔のことだよ。いちじくはいつも勇敢《ゆうかん》にモナを守ったんだよ。黒っこがウヨウヨいる海へも勇敢に進んで行ったんだ。僕はあそこの話が一番好きさ。何度聞いても感動するよ」

いちじくは、アルの話を聞いて、まんざらでもないようでした。

「でもね、モナが帰ったあとしばらくしてから、エルガンダは大変だったんだ。エルガンダのあらゆる場所で異変は起こった。エルガンダはだんだん元気を失っていった。あちこちでけんかや争いが起こり、水は汚れ、木々は枯れていったんだ。

なぜそんなことが起きたかって？　それはみんなの国だったエルガンダを、自分ひとりのものにしようとしているやつがいたからなんだ。そいつは、自分の思いのままに、すべてのものをあやつろうとした。でも、細かなところをいくら支配しようとしても、エルガンダは自分のものにならない。そんなことをしていてもダメだということに、あいつらはついに気がついたんだ。

実は、エルガンダは守られているんだ。エルガンダのすべてを動かし、守っている大きな力、ガシューダと呼ばれてるんだけど、そういう力があるんだ。その力がどこにあるかということは誰も知らない。でも、あるということはエルガンダの住人はみんな知ってるよ。知っているというか、感じているんだ。やつらがどんなに水を汚しても、いつか水は少しずつきれいになる。木々を枯れさせても、また芽吹《めぶ》こうとする。悲しみや苦しみでエルガンダの住人の心を支配しようとしても、悲しみや苦しみをかかえながらも、住人はなんとか前を向いて歩こうとするし、笑顔を見せようとする。そこであいつらはこのエルガンダを動かしている大きな力、ガシューダを自分のものにしようとした。ところがそれもなかなかうまくいかない。ガシューダを自分のものにするために必要な何かが手に入っていないからしいんだ。それは何かって？　僕にはわからないよ。でも、どこかにそのことが書かれてある本があるんだって。

けれど、長引く争いで、ガシューダの力は少し弱ってきているのかもしれない。モナが前に来たころはみんな明日への夢を持っていた。でも今は誰も夢を口にしない。それでも、まだあちこちに少しは希望の火がともっている。それは今にモナがまたやってきて、僕たちを救ってくれるってみんなが信じているからなんだ」

「でも、それって私じゃないわ、きっと。だって私には、魔法なんて使えないもの」

アルはまた体を揺らして、笑いました。

「そんなはずないよ。モナが剣を天にかざしたとたん、湖の水がまっぷたつに分かれた。あれが魔法じゃないいなんて、そんなことあるはずがないよ」

モナといちじくは無口になりました。

(私はただ、ママとギルを助けに来ただけ。この魔法の国を救う力なんてないし、国を救うなんてこと思ってもいないのに……)

知らず知らずのうちに、モナたちは、大きな運命の一部になっていたようでした。

しばらくして、ようやく、モナが口を開きました。

「アルのお父さんのいる洞窟ってどこにあるんだろう」

「柱の彫刻には山があったり、海があったりしたけれど、洞窟は分からなかったなあ」

いちじくは首をかしげました。

「父さんは、体中を金のうろこで覆《おお》われている、それはそれは勇敢《ゆうかん》で大きくりっぱなドラゴンなんだ。でも、さっきも話したように、ある日、父さんは帰って来なかった。洞窟の中で、石に形を変えられてしまったという噂が流れてきた。僕たちはでも、絶望しなかったよ。母さんはいつもモナの話をするとき、最後にはこう言ったんだ。アル、モナがやってきて、きっと父さんを取り戻してくれるってね。僕ね、初めて君たちを見たとき、二人は伝説のモナといちじくに違いないって思った。いよいよ、この日がやってきたんだって、確信したんだ。モナ、僕が守ってきた剣がモナの活躍の役にたつんだ。うれしいよ。ね、モナ、僕の父さんを取り戻してくれるだろう？」

モナは返事に困ってしまいました。モナの心にあるのは、ママとギルを助けたいという思いだけでした。エルガンダを救うとかアルの父さんを取り戻すとか、今はそんなことを考える余裕も自信も、モナにはなかったのです。けれど、五十年もの長い間、モナがくるのを待っていてくれたアルにはとてもそんなことは言えませんでした。

「アル、ママやギルを探すうちに、アルのお父さんの手がかりも何かみつかるかもしれないわ。一緒に探しましょう」

薄明るいトンネルを抜けると、そこはどうやらうれしいことに、なつかしい水の魔女のお城の前でした。

第六章　水の魔女の城

あたりには、霧がたちこめていました。目をこらすと、以前とはすっかり様子が違っていることがわかりました。白く輝いていたお城は薄汚れ、お城の中の池や川は淀み、緑色の藻がはびこり、息がとまりそうなくらいひどい臭《にお》いのガスがぶくぶくと吹き出していました。

あわててハンカチで鼻と口を覆いながら、モナたちはお城へ入っていきましたが、三人の心の中には絶望的な思いが大きくなっていきました。お城のまわりにツクツクと生えているたくさんの水道の蛇口は、外の世界の水道とつながっています。蛇口のひとつをひねったいちじくが悲鳴をあげました。

「水という水がみんな腐《くさ》ってる」

いちじくの言葉を聞いて、モナの中にさらにざわざわと不安が広がりました。

「水道管は私たちの世界とつながっているのよ。水道管の水が腐っているということは、もしかしたら向こうの世界も、同じように危険な状態なのかしら」

そういえば、モナがエルガンダに来る前に、向こうの世界でもまた奇妙なことがたくさん起きていました。ママとギルを助けたいという思いだけで来たモナだけれど、それだけでは終わらないのかもしれません。たとえ、二人を助けることができたとしても、帰ってみたところで、この国と同じように、そこにもまた危機が訪れているのかも知れないのです。この国の危機は、またあらゆる場所の危機でもあるのだということを、モナは感じ取ったのでした。

「とにかく、水の魔女を探そう」

いちじくが走り出し、モナとアルもいちじくのあとへ続きました。

城の内部もまた同じでした。あれほど美しかった白い壁は薄汚れて、たくさんのヒビが入り、崩れかけていました。

「水の魔女さん、水の魔女さん!!　どこにいるの？　モナです。モナが来ました」

何度大声で叫んでも、返事がありません。

「いない……」

「待って。誰かいるよ。泣いている」

いちじくは用心しながら、声のする方へ向かいました。

声の主はどうやら入り口から遠く離れた二階の部屋のカーテンの中のようでした。

「誰？　誰が泣いているの？」

モナがカーテンをそっとあけると、そこには、海藻《かいそう》にそっくりの髪の毛を持ち、額が広くとがった耳を持つ女の子が、膝をかかえて座っていました。

女の子はおびえた目をしていました。

「モナ、遅かったわ。遅すぎた……。水の魔女は連れて行かれてしまったよ。水が汚れ、川が汚れ、海が汚れてしまっても、水の魔女は、いつも『だいじょうぶよ。きっとモナが助けに来てくれるから』って言ってたの。でも間に合わなかった。水の魔女、連れて行かれちゃったよ。どうしてもっと早く来てくれなかったの？」

そこまでしゃべると、またその少女はワーと泣き出してしまいました。

モナは、少女のモナを責めるような口調にとてもとまどいました。

「なぜみんな私を待っていたと言うの？　どうして私を責めるの？　私にいったい何ができると言うの？　私は何もできないのに。そんな勝手なことを言われても、私、知らないわ」

言い放つように言うモナを、少女は驚いたように目を見開いて見つめ、いっそう激しく泣き出しました。

「モナどうしたんだい？　モナらしくないよ」

モナはいちじくの言葉さえ、素直には受け止められませんでした。

「モナらしいって何？　これも私よ。臆病で、なんの力もない……。これが本当の私よ。泣きたいのは私の方よ」

そして、ついにはモナも、少女と一緒になってワァワァ泣き出してしまったのでした。

いちじくとアルは顔を見合わせました。

アルが深いため息をつくと、アルの口から小さな煙がポッと出ました。

「僕、女の子に泣かれるの、なれてないんだ」

「僕だってモナに泣かれちゃ、やりきれないよ」

「なんだか僕も泣きたくなってきた」

アルが泣きべそをかきそうになったのを見て、モナは、はっとしました。

泣いていたってはじまらない。そうよ、ずっと泣いていたって、何にもならないんだわ。モナは泣きやんで、少女に話しかけました。

「水の魔女は、何か言い残してはいなかった？連れて行ったのはどんな人たち？　何人づれだっ

た？　その人たちは何か魔法をつかったかしら？」

　モナの次々と繰り出される質問にためらいながらも、少女はぽつりぽつりと話をし出しました。

「水の魔女が私をカーテンの中に隠したの。だから悪者たちがどんな人かはわからなかった。でも、二人連れだったと思う。一人は大きな低い声の人、そして、もう一人は小さな高い声の人。大きな声の人は、もう一人を『親分』って呼んでいた。悪者と水の魔女は争ったりはしていないの。小さな声が大きな声に何かを命令してた。そのあと大きな声が水の魔女に『おとなしく来た方がいい。用がすめば、帰すから。もし来なかったら、友だちが死ぬことになる』と言った。水の魔女が、『こんなことをして、あなたは本当にいいの？』と言うと小さな声が『運命には、結局さからえない』って」

「友だちってだあれ？　運命ってどういうこと？」

「わからない。でも水の魔女はわかっていたみたいだった。だってね、水の魔女は、悪い奴らが近づいてきたのがわかったときに、私に、モナに伝えてと言ったの」

「え!?　私に？　何を？」

「水の魔女はこう言ったの。赤い沼のほとりに、預言者が住むほこらがあるって。そこには黒魔術の本があって、それにはこれから起こることが書かれているんだって。黒魔術の本のことは、水の魔女もうわさに聴いているだけだけど、もしかしたら、モナが悪者に打ち勝つ方法がわかるかもしれないからって言ってた。それとね、もうひとつ。悪者たちが水の魔女を連れて行くときに、最後に水の魔女が叫んだの。『もし、ここに友だちがいたら、私は言いたいわ。大きな山を動かすほどの強い力だけが、ものごとを変えるとはかぎらない』って」

「もし友だちがいたらってどういうことかしら？　大きな山を動かすほどの強い力だけが、ものごとを変えるとはかぎらない……。ありがとう。覚えておくわ。きっと大切なことなんだわ。ねえ、赤い沼はどっちにあるの？」

アルが口を開きました。

「赤い沼はすごく危険なところだよ。最近と言っても、僕が洞窟に来る前だけど、ますます危険になってるという話だったよ。母さんは、赤い沼は決して近づいてはいけない場所だって言ってた。赤い沼の周りには、悪霊がたくさん飛び回って空を飛ぶ生き物にとりつくんだって。悪霊は飛ぶものの体を欲しがってるんだって。モナ、どうしても行きたければ僕が案内するよ。でも、空を飛んでは行けないから、歩いて行くしかないよ。きっと何日もかかっちゃうよ。それでもかまわない？」

「ありがとう、アル。今はそれしかできないんだもの」

三人が水の魔女の城の入り口に戻ったとき、いちじくがモナに言いました。

「僕、さっきからずっと思っていたんだけど、かすかにギルの臭いがするんだ。ギルはここを通ってる」

「ギルが？　いちじく、このお城のどこかにまだギルが隠れているということはない？」

「いや、ないよ。ギルの臭いはかすかなんだ。もうここにはいないと思う」

「じゃあ、きっと水の魔女と一緒に捕まってしまったのよ。かわいそうなギル。ギルは水の魔女が好きなの。きっと彼女を守ろうとしたんだわ。ああ、あの女の子の言う通りだわ。もう少しはやく来ていたら、悪者が来る前に、水の魔女とギルをこの城から別のところへ連れて行けたかもしれないのに」

「とにかく急ごう」

いちじくの声を合図に、モナといちじくは再びドラゴンの背中に乗りました。

「悪霊が出る沼のほとりのぎりぎりまで飛んでいくよ。しっかりつかまっていて」

アルは、何十年も飛んでなかったことがうそのように、ウロコを光らせ、長く真っ黒なひげをたなびかせて、その美しい姿を空に飛ばせて行きました。

第七章　赤い沼

「モナ、ごめんね。偉そうなことを言ったけれど、僕、足手まといになってる」

アルはつらそうに言いました。

ドラゴンという生き物は、歩いて移動するようには体がつくられていないのです。アルの体はとても大きくて、狭い林の中を通るのは大変に骨が折れることでした。飛ぶときは方向を変えるのに大切な尾っぽも、長すぎてあちこちにぶつかります。体やしっぽがぶつかって折れた木々がときどき、モナやいちじくの方へも飛んでくるのでした。

沼に近づくにつれ、地面は湿り気を帯び、やわらかくなってきました。アルの重い体は、一足ごとに地面に沈み込みます。

「なさけないよ。僕、どうしてこんなに大きく生まれついてしまったんだろう。大切なときにモナの邪魔ばかり。僕は弱虫だし、おまけに失敗ばかり。せっかくエルガンダを救う勇者モナと一緒にいるというのに」

「アル、聞きたいことがあるの。アルが私といてくれるのは、私が伝説の勇者だから？

もしそうでなかったら、もし、間違いだったらアルは私とは進まないの？」

「モナは伝説の勇者だよ。いちじくといるし、剣を受け取ったんだから間違いないよ」

モナはアルの言葉を聞いて、またため息をつきました。モナにはどうしても、自分が伝説の勇者だとは思えないのでした。剣を受け取ったのは、アルが気の毒になったから。ただそれだけです。アルは自分に自信がないって言ったけれど、それはモナだって同じでした。ちっぽけなモナは、どんな魔法も持っていません。アルが気の遠くなるほど長い間モナが来るのを待っていてモナを勇者だと信じ切っていることが、モナにとっては重荷でした。まるでアルをだましているみたいな気持ちになるのでした。

「アル、あなたは母さんのところへ戻ったほうがいいわ。私は勇者じゃないかもしれないし、それに沼に近づけばもっともっと足をとられる。そうすれば、あなたは沼に沈んでしまうかもしれない。あなたの命をこれ以上危険にさらすわけにはいかないわ」

「モナは、僕がじゃまなんだね、僕がいるせいで旅が遅れているから」

「アル、そうじゃないの。わかって……」

気まずい空気が三人の間を漂いました。

最初に気がついたのはいちじくでした。

「空を見て！」

空の向こうから薄黒いふわふわしたものが無数にモナたちをめがけてやってきました。

「悪霊《あくりょう》だ！　僕たちをねらってるんだ」

「ね、アル。教えて、悪霊たちがとりつくのは、空を飛ぶものだけよね」

「母さんがそう言ったよ」

「だったら、悪霊は怖くて気持ちが悪いけれど、下を歩いている限りだいじょうぶね。気にせず進みましょう」

けれど、悪霊は不気味な笑い声をたてては モナの顔のすぐ横を飛びました。モナの足もまた柔らかい泥にめり込み始めていました。

泥に足をとられ、悪霊から体をよけようとした瞬間です。バランスをくずして、モナは沼に倒れこんでしまいました。顔が泥まみれになり、口の中にも泥が入ってきます。

「だいじょうぶ？　モナ」

　モナのそばに歩み寄ろうとしたけれど、いちじくも、もはや泥から足をあげることが簡単にはできないのです。いったい赤い沼まであとどれくらいあるのでしょう。たどり着くことはできるのでしょうか？　それでも、三人ともゆっくり足を泥から引き抜いて進んで行きました。

「きゃー」突然モナが悲鳴をあげました。

　泥の中にいる何ものかが、モナの足をつかんだのです。そのものはモナを泥の中へ引きずり込もうとしています。なんとかモナに駆け寄ろうとしたいちじくでしたが、いちじくもまた、何ものかに足をつかまれました。

「うわぁ……つかまれた」

　アルの足も同じでした。どうやら、泥沼の中には生き物がうようよといるようです。

　けれどアルはだいじょうぶでした。いくら足をつかまれても、引きずりこむには、アルの体はあまりに大きすぎました。モナといちじくの身体は、半分がもう泥の中でした。アルは決心しました。このままではモナもいちじくも、泥の中に消えてしまいます。

　アルが空に飛びあがると、アルの足には、目がぎょろりと大きく、口が耳までさけていて、足に水かきを持ったぬるぬるした動物がつかまっていました。けれど、空中ではその動物は息ができないようでした。空にあがったとたん、その気味の悪い動物は苦しみながら、ポトポトと沼の中へ落ちていきました。モナといちじくは、顔と手だけが泥の外に出ている状態でした。アルは片方の前足でモナを片方の前足でいちじくをすばやくつかみ上げ、そのまま空に飛び上がりました。

そのとたん悪霊が、待っていたように三人を取り囲みました。ニタニタと笑った悪霊たちがすっかり弱っているモナといちじくに取り憑こうとした瞬間でした。アルはありったけの力を出して、悪霊よりも速く高く飛びました。

「どうして気がつかなかったんだろう。悪霊よりも速く高く飛べばよかったんだ。こんな簡単なこと。僕、どうしてわからなかったんだろう」

アルの速さに悪霊たちはついてはこれません。アルは飛び続けました。

茶色の沼はやがて赤く変わっていきました。赤い沼の真ん中に、アルたちが降りて休めそうな、大きな岩が沼から飛び出していました。

「水の魔女が言っていたというほこらってどれだろう?」

アルは注意深く岩の上に降りました。ひょっとして、岩が沼に沈んだりしたら大変だと考えたからでした。けれど、岩はとてもしっかりとしていて、大きなアルが降り立ってもびくともしませんでした。

第八章　黒魔術の本

悪霊はあきらめたのでしょうか？

三人は、どうやら悪霊からのがれることができたようでした。

「アル……。アルありがとう」

モナはうれしさのあまり、思わずアルの首に抱きつきました。

「アルがいなかったら、私たち、とっくに死んでいたわ。アルはなんて強いの」

アルははずかしそうに笑いました。

「いや、僕なんて少しも強くないよ。僕は弱虫だよ。母さんにいつも『アル、いつか強くなるのよ。父さんみたいに大きくて強いドラゴンになってね』って言われてたんだ。僕、小鳥やねずみやうさぎなんかを狩りすることもできないんだ。そういうの、怖いんだ。心の中から怒りがわき起こったときだけ、戦えるみたい」

「アル、そういうのは弱虫とは言わないわ」

それにしても、いちじくとモナは泥だらけのひどい顔をしていました。二人お互いに顔を見て大笑いしました。

「無事でよかった」

みんなで手を取りあって喜んでいたときでした。

「ギギギー」突然、大きな岩の一部が持ち上がり、中からうす緑色の三角の帽子をかぶったからだの小さなおじいさんが顔を出しました。

おじいさんは高いキンキンとした声で言いました。

「中へ入るがいい。君たちは黒魔術の本を見に来たんだろう。わかっておる」

「おじいさん、おじいさんは預言者なのですか？　私、未来を知りたいのです」

「私はここの番をしている。おまえさんたちは疲れておるはずじゃ。とにかく中へ入るがいい……」

いちじくが心配そうにモナを見上げました。

「待ってよ、モナ。罠《わな》だよ」

「ううん、だいじょうぶ。疑ってもしかたがないもの。だって私たち、本当に黒魔術の本を探しに来たんだもの」

モナは、岩のふたをめくって、中へ入っていきました。いちじくとアルもモナの後を追うしかありませんでした。

ふたをあけると、岩でできた階段が、らせんの形をして下へ続いていました。そしてその向こうには丸い部屋があり、壁のすべてが本棚になっていたのです。いったいどれくらいの本が置かれているのでしょう。難しそうな分厚い本の他にも、古ぼけたランプ、振り子時計などが置かれていました。部屋の真ん中にはダルマストーブがあり、煙突のパイプがくねくねと奇妙な形をとりながら、外へ続いていました。ストーブの上には黄銅《おうどう》色のやかんがかけられ、シュンシュンと音をたてていました。

「コーヒーはいかがかな？」

モナは急に、ちょっとだけ泣きそうになりました。毎朝のように飲んでいたコーヒーを、エルガンダへ来てからは、もちろん一度も口にしてはいませんでした。

「ママの入れてくれるコーヒーはいつも特別だったわ」

おじいさんは、真鍮《しんちゅう》の片手鍋にコーヒーの粉を入れ、お砂糖をいれました。沸騰《ふっとう》させると、コーヒーの泡がぶくぶくとわいてきました。上澄みを茶色の分厚いカップにていねいに入れて、おじいさんはモナの目を優しく見てそのカップを手渡しました。分厚いカップは温かく、おじいさんのコーヒーは、ママのコーヒーにどこか似ていました。

おじいさんはいちじくとアルには動物の骨でダシをとったスープを温めてくれました。

「ママがつくってくれるスープの味もこんなだった」

いちじくが満足そうに言いました。

「そうかい、君たちのママも、昔、わしのコーヒーを飲んだことがあるからね。スープのだしのとり方も、そのときにわしが教えたのじゃ」

「ママがここへ来たの？」

「そうじゃ、これから、ずっとあとの話じゃ」

「あと？」

「まあ深く考えなくともよい。君たちは時間があちこちに飛ぶのは苦手《にがて》なんじゃから」

アルはアルで、スープを飲みながら母さんドラゴンのことを考えていました。この優しい味は、母さんのまなざしに似ているなあと思ったのです。

コーヒーやスープは三人にとって、それぞれの昔を思い出させてくれました。振り子時計がボーンと鐘をならしました。このゆっくりとした時計の鐘の音も、どこかとてもなつかしく、ほっとするものでした。

「おじいさん、聞きたいことがあるの。黒魔術の本には何が載っているの？」

「何もかもじゃよ。現在のことも未来のことも、黒魔術の本はすべてのことを知っている。本が知っているというより、本に全てが書かれておるのじゃ」

「それは絶対に正しいことなの？　私たちは運命にさからえないの？」

「絶対じゃ。さからうことはできない」

おじいさんは棚に置かれていた黒い本に手をかけました。そのときどこからか声が聞こえました。

「ホッホッホー。余《よ》に教えを乞《こ》うものが現れたのは、いったい何世紀ぶりじゃろうて」

その声にぎょっとした三人は、黒い本を見てさらにぎょっとしました。

黒い本の表紙にはいくつものしわがあり、そのしわが動き、大きな目がふたつ三人をにらんでいたからです。さらに目の下に一文字の大きなしわがありました。そのしわが大きく開いて、にやりと笑い、さらに、ホッホッホーと声をあげたのです。

おじいさんは黒い本にちらりと視線をなげかけました。

「おまえが、未来を決めているのでもなんでもないのに。偉そうなことばかり言いおって。おまえの力で答えているわけでもないものを」

おじいさんにたしなめられて、黒魔術の本は、目を閉じて眠ったふりをしました。

けれど、おじいさんはていねいにその本を三人の前の机の上に置きました。

「さあ、いいかね、おまえさんがた。おまえさんがたは、黒魔術の本にそれぞれ一つだけ質問ができるのじゃ。一つだけじゃよ。けれど、その質問は、自らができるわけじゃない。そのときにおまえさんたちが一番知りたがっていることは何かが、黒魔術の本にはわかるのじゃ」

教えてくれるのはたった一つ。けれども、それは自分では選べない。自分はいったい何を一番知りたいのだろう。三人は自分の心を見つめたいと思いました。けれども知りたいことはいっぱいありました。そのどれが自分の心を占めているのかということは、なかなか自分ではわからないのでした。

黒魔術の本は、最初にドラゴンをにらみました。

「ドラゴン、おまえは、母ドラゴンがどこにいるのか気にしておるな」

黒魔術の本はまた目をつむり、そして目を開けて、ドラゴンをぎょろりとみつめました。

「ウマレタバショニ。そう出ておる」

アルが何も言わないさきに、本はぎょろりとした目をいちじくの方へ向けました。

「イヌ、おまえは、ママと金魚が生きているかについて、聞きたいと思っておるな。それについて答えよう」

黒魔術の本は目をつむり、そしてまたぎょろりといちじくをにらみました。

「イキテオル。私の心にはそう出ておる」

いちじくの口からふっと息がもれました。絶え間ない困難に出会うたびに、こんな困難の中でいったい二人が生きながらえていられるものかどうか、とても不安だったのです。

それはモナも口にこそ出さなかったけれど同じでした。ただそれを信じるしかなかったのです。それじゃあ次に何を考えたらいいのだろう。聞きたいことはわかっていました。心に念じようと思うまもなく、黒魔術の本はモナに呼びかけました。

「さて、おまえは、このエルガンダやおまえたちの世界を救う救世主《きゅうせいしゅ》が、本当におまえかどうか知りたがっておるな」

モナはあわてました。

(私が知りたいのはそんなことじゃない。次にどこへ行ったらいいか、ママやギルがどこへ行けばみつかるのかそれが知りたいのよ)

「待って！　違うわ、違う。私が聞きたいのはそんなことじゃないの」

「おまえは、自分の本当の心に気がついておらぬ。余はおまえの一番知りたいことを伝えることになっておる」

黒魔術の本は、モナの言葉を途中で制して、目をつむりました。

モナは救世主は自分であるはずがないという思いがありながらも、自分でなければならないと思いました。私が世界を救う救世主じゃなかったら、ママやギルを救うことだってできない。アルの父さんだってもちろん助け出せない。

黒魔術はなかなか目をあけませんでした。やがて、黒魔術の本が、眉をひそめ、苦しい顔をしました。ゆっくりと目を開けた本は、気の毒そうに言いました。

「救世主はモナではないな。なぜならば、私の心の中にわきあがってきた言葉は〝ヒトニアラズ〟じゃ、人ではないと出ておる。従って、それはモナではない」

三人にとってこれほど残酷な言葉があったでしょうか？ この世界を救うのはモナではないというのです。

「デタラメだ！ そんなはずないよ。みんな知ってる。モナが助けに来るってみんなそう言ってた。誰だって知ってることだよ。本は嘘つきだ！」

アルが叫び声をあげました。黒魔術の本は、アルをギロリとにらみましたが、アルに対しては何も言いませんでした。

「余はもう疲れた。ヒロウコンパイ。棚へ戻してくれないか」

おじいさんにとっても、黒魔術の答えは考えもしないことだったのです。深いため息をひとつつき、黒魔術の本を、もとの本棚へ戻しました。

第九章　一番星の下で

アルの背中に乗って赤い沼を抜け出した三人は、アルの母親が住む霧の谷に向かっていました。モナはずっと黙ったままでした。本当のところ、途方にくれていたのです。

（わかっていたことだけど、やっぱり勇者は私ではなかったんだわ。私はママを救えない。私はギルを救えないのよ）

いちじくもまた途方《とほう》にくれていました。モナのことはいちじくが一番よく知っていました。小さいときから、うれしいことは一緒に喜び、悲しいときは一緒に嘆《なげ》き悲しんできたいちじくです。今のモナの気持ちは痛いほどよくわかりました。

そしてまたアルの心も複雑でした。アルは実はまだ、この世界を救い出すのはモナに違いないと思っていたのです。ついにアルが口を開きました。

「モナ、あんな本の言うことなんて気にしなくていいよ。うそっぱちに決まってる。僕はモナが救世主に違いないって今も信じてるよ」

「アル、やめてちょうだい。あの本がはっきり、救世主は私ではないと教えてくれたわ。

そしておじいさんも、運命は変えられないって……」

　いちじくがやっとモナに声をかけました。

「モナ、この世界を救えなくても、まだママとギルを救えないと決まったわけじゃない。僕たちは最初から、ママとギルをさがしに来たんじゃないか」

「ああ、私ったらどうしてあのとき、ママとギルの場所を知りたいって黒魔術の本の前で何度も唱えなかったのかしら？　たとえ、この世界を救い出せなくても、それから、ママとギルを救い出すことは難しかったとしても、せめてママとギルの居場所を知りたかった。私が、救世主かどうかなんて、本当はどうでもいいことだったのに。私はなんてばかなの？　こんなちっぽけな私に、いったい何ができるって言うの。魔法もない、運命も味方してくれない。私には何も残っていないんだわ」

　モナのほおに涙が流れました。

「アル、ごめんなさい。私、あなたに本当に申し訳のないことをしてしまった。私は自分のママとギルすら助けることができないの。だからあなたのお父さんのように強くて大きなドラゴンを助けられるはずがないわ。ましてや、救世主のはずがない。ちょっとでもそんなことを思った自分が恥ずかしいわ。それなのにこんな私を何十年も待ってくれていただなんて、本当にごめんなさい。運命は変えられないのよ、どうしたって、私には無理なの。何もできない」

モナはすっかり元気をなくしてしまい、アルの背中につかまるのもやっとでした。

「モナ、見てごらん。夕陽がきれいだよ。あんなに大きな赤いお日様が、地平線に沈んでいくよ」

アルに言われてモナは顔を上げました。目の前に広がっていたのは、赤く染まった空と、そして遠い地平線に沈もうとしている、心が吸い込まれるような美しくて大きな大きな夕陽でした。モナの目からまた涙が流れました。けれども、それは悲しくて流れた涙ではありませんでした。美しい夕焼けに心が揺さぶられて流した涙だったのです。

モナは、またアルにしがみついて、言いました。

「ありがとうアル。ありがとういちじく。ねえ、私、もう私には何も残されていないと思っていたの。でも違ってた。どんなに悲しくつらいことがあっても、私には、まだ美しい景色に気がつく心があるわ。夕方になれば夕陽が沈み、雲をバラ色にそめる。夜の始まり

がやってきて、空の水色が青になり、濃紺《のうこん》へとだんだんに変わっていく。こんなに美しい景色の中を私たちは空を飛んでいるんだよね。私決めたよ。たった今から、笑っていようと思うの。唇の端っこをちょっと持ち上げて笑顔を作ったら、本当にうれしい気持ちになってくるみたい。自然ってすごいよね。だって、私たちにいつも元気をくれるもん」
「僕もさ。洞窟に何十年もいたときに、何度も、夕焼けのこととか雪の結晶のこととか星のきれいなことかを考えたよ。僕は、翼も広げられない洞窟の中にいるけれど、いつか外に出たらあの星の下を飛ぼう……そう思うと元気になれたよ」
「美しい景色って心の中にとっておけるのね。なんて素敵なんでしょう。私にはいちじくがいてくれる。アルがいてくれるわ。私にだって、今、何かできることがあるはずよ。こうしているあいだにもママが危ない目にあっているかもしれない。ギルがつらがっているかもしれない。前へ進まなくちゃ」

「そうだよ。それでこそ、モナだよ」

いちじくはアルにつかまりながら、ふわふわのしっぽを元気に風にたなびかせました。

アルの銀色のウロコの一枚一枚に夕陽がうつりキラキラと光りました。アルは二人を乗せてさらに空高くへと飛び続けました。くねくねとしっぽを揺らす姿が空に小さくなって行きました。近くには、一番星が輝いていました。


空を飛ぶ三人の様子を一人の若者が見上げていました。やがて若者は、そばに停めてあった馬車に乗り込みました。中には年老いたおばあさんが座っていました。

「森の魔女を見つけました。竜の背中に乗って、北へ向かっています」

「すぐに後を追わせなさい。すぐにじゃ」

「おそれながら。どうしても森の魔女をとらえるおつもりですか?」

おばあさんは声を荒げました。

「今さら何を言うのじゃ。我が思いを達成するためには、どれひとつ欠けてもだめなのじゃ。わかっておろうに!」

若者はとても悲しい顔をしておばあさんを見つめました。そして、ひとつため息をついて、紙に走り書きをして、口笛を吹いてコウモリを呼び寄せ、手紙を足に結びつけて空へ飛ばしました。

アルの背中から見える景色は、沼からやがてカラカラの砂漠に変わってきました。濃い黄色をした砂の山は、風が吹くたびにみるみるうちに形を変えていきます。この黄色だらけの風景がいったいどれくらい続くのだろうと思ったころ、砂の中に石ころがまざるようになりました。それもやがて終わり、あたりはごつごつした岩山になり硫黄《いおう》のにおいがかすかにただよってきました。沼を飛び出してから三日目の夕方でした。

「わかるかい？　僕のふるさとのにおいがしてきた」

アルが、体の中からわきあがるように、喜びの声をあげました。モナにもアルが一刻も早く母さんに会いたい気持ちがよくわかりました。

「今日はこのあたりで休もう」

アルは少し大きめの岩の陰につばさをゆっくり羽ばたかせて降りました。それからアルは足下を少し掘って白い何かの卵を取り出しました。卵はモナのこぶしほどの大きさがあり、ぶよぶよした膜に包まれていました。

「モナといちじくの分は火を通してあげよう」

アルが、目の前の卵にフゥーとゆっくりと息をふきかけると、炎が卵をいい具合に焦がし、卵はこんがりとおいしそうなにおいをさせました。

「なんの卵？」モナが卵を少しいぶかしげに見ました。

「知らない方がいいよ。モナ、栄養になるから」

いちじくは、もう卵にかぶりついていました。「モナ、おいしいよ」

旅に出てからモナもずいぶん強くなったように思います。モナも大きな卵を両手でかかえて、ほおばりました。

そして、アルは卵をいっぺんにいくつも口にほうりこみました。

「なつかしい味だ。上に行けば、もっといろいろな食べ物を食べさせてあげられるよ」

「生き物なんてどこにもいないみたいなのに、こんな乾いた岩山に卵があるなんてびっくりよ」

やがて暗闇がやってきました。月も星もない空は真っ暗でおなかがいっぱいになった三人は、すぐに眠りに落ちました。アルの大きないびきが聞こえはじめました。慣れというものは不思議なものです。最初は驚いた大きなアルのいびきさえ、モナといちじくには子守歌のように聞こえていました。

三人はまだ追っ手がやってきていることに、少しも気がついてはいませんでした。けれどそのころ、闇よりもさらに黒い体をした生き物が、モナたちのところへすごい速度で忍び寄っていました。

「モナ、起きるんだ。起きて‼」

夢の中で、モナを呼ぶ声がしました。

「誰？　誰かいるの？」

モナはなかなか目覚めることができず、夢の中で目をこらし、モナを呼ぶ人物をさがしました。夢の中で手をさしのべていたのは、モナがこの世界へ来て何度も何度も会いたいと思ったカガミくんでした。

「カガミくん、ごめんね。何も言わずにここへ来てしまって。ママとギルがいなくなったの。でも、パパはギルなんて最初から知らないって言うし……」

「モナ、だいじょうぶ。僕はみんなわかっているから。モナが旅に出てから、僕も心はモナのそばにずっと一緒だったんだよ。これからもそうだ。僕はいつもいつもいる。忘れないで。でも、今はとにかく起きて。追っ手がすぐそこまでやってきている。さあ、早く」

カガミくんの姿が目の前から消えました。

「どこに行くの？　行かないで。やっと会えたのに。行かないでー」

「モナ、モナ、どうしたの？」

モナの叫び声でいちじくが目を覚まし、モナを揺り起こしました。

「カガミくんが……」

「カガミくん、夢を見たの？　そっか、カガミくんが恋しくなったんだね」

「そうじゃないの。いちじく、すぐに出発しなくちゃ」

モナの心はザワザワと落ち着かず、不安が鉛のように重くモナの心にのしかかって呼吸を苦しくさせていました。

「夢だけど、夢じゃないと思う。誰かが私たちを捕まえに、ここへやってくるわ」

「アル、起きて。大変よ。起きて!!」

「……ムニャムニャ……もう食べきれないよ……」

「アル、夢を見ている場合じゃないの。お願いだから。起きて、ねえ、起きて！」

「僕にまかせて！」

いちじくが、アルの鼻の頭に思い切りかみつきました。

「うわぁーーあ」アルが悲鳴をあげました。

「何をするんだぁ!!」

「ごめん。だって、アルがどうしても起きないから」

いちじくがアルに説明をするまもなく、凍りそうに冷たい風が三人をおそいました。風はとても危険なにおいがしました。いちじくがウォーっと低く吠えました。

「逃げろ！」

モナは走り出しました。アルは不意をつかれてモナをつかんで飛び立つこともできません。いちじくも、モナを追い越さないようにして走りました。

そこへ黒いビロードのカーテンのような体をした生き物が、三人めがけて集まってきました。恐ろしい寒気がモナの体を襲いました。とたんに体がだるくなり、逃げる足にも力がなくなっていきました。体中のエネルギーが、そのものに吸い取られていくようでした。

そのときです。モナは胸ポケットが熱くなっていることに気がつきました。

「コンパクトだわ」

鏡はどれもすべて鏡の魔女の部屋とつながっているはず。それはずっとわかっていました。けれど、今までは、コンパクトの鏡は曇っていて、鏡の魔女のところへはどうしても入っていくことができなかったのです。もしかしたら、閉ざされていた道が今開こうとしているのかもしれません。

モナを救おうとした夢の中のカガミくんが、現実の中でもモナに手をさしのべてくれているようでした。モナにはもう力がほとんど残っていませんでした。けれど最後の力をふりしぼってコンパクトに手をやりました。なんとかコンパクトを開きかけたとたん、コンパクトは開いたまま地面に落ちました。そしてその中にモナといちじくとそしてアルは引き込まれていきました。

コンパクトは鏡の魔女のところへつながっているはずです。そうであるなら、中は光に輝いているはずでした。そして鏡の魔女の家へたどりつけるはずでした。けれど、そこは夜がもうすぐそこまでやってきているような薄暗い部屋でした。

不思議なことに、そこでは巨木《きょぼく》ほどもあるアルがモナと同じくらいの大きさになっていました。部屋の中を見渡すと、薄暗い中に影がひとつたたずんでいるのが見えました。

「カガミくん？　カガミくんでしょう？」

「僕だよ」

手をモナの声の方にのばしてくれたのは、あのなつかしいミラーでした。

ああ、なつかしいミラー。前の旅でモナとミラーは出会いました。目と耳を持たないミラーから、モナは心の目と耳をすませることと、そして気持ちを伝えたいと思うことが大切なんだということを教わりました。

「ミラー。助けてくれてありがとう。私、もうだめって思った」

そうだったわ。夢に出てきてくれたカガミくんは、この世界ではミラーなのだと頭のどこかでぼんやりと考えました。

ミラーの手がモナの肩の上におかれました。ミラーの手は心を癒《いや》す力があるのかもしれません。優しい光がミラーの手からあふれ、肩から何か温かいものがモナの体に入ってくるのがわかりました。それは細胞から細胞へ広がり、やがて体中に満ちていき、モナの体はみるみると元気になっていきました。

「ミラー、鏡の魔女はだいじょうぶ？　今、どうしているの？　私たちを襲ってきたものは誰？」

ミラーはとても悲しげな顔をしました。

「鏡の魔女はモナが来るのを待っているよ。あのものたちは、モナだけでなく鏡の魔女もねらっているんだ。モナ、モナに話しておいたほうがいいことがたくさんあるんだ。鏡の魔女のところに行く前に少し話を聞いてほしい」

ミラーは静かに話し出しました。

「モナたちを襲ってきた生き物は、昔はエルガンダにはいなかった生き物なんだ」

第十章　エルガンダの秘密

「昔、エルガンダにはあのような生き物はいなかった。あれは、あやつる目的で作られた生き物だ」

「あやつられている？　誰に？」

「石の魔女だよ」

「石の魔女？　それは悪い魔女なのね」

「昔は石の魔女も決して悪くはなかった。魔女たちはその昔、みんなで理想の国、エルガンダを作った。鏡の魔女が光をつくり、水の魔女が川や海を作った。そして、石の魔女は空には星を浮かばせ地面には岩山を作った。石の魔女は星空を愛し、そして岩山の中の水晶の洞窟を愛した。ところがあるとき空から紫の涙という大きな宝石が落ちてきた。それを手にしてから、石の魔女の様子が一変してしまったんだ。美しいこの国エルガンダを、石の魔女はどうしても自分ひとりのものにし、この国を自分の思い通りにしたいと思う妄想にとりつかれたんだ」

「エルガンダは本当は誰のものなの？」

「ここは誰のものでもないよ、エルガンダはみんなのもの。ここに住んでいるものたちだけでなく、離れたところに住んでいるものたち、たとえばモナの世界の人たちや、もっともっと遠くのたくさんのものにとってもエルガンダはとても大切なところさ。水の魔女や鏡の魔女や、それから空の魔女たちが、石の魔女の心をなんとか暗い闇から救い出したくて、石の魔女から紫の涙を奪い、石の箱にしまい、深い洞窟湖に沈めたんだ。石の魔女は紫の涙を奪われても、みんなと一緒にエルガンダを作ったころの魔女に戻ることはなかった。それどころか、紫の涙を奪ったみんなを恨《うら》むようになったんだ。石の魔女は、エルガンダを自分のものにすることをけっしてあきらめたわけではなかった。ところで、モナは、黒魔術の本に出会ったかい？」

「ええ」モナは返事をしながら胸がずきんと痛むのを感じました。

「ミラー、ここにいるアルがね。私はこの世界を救い出す救世主だと言ったの。私には信じられなかった。私には何の力もないから……。そんなことわかっていたわ。でもね、もし私が救世主ならママやギルやそれから、エルガンダを救えるかもしれない。そうしたら私たちが住む世界も救えるかもしれない……ただそれだけを心のよりどころに、旅を続けてきたんだわ。けれど黒魔術の本は、救世主は私ではないとはっきり言ったの。そして、そこにい

たおじいさんは『運命は決して変えられない』って言ったわ。ミラー教えてほしいの。運命ってなあに？　あの黒魔術の本は誰が書いたの？　いったい誰が運命を知っているの？」
「あの本はね、僕も会ったことも見たこともないのだけど、岬に住むドーパという魔女が空気から言葉を紡《つむ》ぎだし、それを黒魔術の本に文章として表してつくったものらしい。
　今もドーパは言葉を紡ぎ続けているそうだよ。そして、その言葉はモナが会った黒魔術の本の中に書きとめられていくんだ。たぶんつながっているんだね。けれどドーパだって、一人ひとりの運命やエルガンダの運命を決めているわけじゃないんだ。すべての運命を決めているのは。はかりしれないほどの大きな力を持つ魔法使いガシューダだと言われている。紡ぎの魔女ドーパは、ガシューダが決めた運命を、単に紡ぎ出しているだけらしいんだ」

「ねえ、ミラー、そのガシューダが、私たちすべての未来を決めるの？　私たち自身が未来を決めるのじゃなくて、その人が決めるの？」

「僕はそうは思わないよ。前の旅のときにモナが教えてくれたじゃないか。明日の自分は、昨日までの自分とそして今日までの自分の積み重ねだって。明日の自分を作るのは、今日の自分の決断だって」

「でも、運命は変えられない……そうなのでしょう？　私たちはいつもガシューダが考えた通りになるんだわ」

「モナ、そんなふうに決めてしまわなくてもいいんだよ。何かことが起きたとき、たとえばそうだなあ。モナの世界で、車でやってきた誰かが偶然、もう一人の誰かと出会ったとしよう。二人が出会うためには、いったい何人の人がそのことに関わっていることだろう。まず車でやってきた人のためには、車が発明されなくちゃいけないだろう。タイヤだって、鉄の加工だって、一人の力じゃないさ。もう一方で、その人の車がその時間に到着することにも、いろんな人が関わっているんだよ。道路で事故があったら、車は遅れて到着する時間は違ってしまう。それどころか、一人の人が出かけるのをやめようとしただけで時間は変わるだろう。そうしたらもう二人は出会えていないかも知れない。そんなふうに考えていくと、おそらく何かが起きるためには、世界に生きている人のすべてが関わっているとも言えると思うんだ。もし誰かが少しでも違うことをしたとしたら、きっとそのことは起きていないんだ。そう考えれば、ひとつのことが起きるためには、誰が大切とか大切じゃないなんて言えないんだよ、みんながその役割を担ったことになると思う。モナ、たまたま救世主と言われる人が一人いたとしても、その人だけじゃ何も実現しないさ。そういう意味では、関わった全ての人が、救世主と同じくらい大切だってことだよ。ガシューダは、必要のないものは決して作らないんだ。存在するということは、もう大切だという証拠なんだよ。善人とか英雄と呼ばれる人も悪人とか盗人なんて呼ばれる人も、おそらくはその役割をすることが必要で、その役を担って生まれてきてるんだ。みんな神様の決めたことさ。誰もがみんな同じように大切なんだよ。それから、もうひとつ大事なことは、大きな岩を動かすほどの強い力では変わらないことが、たった一枚の葉っぱが、木の枝から落ちたことで変わることもあるということさ」

ミラーは見えない目でモナをみつめながら、そして手を握りながら話を続けました。モナはミラーの言ったことをわかろうとしました。悪人も必要だという話に納得することは簡単じゃなかったけれど、モナは自分が救世主だということにはこだわらなくてもいいんだということは理解できたのでした。

「ごめん。話がそれてしまったようだ。石の魔女は黒魔術の本とは別に、もう一冊、金色の魔術の本があるのを知ったんだ。それは鏡の魔女の家に代々伝わる本なのだ。その本を水の魔女と鏡の魔女が二人で、誰にもみつからないように守ってきたのだ。石の魔女には、その本の中身がどうしても必要だった。そこで新たな手下を育てて二人のところへ送り込んだんだ。手下は金色の書を二人の魔女に見つからないように写し取り、石の魔女に渡した。そこにはね、どうしたらこの世界を自分のものにすることができるのかが書いてあった。石の魔女はついに、その方法を知ってしまったんだ」

「ミラー、金色の魔術の本にはなんて書いてあったのかしら？」

ミラーはモナの手をさらにぎゅっと握りしめました。

「モナ、気を落ち着けて聞いてほしい。それはとても怖い話なのだ。実は紫の涙には恐ろしい秘密があるんだ。この世界を支配するためには、決められた四人と、そして自分の血液が必要なんだ。決められた四人とは、水の魔女、鏡の魔女、空の魔女、そして森の魔女、君のことだよ。四人から血液を少しずつとり、一時間以内にそれらをまぜて、それから五人目、この世界を自分のものにしたいと願っている本人の血をまぜ魔法の呪文をとなえると、液体から煙があがり、やがて液体の色がオレンジ色に変わるのだそうだ。そのときに紫の涙を入れると書いてある……。そうすると」

「そうすると？」

アルも、息を殺してミラーの話に聞き入っていたのでした。

「オレンジの液体と紫の涙がまざったとたん、それらは固まって大きな宝石となり光を放ち、この世界は、五人目、すなわち四人の魔女以外のものになる。けれど、条件もたくさんある。五人の血は体から抜き取って一時間以内にまぜないといけないし、そのあと、オレンジ色になってからは、紫の涙が入るまでどんな不純物も入ってはいけないんだ」

「一時間以内ということは、ママは、空の魔女は、殺されていないんだわ。無事なのね」

「そうだよ。もし、空の魔女やそれから他のみんなにも何かあったら、この魔法は使えなくなってしまうからね。それでモナのことも捕まえようとしているんだよ」

「紫の涙は湖の底に沈んでいるのでしょう？　そう簡単にはみつからないよね」

ミラーが少し言いにくそうに言いました。

「モナが、洞窟湖の湖に道をつくるのを、あいつらは待っていたんだ。なぜなら、湖に沈んでいたあの剣を使って底に道をつくれるのはモナ一人だったんだ。はたしてモナは道をつくり、洞窟の底を水の魔女の家へ続く道を進んだ。その瞬間をあいつらは待っていた。底から紫の涙を取り出すことができるのはその瞬間だけだからね。水が満ちてきたら、また、紫の涙を取り出すことは不可能になる。だから、モナたちが道を進んだとたんに、あいつらはこっそりと湖の底に降りて、紫の涙を手に入れた」

「あー……私、なんていうことをしてしまったの。私は知らない間に、石の魔女の手助けをしていたのね。それなのに、勇者気取りで道がついたことを喜んでいたりして……」

取り返しのつかないことをしてしまったという事実に気がついて、モナはまたハラハラと涙を流しました。ミラーの見えない目と聞こえない耳は、モナの手からモナの悲しみを受け止めていました。

「モナ、だいじょうぶだよ。僕は信じる。モナの決断は正しかったんだ。いつだってどんなことも、きっといいことにつながっている。モナ、洞窟湖で道をあけることは必要だったんだよ。自分やモナを導いてくれている大きな力、それがガシューダかそうでないかはわからないけれど、その大きな力を信じようよ」

ミラーの手からまた優しい光がモナのひとつひとつの細胞に伝わって広がりました。

（そうよ。私は救世主じゃなくても、ママとギルを助けるためにここへ導かれたに違いないわ）

モナの心に勇気が戻ってきました。

第十一章　裏切り

「そろそろ出発しよう。コンパクトの向こうの道へは今はもう戻れない。あいつらがあそこで我々を待っているに違いないからね」

ミラーの言葉を聞いたアルの口から小さい炎がポッと出ました。それはアルの胸の深いところから、静かに遠慮がちに出たため息でした。

「ねえミラー。アルだけでもこの入り口からコンパクトのところへ出ることはできない？アルの母さんの住むところまでもう少しなのよ。アルはもう何十年も母さんに会っていないの。なんとかならない？」

ミラーは首を振りました。

「残念だが、今はむずかしいよ」

ミラーもアルの気持ちが痛いほどわかっていたのです。

「アル、君は必ず母さんに会えるよ。大空を二人で楽しく飛び回れる日が、きっとすぐにやってくる。僕はこちらの道へ進むことが、その早道のような気がするんだ。今はこちらの道へ進むことを許してもらえないだろうか」

アルはわざと明るく、そしてきっぱりと言いました。

「僕ならだいじょうぶ。どうせ長い間、待っていたんだ。これくらいなら、待っていられるさ」

でも、アルの目には涙が光っていました。

「ね、みんな。アルのためにもなんとかして鏡の魔女のところに行って、それからアルの母さんのところに向かわなくちゃ」

いちじくが伏し目がちにミラーを見上げました。

「僕、わからないことがあるんだけど。しばらくモナは他の魔女たちに近づかないほうがいいんじゃないかな。五人がそろわなければ、エルガンダが石の魔女の思い通りにはならないはずなんだよね」

モナが出かけようとしていることをいちじくが不思議に思うのも無理はありませんでした。けれどモナは首を横に振りました。

「いちじく、私はどんなときにも逃げないでいたいの。何か困難にぶつかったとき、逃げてばかりいるわけにはいかないわ。逃げることからは明日が見えないもの。逃げても逃げても、嫌なことが後になるだけのような気がするの。それにね、私、小さいときからこれだけはと決めていることがあるの。それはね、変だな、おかしいなと思うことがあったとき、自分の気持ちはちゃんと表さなくちゃいけないっていうこと。行動にうつさなくちゃ。そうでないと、自分に嘘をつくことになるもの。だから、私は泣き虫だけど、小さいときから逃げることはしないできたの。今だって立ち向かわなくちゃ。戦うことはきらい。でも何か方法はあるはずよ。私は逃げない。絶対に逃げたくないの」

「わかったよ。モナ。モナがそういうなら、僕だってそうさ。逃げないよ」

「ひゃっほー。そうこなくっちゃ」アルは口を耳まで開いてにっこり笑い、耳をひらひらとさせました。

小さくなったアルの背中に乗ることはできませんでした。一本の薄暗い道を、アルが先頭を歩き、そのあとを目が見えないために暗闇の中にいるミラーとモナが手をつないで歩き、そしていちじくが一番後ろを用心深く歩きました。ミラーがモナの手をぎゅっとにぎりました。

「エネルギーが弱くなっているんだ。鏡と鏡の間は、以前は光に導かれて歩かずに行けたのに、今は自分で道を探して歩かなければならない……モナ、僕は本当はすごく心配なんだ。この道の先ではモナを悲しませるできごとが待っている。でも、負けないでほしいんだ」

「悲しいこと？　ミラー、鏡の魔女に何かあったの？　鏡の魔女はだいじょうぶでしょう？　だって、四人の生きている血が必要なら、鏡の魔女は無事なはず」

不安そうにモナがミラーをみつめました。ミラーはただ黙ってモナの手を握りしめるだけでした。

いったいこれ以上どんな悪いことが待ち受けているというのでしょう。ミラーは何かを知っているのでしょうか？　でもモナは聞こうとはしませんでした。ミラーが今、教えてくれないのにはきっと理由があってのことだろうと思ったからです。

四人は黙って歩き続けました。やがて、行く手に木の枠に囲まれた八角形の窓が見えてきました。ミラーはモナが見たり聞いたりしたものは、モナの手を通して知ることができるのでした。

「さあ、ついたよ」

窓の前に立ったとたん、四人の体は窓に吸い込まれて、気がつくと八角形の大きな鏡の前に立っていたのでした。

そこは、前に来た懐かしい鏡の魔女の部屋でした。けれどそこもまた、あんなに光り輝いていた部屋は薄汚れ、鏡はどれもにごってほとんど姿を映してはいませんでした。なにもかもが、エルガンダ自身の力が弱って、起きていることのようでした。

「あなたはそれでいいの？　悔いはないの？　あなたの心の中は今だって違うところにあるのじゃないの？」

隣の部屋から聞こえてきたのは確かに鏡の魔女の、悲鳴《ひめい》にも似た声でした。鏡の魔女が今、誰かと一緒にいて、何かに巻き込まれているようなのです。

モナはドアを少しすかして隣の部屋の様子をのぞきました。そこには鏡の魔女とそして黒い服を着て大きな黒い帽子を目深にかぶった体の大きな男の人がいました。いちじくが何かを知ったように、顔色を変え、うなり声をあげそうになりました。モナは驚いていちじくの口に手をあてました。

「仕方がなかったんだ。僕だって裏切りたくなかったさ。でもそうなる運命だったんだ。運命は変えられなかった」

モナは不思議に思いました。鏡の魔女は体の大きな男の人と違う方向を向いて話をしています。しゃべっている相手は、どうも、体の大きな男の人ではないようでした。目をこらしてじっと見つめると大きな男の人の陰に、何か小さなものが、男の人とそっくりの服を着てずり落ちそうな帽子をたえず気にしながら、上になったり下になったりしながら空気中を飛んでいるのが見えました。そのときです。その黒い服の下から、長く赤く美しいものをちらり見えました。

「あ、あれは……。そんなこと……」

モナの口から声にならない声が出ました。何かがモナの心をひどく乱し、モナの顔はまっ青になりました。それはモナにとって、ひどい衝撃《しょうげき》だったのです。赤いもの、それはモナが何度も何度も繰り返し見たことのあるものだったからです。

小さな男の人は苦しそうに低い声を出しました。

「僕は、石の魔女がエルガンダを支配するために生み出された生き物なんだ。そして、僕はそのために訓練されたんだ。人間の目をあざむくために、水槽の中でも生活していた。本当は水なんてなくても生きられるし空だって簡単に飛べる。でも、僕たちは、あの世界では、水槽に入っているべき生き物なんだ。僕はまんまとモナの家に入り込んだ。パパをだますことは簡単だった。ママだってモナだって僕のことを可愛がってくれた。僕のことを疑う心なんて、誰も、これっぽっちも持ってなかった。それから僕は、モナの家からあなたのところに来て、あなたにも嘘をつかなくてはならなかった。でも本当は僕、あなたをとても尊敬していたんだ。モナを魔女の修行に連れ出すことができたときは、僕の心はとても痛んだ。僕は、モナやママや、そしてあなた方が大好きだったから。冒険の旅に一緒に出て、家に戻ってからは、このままモナと信じ合って暮らせたらどんなにいいだろうと思った。そしてもしかしたら、本当にモナとは親友として生きていけるのじゃないかと思った。でも、それはやっぱり夢だったんだ。運命なんて変えられないんだよ。僕はまたこちらの世界に連れてこられた。苦しい生活の中でも幸せなことはあったよ。同じように訓練を受けていた美しい尾っぽのリラと出会って結婚することができたんだ。僕にとってひとときの幸せだった。可愛い子どもたちもたくさん生まれた。でも、でも、それだってみんなあいつらの策略《さくりゃく》だったんだ。モナがこの世界にやってきたのがわかったときに、あいつらはリラも子どもたちも僕の前から連れ去ったんだ。〝水の魔女、鏡の魔女、そしてモナを連れてこないと、リラの命も子どもたちの命も、みんな消えてしまう〟と告げられた。僕にいったい何ができる。僕はモナを愛してる。でもリラと子どもたちのことだって愛してるんだ。リラと子どもたちを助けられるのは僕しかいないんだ。僕なんて、しょせん石の魔女に作られたちっぽけなギルでしかないんだ」

いつしか、言葉は泣き声に変わっていました。

ギルという名前がモナの心に最後の打撃をあたえました。モナはその場にヘナヘナと倒れ込んでしまいました。

第十二章　鏡の前で

いったいこんなことがあるでしょうか。どうぞ夢であって。夢であってほしいとモナは心から思いました。

ギルはモナの大切な大切な友のはずでした。いちじくがモナを救うためならなんでもすると思っているように、モナだって、いちじくのためなら、そしてギルのためなら、今はアルのためにだって、そしてミラーやカガミくんのためになら、なんだってすると思っていました。だって友だちだから。

エルガンダに来てからだって、ママとギルを助けるんだと思ったからこそ、どんな困難にも立ち向かってきたのです。

そのギルが、モナが魔女の修行に出る前からモナを陥《おとしい》れようとしていたというのです。いいえ、魔女修行の前どころか、モナをだますためにモナの家族に近づいたというのです。モナはこれから、何を信じたらいいのでしょう。こんなにも大切な友だちを信じることができないというのなら、もう何も信じることができないと思いました。

「しっかりして」

ミラーはすばやくモナの手をとり、体を起こそうとしました。

いちじくはモナを守るためにモナの前に立ち扉をにらみつけました。

モナと、ギルや鏡の魔女をへだてている扉がギギギーと音を立ててゆっくりと開きました。その音でギルは振り向きました。ギルの大きな目をさらに大きく見開かれ、ギルは体を震わせました。ギルは全てを知りました。モナがギルの裏切りに気がついたという事実を知ったのです。

ギルは、力なくふわふわとモナの近くに降りてきました。

「しょうがなかったんだ。モナ、いちじく、しょうがなかったんだよお」

いちじくが歯をむき出しました。

「今さら、何を言っても無駄だよ。モナに近づくな。モナがどれだけギルのことを心配したかわかっているのか。モナは、モナはギルのためなら命だって惜しくない、そう言って命をかけて、ギルを助けに来たんだ」

ギルは泣き声をあげました。

「わかっているよ。モナならそうする。僕のよく知っているモナなら、何に変えてでも、たとえ自分の命に変えてでも僕とママを助けようとする。けれど、僕はモナの信頼にはこたえられないんだ。それが僕の生まれた理由なんだ。モナをあざむいてエルガンダを石の魔女のものにするために僕は生まれたんだ」

とうとうギルは泣き崩れました。

「泣いてもむださ。恥を知れよ。なあアル、君ならこんなちっぽけな金魚一匹、炎でひと吹き、焼き殺すくらい簡単なことだろう?」

いちじくは鼻にしわを寄せて、ギルをにらみつけ続けました。

「ああ、簡単なことさ。モナを苦しめるやつは敵だよ。すぐさま焼いてしまおうか」

今しがたまで小さかったアルは、いつのまにかまたもとの大きさに戻っていました。

アルの恐ろしい声を聞いて、ギルだけでなく、もうひとりの大きな黒い服を着たものも後ずさりをしました。

そのとき、モナが涙で濡れた顔をあげました。

「やめて! やめて、いちじく、アル。二人とも何を言うの。ギルを焼き殺すだなんて、二人ともどうかしちゃったの?」

「モナこそどうかしたんじゃないのか? だってこいつは裏切り者だよ。今だって、鏡の魔女とモナを、連れて行こうとしているんだよ」

「もちろん、私も、とてもショックだったわ。でもよく考えたらギルの言うとおりだわ。

ギルはしょうがなかったのよ。もしギルが私たちの味方でずっといれば、石の魔女から、〝おまえは生みの親を忘れたのか〟とギルは裏切り者の烙印《らくいん》を押されてしまうわ。それに、私がママを愛しているように、ギルが子どもたちや奥さんを大切に思う気持ちは、当たり前のことだもの。それに大切なことをみんな忘れているわ。誰がどこでどんなふうに生まれたかということは、その人にとっては何の責任もないことよ。誰もその人を責めることはできないわ。ギル、苦しんだでしょう？　私の家にいるときも、前の修行の間も、ギルはずっとずっと苦しんでいたはずだわ。私、あなたのこと、親友だと言いながら、少しもあなたの苦しさに気がつかなかった。どんなにつらかったでしょう。ごめんね、ギル」

モナは黒い服と帽子を身につけたギルを抱きしめました。

「ウ、ウ、ウ……ウワーン、ごめんよ。ああ、モナ、いちじく。本当にごめん」

いちじくはそれでもまだ、ギルを許してはいないようでした。

「モナ、ギルはだましていたんだよ。ずっと僕たちをだましていたんだ。これからだってどうなるかわかりゃしないよ」

「いちじく、ミラーは教えてくれたわ。誰もがみんな大切な一部だって。誰もが大切な役割を持って生まれてきたんだって。誰も、だますためになんて本当は生まれて来たくなかったはずよ。それから、誰も悪人として生まれて来たくはないわ。それでも、その役割のために生まれたのだとしたら、悪い人として生まれなくちゃいけなかった人は、みんなに悪く思われ、自分でも苦しんで、とってもつらい人生を歩むことになるんだわ。最初からいい人として生まれた人よりもずっとずっと大変な役を引き受けてきたことになるのよ。もし神様が本当にいるのなら、神様は悪人に、そんなに大変な人生を引き受けさせてすまないねって思ってると思うわ。そうよ、ミラー。私なんだかわかった気がするわ」

いちじくもアルも、モナの言葉を聞いて、ただ、たたずむだけでした。

モナは少し考え込んで、ギルを見つめました。

「ギル。ギルに与えられた道は本当にそれしかないの？　私たちを石の魔女のところへ連れて行って、石の魔女がエルガンダを支配する手伝いをするという方法しか、本当にあなたには残されていないの？　私はママを救い出したいの。アルは父さんを救いたい。ギル、あなたも一緒に行って、あなたの可愛い子どもたちと奥さんを救い出せばいいのよ。ね、みんなでその方法を考えましょうよ」

「そんなことができる？　石の魔女はとても恐ろしいんだ。僕、名前を口にしただけで身震いしちゃうよ」

「あなたはどう思う？」モナは大きい黒い服の男の人の方を向きました。

「俺？　親分、この魔女は本気で俺っちに何か聞いているのかい？　俺っちにものを尋《たず》ねた人が今までいたかい？　俺っちは命令をされるだけだ。俺っちは命令に従うだけ。こりゃあびっくりした。この俺っちに、〝あなた〟ときた。〝あなたはどう思う？〟だってさ。この魔女は俺をどうしようと言うのかい？」

男の人は黒い長い服をパタパタさせて大げさに両方の手のひらを上に向け、首をすくめました。

「いいんだ。これがモナなんだよ。わかるかい？　これが僕のモナなんだ。君も自分の思った通り話してもいいんだよ。何がしたいか、どうしたらいいか、話してもいいんだよ」

「俺っちがものを考えるなんて、俺っちはそんなこと、これまで一度だって思ったこともなかったね」

鏡の魔女がやさしく大きな男の肩に手を置きました。黒い洋服はするすると体からぬげて、きちんと男の前にたたまれて置かれました。服を脱いだ姿はカエルに似た緑色の体で手や足に水かきを持っていました。

男は困ったように体をくねくね動かして、「ウー」と頭をかかえてしまいました。

「お願いだ。俺っちに命令してくれないか？　何をしたいか言えって、命令してくれよ」

モナはとても悲しい気持ちになりました。男はずっと命令だけをされて生きてきたのでしょうか？

「私は誰にも命令なんてしないわ。本当は、どんな人も、誰に対しても命令なんてことしてはいけないと思う。どうしてだかわからないけれど、そんな気がしてならないの」

「兵隊に対して、上官が命令するのもだめなのかい？」

「そう思う。〝してほしい〟とか〝してくれないか〟と言ってもいいけれど、〝しなさい〟とか〝しろ！〟なんて、誰も言ってはいけないと思う」

いつのまにか、モナのそばに鏡の魔女が立っていました。

「モナ、あなたはわかっているのね。命には、どちらが大切かなんてないの。たましいにもどちらが上とか下とかはないわ。命を持つもの同士が出会ったときに、お互いがお互いに対して、誠実に向き合っていく。尊敬し合っていく。そうあるべきだということをモナはもう知っているのよ。ね、モナ、それがモナの魔女としての素晴らしい素質なのよ」

鏡の魔女はおごそかに、水かきを持つ男に言いました。

「あなたの後ろの鏡。私の持っている力を全て集めて、なんとかあの鏡を輝かせてみるわ。鏡を見たら、きっとあなたは自分の本当の気持ちに気がつけるはず」

鏡の魔女は手を広げ、後ろの楕円の鏡を見つめました。輝きを失ったたくさんの鏡が並ぶ中、たった一つその鏡だけが輝きを取り戻しました。鏡にはある景色が映し出されていました。男は鏡に引き込まれるように鏡の前で動けなくなりました。ほどなく男の目から大粒の涙が流れ出しました。

「俺っちは赤い沼で生まれた。赤い沼には俺っちの仲間がいっぱい住んでる。俺っちは、仲間にも、命令されなくても自分の気持ちで進んでもいいことを話したいなあ」

モナは前の旅で鏡の魔女に教わったのです。鏡の魔女は、苦しんだり悩んだりして次にどうしたらいいかわからない人がいても、その人は、自分がどうしたいか、どうすべきかを本当はちゃんと知っているのだと言いました。鏡の魔女は、その人が本当の自分の気持ちに気がつけるように助けるだけで、みんなは自分で答えを見つけているんだと教えてくれたのです。それは鏡の魔女の魔法でもあるし、誰もが持つ素晴らしい力でもあったのです。

「赤い沼にいたのは、あなたのお友達だったのね」

「そうだよ。俺っちは、まだ卵のときに赤い沼から連れてこられたんだ。そして、ギルさんと同じように、空中でも息ができるような体になった。それで俺っちはギルさんの手下になったんだ。けれども、赤い沼の仲間も石の魔女の命令で動いているんだ。自分の気持ちで行動するなんてことは、考えたこともなく生きているんだ」

ギルは少しきまりの悪そうな顔をしました。

赤い沼の中にひきずりこまれそうになったことを、三人はそれぞれ思い出しました。あの赤い沼の生き物も、石の魔女の命令で動いていたのです。

モナはギルと鏡の魔女に同意を求めるように目を向け、そして言いました。

「あなたの今の思い、とても素敵だと思う。ぜひ、そうしたらどうかしら？　赤い沼へ行けば、あなたのお友達もきっと幸せになれるわ」

緑の生き物は、うれしさを隠しませんでした。

「親分、俺っちは、行ってもいいんだろうか？」

「僕のこと、もう親分だなんて呼ばないでよ。行けばいいさ。今までいろいろとありがとう。元気で気をつけて行ってほしい。こっちのことは何とかなるさ」

鏡の魔女はまだ輝きを失っていない鏡を指さして言いました。

「これは赤い沼の近くにつながっているわ。あのあたりには鏡がないから、今、光をあてて、小さな水たまりに空を映させているの。急いで!!　時間がないわ」

「うー……こんなことができるなんて、こんなことになるなんて。俺っちは、泣けるよ。これはうれし泣き!!　俺っちは行くよ。ギルさん、魔女さん、ありがとう」

男は鏡の中に吸い込まれて行きました。

第十三章　ギルの決意

「次はギルの番ですね。ギル？　鏡の力が必要？」

「いや。鏡の前に立たなくても、僕の気持ちは本当はわかってたんだ。魔女たちをみんな石の魔女のところへ連れて行ったからと言って、僕たち家族が元気でいられるという保証《ほしょう》はどこにもないんだ。いいや、きっと幸せになんかなれないって本当はわかってたんだ。ただ、そうするしかないと思っていた。でも、モナやいちじくと一緒ならできるよ。僕もリラと子どもたちを助け出す」

ギルはきっぱりと言いました。

「ギル、リラって、とても可愛い名前だわ。ギルの奥さんなら、私にとっても大切な友だち。ねえ、ギル。私たちまた、一緒に旅ができるのね」

鏡の魔女も目を輝かせました。

「私も一緒に行きましょう。でもそのまえに、この金色の書を見てほしいのです。モナ。この書にはこの世界にエルガンダの国ができるよりも、ずっと以前にあったという伝説の国のことが書かれているの。でもね、モナ。その話の中に、モナ、あなたが登場しているのよ」

「えっ。それはおかしい。私のはずがないわ。第一、そんな昔には、私、まだ生まれていないもの」

けれど、そう言いながらも、モナはこれまでの修行の旅の中で、時間というものは決して過去から現在へそして現在から未来への一方通行ではないことを十分にわかっていたのでした。

「あなたはエルガンダの誕生に大きな役割を担《にな》っていたはずなのよ。私たちがエルガンダを作ったときには、もうモナの姿はなかった。けれどあなたがいなかったらエルガンダはできていなかったの。モナにそのとき何が起こったかはわからないの。エルガンダが作られたときにひとつだけ間違いが起こったの、もうミラーから聞いていると思うけれど。紫の涙という名の宝石が空から落ちてきたの。その宝石は邪悪《じゃあく》なエネルギーを持っていて、どんなに優しい人も紫の涙を持つと悪い人になってしまうの。エルガンダは愛でいっぱいの国のはずだった。けれど、その宝石のために悪が生まれたの。そして戦争が生まれたわ。いにしえの魔女ドーパは、紫の涙の使い方をガシューダからの預言として預かったの。エルガンダには預言者が何人かいて、預言の書も何冊か存在するの。ドーパがいつも預言を書き取ると、その預言は、離れた場所にある黒魔術の本の中に記されていくの。けれど、すでに悪に染まり始めていた石の魔女に読まれないように、ドーパはその部分は黒魔術の本には書かず、私の家に古くから伝わる金色の書に記したの。そして紫の涙は、私たちで石の魔女から奪って悪のエネルギーがもれないように美しい貝がらの箱に詰めて、伝説の剣とともに、洞窟湖の奥深くに沈めたのよ。真実を知っているドーパは、石の魔女から逃げるために身を隠してしまったの。ああ、預言の書を書き続けているドーパがいる場所さえわかったら、きっと私たちは次に何をすべきかわかるのに」

「待って。僕、ドーパの話を母さんに聞いたことがあるよ。母さんは昔からドーパとは友だちだった。母さんなら居場所を知っているよ」

　モナはまたアルの首根っこに抱きつきました。

「ああ、アル、素敵!!　あなたはいつも私たちに幸福をもたらしてくれる」

　アルはあまりにうれしかったのでしょう。顔を真っ赤にして、たまらずに口から小さな炎をチロチロと出しました。

「それに、とうとうアルのお母さんに会いに行けるわ。ねぇ、ミラー。私のコンパクトのあるところへ戻ることはできる?　まだあのものたちがいるかしら?　それに、あのコンパクトはとても大切なものなの。だからなんとか取りに戻りたいの」

「たぶん、まだやつらはいると思う。やつらができることは今のところそれだけだから」

鏡の魔女も続けました。

「そうね、もしかしたら、ここからアルの母親のところへと通じている道は、あそこしかないということをあのものたちも知っているのかもしれないわ」

「僕が炎でやっつけるよ」アルが意気込みました。

ギルは首を振りました。

「あいつらは高温の炎もすぐに凍らせることができる。あいつらの武器はエネルギーを吸い取ることなんだ。高温の炎はあいつらの力をもっと強くするだけだよ。僕は士官として、あいつたちは戦士として、一緒に訓練を受けたからよく知っているよ」

ギルの言葉にアルがまた小さなため息の炎をぼっと出しました。

「あ、そうだ。僕、今までどうして気がつかなかったんだろう。コンパクトから出るときに、まず僕が出ればいいんだ。そして、僕があいつらに、『鏡の魔女と森の魔女をつかまえたから、君たちはもう引きあげていいよ』と告げる。あいつらは、僕がモナとみんなを助け出す旅をしているなんて、少しも知らないんだから」

いちじくがうれしそうにしっぽを振りました。

「それはいい考えだ」

「でもギルは危ない目にあわない？」

「だいじょうぶだよ、モナ。僕うれしいんだ。僕が、役に立つ。この僕だからできる仕事があったんだもの。もし、僕がさっきまでみんなの敵でなかったら、この窮地をのりこえられないかもしれないなんて思うのは、ちょっと調子がよすぎるかな」

「そんなことないわ。ギルありがとう。ギル、覚えてる？　昔、パパが言ってくれたこと。どんなことも……」

モナの声に、ギルといちじくも声を合わせました。

「どんなことも、いつかのいい日のためにある」

「アハハハ……」「ウフフフ……」

「じゃあ、出発しましょう」

モナは歩きながら、ずっと考えていました。ギルが石の魔女がエルガンダを支配する手助けをするために生まれたとしても、そして、モナの家に送り込まれたのだとしても、今、この窮地《きゅうち》を救うためには、それはとても必要だったということ。ギルが、石の魔女のもとで生まれたことも、今のモナにはとても幸運なことのように思えました。

「ねえ、私たち、なんだかいつも守られているみたい。そう考えたら、すごく勇気がわいてくるし、うれしくなれる」

「そうなのよ、モナ。エルガンダがまだ強い力を持っていたとき、私たちはいつも自然にも、それから出会う人にも、そして時間にも、なにもかもに護《まも》られているという自覚があったの。そしてそれはガシューダが護ってくれているのだと、誰もが知っていたのよ」

ギルがぶかぶかの帽子をかぶりなおしながら、鏡の魔女に尋ねました。

「ねえ、運命というものを決めているのはドーパなのかな？　それともその大きな宇宙の力ガシューダなんだろうか？　僕はたぶんいま、運命に逆らって行動していると思う。運命は変えられないのかな。モナが出会ったというおじいさんが言ったように、運命は決められたとおりにしかならないんだろうか？」鏡の魔女が優しくほほえみました。

「ギル、私たちが冒険を続ければ、きっとその答えもわかるに違いないわ。モナがきっと答えを見つけてくれる。それはみんなが知りたいこと、モナ自身も知りたがっていることだと思う。だから、だいじょうぶよ」

モナも大きくうなづきました。自分の心に嘘をつきながら毎日を送っていたギルの心に、元気が戻ってきました。

「この黒い服なんか本当は脱いで捨ててしまいたいところだけれど、今はまだそういうわけにはいかないんだね。ああ、僕の赤く美しい尾っぽをモナにはやく見せたいよ。ひさしぶりだもの」

「うふふ、本当だわ。ねえギル、思いをひとつにして一緒にいられるって、なんてうれしいのでしょう」

行く先に待っているのはとても大きな危険だとわかっていても、こうして、大好きと思える人たちと旅ができることを、心からみんなうれしく思うのでした。


やがて、みんなはコンパクトのこちら側の入り口にたどり着きました。コンパクトはとても小さいはずなのに、鏡の道の天井にはりついた丸い鏡は、とても大きく見えました。

「あの丸い窓から出るんだね」

ふわふわ浮かびながら、外の様子を見てきたギルは、みんなにだけ聞こえるような小さな声で言いました。

「みんなここにいて。僕にまかして」

モナは声をひそめながら、祈るように手を組んでギルの様子を見守っていました。

ギルは、丸窓の前に飛びたち、窓を向こうに押しだし、ほんの少しだけ隙間をあけました。冷気が音を立てて入ってきます。ギルは負けずに大きな声を張り上げました。

「よぉく聞け！　ギルだ。ただいま鏡の魔女と森の魔女をとらえた。石の魔女さまのところへ二人を連れて行く途中だ。おまえたちは、今は用はない。砂漠へ戻って連絡を待つように」

　ざわざわとした話し声が聞こえ、外はやがて静かになりました。入り込んできた冷気がすぐにやわらいでいくのがわかりました。

「誰かいるかぁー」

　ギルは扉をあけ声を張り上げました。けれど、もう誰も残ってはいないのでしょう。あたりは静かなままでした。

　うれしそうにモナの頭の高さまで降りてきたギルは笑い声を上げました。

「もうだいじょうぶだからね」

　拍手がギルを包みました。モナ、鏡の魔女、ミラー、いちじく、アルの拍手は感謝の拍手だけでなく、ギルの新しい決意への祝福《しゅくふく》の拍手でもあったのです。

　それなのにどうしたことでしょう。ギルはみんなに背を向けてしまいました。

「ギル？　どうかしたの。どうしたの？」

　モナは心配になって、回り込んで、ギルの顔をのぞき込むと、黒い服から少し見えていたギルの大きな目から涙が流れているのが見えました。

「なんでもないんだ。ちょっと外の硫黄《いおう》のにおいが目に沁《し》みただけだよ」

「ギル、ありがとう」

モナはまたギルを抱きしめました。

「あなたが水の中じゃなくてもいられてうれしい。今までだったら抱きしめられなかったから」

「モナ。こんな僕だけど、僕は僕でいいのかなあって今、ちょっと思えたんだ。でも、そう思うには、まだまだ……足りない。足りなさすぎるよ」

鏡の魔女が静かに言いました。

「ガシューダは、悲しい者にほど、つらい者にこそ心をかけておられる気がしてならないの。同じ一生を歩むなら、楽しく陽気に人生を歩みたいのが当たり前。けれども、つらい役割を演じなければならない者たちをガシューダは、たぶん尊敬もし、愛しておられるんだわ」

あんなに怒りをあらわにしていたいちじくもいつのまにか、ギルのそばに座り、鏡の魔女の言葉にうなづいていました。

第十四章　母さんドラゴンに会える

「ギルのおかげで私たちは外へ出られるわ。さあ行きましょう」

鏡の魔女は、持ってきたホウキにまたがり、その他のものは、また小さくなったアルの背中にひとりずつ乗せてもらって天井の丸い窓の外に出て岩山に全員がそろいました。岩山は前と同じように、硫黄《いおう》のにおいがたちこめていました。あれから何日たったのでしょう。夕暮れの景色はなにも変わらなかったけれど、今はモナの近くにギルがいます。紫の涙の伝説のことを考えれば、ママはきっとだいじょうぶという思いはありました。でも、ギルが生きているかどうかは、誰にもわからなかったのです。モナは何度もギルがいなくなったときの夢を見ました。

そう、あのとき、ギルの目の玉だけが破裂するのじゃないかと思うほど大きくなって、体がみるみるうちに小さくなった……ギルは助けを求めていたのに、私はなにもできなかった。そしてあっという間にギルはあぶくほどの大きさになり、パチンと音をたてて消えてしまったんだわ。モナは、ギルのおびえた顔を何度も何度も思い出しては、何もできなかった自分を責め続けていました。モナはギルの夢を見るたびに涙が止まらなかったのです。

そのギルが今、ここにいるのです。

(風景は何も変わっていないけれど、でも、前と今じゃぜんぜん違うわ)

振り向くと、アルはまた、もとの見上げるような大きさに戻っていました。

「さあ、みんな僕の背中にお乗りよ。鏡の魔女もよかったらどうぞ」

モナはギルを胸ポケットの中に入れ、いちじくを抱きかかえアルの背中にまたがりました。モナの後ろにはミラーが、そして鏡の魔女も横座りをしてアルの背中に乗りました。

「しっかりつかまっていてね」

アルは、誰にも邪魔をされてたまるかというように、ぐんぐんスピードをあげました。風がモナの髪の一本一本を楽しげに踊らせていきました。「ああ、なんて素敵なの!!」空はやがて群青色に変わりました。見たことのないような大きな満月が西の空に昇りました。満月がアルの銀色の体をいっそう美しく輝かせました。

「ここだ!　ここに間違いないよ」

急降下して降り立ったところは、大きなほら穴があちこちにあいている岩山の前でした。

「ここがアルの生まれたところ?」

「そうだよ。間違いない」

「ウォーーーアォー……」

アルの体からわき上がった喜びの声は山々にこだまし、何倍もの大きさになってあたりに反響しました。

そのとたんです。地面がズシーンと大きく揺れました。モナがバランスをくずして、アルの体の上でたおれました。ミラーに助け起こされる途中、ギルが皮肉っぽく言いました。

「気をつけてくれよ、モナ。つぶされちゃうじゃないか」

「ごめん、ごめん。ギルだいじょうぶ?」

すぐに次の揺れがやってきました。大きな音とともにやってきたのは、アルの何倍もの大きさのドラゴンでした。

それにしても何という大きさでしょう。なんという迫力でしょう。体は全て金色のうろこで覆われ、そのうろこ一枚の大きさが、おそらくモナのもといた部屋くらいはありました。そのうろこが一枚一枚、違った動きをするさまは圧巻としか言いようがありません。そのドラゴンが息をすると、大きな鼻の穴から風が起こりました。それだけでモナはしっかりと立ってられないほどでした。

モナたちがこんなに大きなドラゴンが現れても少しも怖くなかったのは、それは大きな目がとても優しく光っていたからでした。

「坊や、坊やだね、私の可愛い坊やだね。坊や、おかえり。よく、よく無事でいてくれたね」

「母さん、ごめんなさい。何も言わずにいなくなって、心配をかけてしまって。でもね、モナを連れてきたんだよ。勇者モナだよ。母さんが何度も話していたあのモナさ。モナはね、母さんが話してくれたとおりの魔女だったよ。勇気があって、優しくて……」

「そうかい、そうかい。アルのおしゃべりは相変わらずだね。おまえの話を聞く前に、どうか私に顔をよく見せてくれないか」

アルは母ドラゴンのそばに進みました。母ドラゴンはアルの首を抱くように、自分の首をアルの首にゆったりと巻き付けました。アルも目を閉じて母ドラゴンに身をまかせていました。

「もう、どこにも行かないでおくれ。あまり心配をかけるんじゃないよ」

アルは、その言葉を聞いたとたん、目をあけ、母ドラゴンから少し体を離しました。

「母さん、そんなわけにはいかないよ。モナはママを助けに、ギルは子どもたちと奥さんを助けに行くんだ。僕だって父さんを助けにいかなくちゃ」

「何を言っているんだい。おまえはまだこんなに小さいじゃないか。父さんはたぶん恐ろしい石の魔女にとらえられている。おまえはあそこへ乗り込むつもりかい？　父さんは誰よりも強く勇ましいドラゴンだった。その父さんがかなわなかったことを、どうして、おまえがやれるというの？　やめておくれ。私は父さんを失った後、おまえもいなくなってとてもとてもさびしかった。おまえがやっと帰ってきたというのに、そのおまえが父さんと同じように、石の魔女のところから戻って来ないようなことがあったとしたら、そのことを考えただけで母さんはどうしていいかわからなくなるよ」

モナは母ドラゴンのさびしい気持ちがよくわかりました。

「アル、お母さんのおっしゃる通りだわ。私たちだってどうなるかわからない。でも私たちは進むしかないわ。アル、でもあなたはもう少しお母さんと一緒にいたらどうかしら？　何十年も留守にしていたのだもの。アルだって、お母さんに甘えたいはずだわ」

母ドラゴンが、アルをまた引き寄せようとしたときに、アルはそれには応えずに母ドラゴンを見つめました。

「母さん、僕は母さんの知っているちっぽけな赤ちゃんドラゴンではもうないんだよ。僕

だって父さんの子だ。勇気は誰にだって負けない。それにね、母さん。旅の途中にモナに教わった大切なことがあるんだ。モナは言ったよ、『私は逃げない』って。逃げても逃げても、つらく悲しい現実はなくならないんだ。一度逃げれば、僕はずっと逃げ続けなければならない。母さん、待っていて。僕たちの本当の幸せの日のために、僕を行かせて」

母ドラゴンはさびしげに、アルの頭をなぜました。

「本当にりっぱになったこと。アル、それでこそ父さんの子です。そして私の子です。アル、わかりました。あなたの力を信じていますよ。モナ、どうぞよろしくお願いいたします」

アルとアルのお母さんの決心は固く、変わらないのだと他のみんなも感じました。

「あの、お尋《たず》ねしたいことがあるんです。いにしえの魔女ドーパの居所をご存じだとアルに伺ったのですが」

母ドラゴンはアルを見てまたほほえみ、そしてうなづきました。

「預言の書を書く魔女ドーパのことですね。よく知っています。古くからの知り合いですから。ところが、つまらないことで、私はドーパと仲違《なかたが》いをしてしまいました。アルがいなくなったときに、私は手を尽くしてあちこちを探し回りました。何の手がかりもなく、もうドーパを頼るしか方法がなかったのです。ドーパを訪ねたときに、ドーパが私がやってくるのをもう知っていました。ところが、ドーパは全てを知っているのに、『アルは、モナを連れてくる役目を担った子だから探してはならない。待つしかない』と何ひとつ教えてはくれませんでした。どんなに頼んでも、乞うても、彼女は『できない』と言うばかりでした。私には納得できなかったのです。母とはおろかな生き物です。どんなに子どもが大切な役割を担っていようと、心配で心配でならないのです。私とドーパの仲じゃないか、教えてくれないなんて水くさい、どうしても教えてほしいと頼んだのに、ドーパは、『それは大きな宇宙ガシューダが望むことではない』と言ったきり、『帰ってほしい』と言い放ったのです。カッとした私は、あの人の大切な杖の中の一本を口から火を出して燃やしてしまいました。恥ずかしい話です。いっときの怒りで、何千年も仲良くやってきた友を失うようなことをするなんて。私があやまりに行こうとしたときには、ドーパがすでに、千キロ四方には私が入ることができない魔法をかけてしまったあとだった。あなたたちはドーパを訪ねたいのですね。それがいいかもしれません。次になすべきことがわかるかもしれない。千キロの地点までしか、私はあなたたちを連れて行くことはできませんが、そのあとまっすぐ進みなさい。アルが飛べば、二日ほどでドーパの塔に着くことでしょう。アル、ドーパと出会ったら、私が心から謝っていたと伝えておくれ。くれぐれも気をつけて行くのですよ。そしておまえがまた母の元に帰ってきてくれる日を、心から待っています」

「ありがとう、母さん」

「今宵《こよい》はここで眠りなさい。ここは私がいるから安全です。朝になったら、私があなたたちをドーパの近くまで連れて行ってあげましょう」

アルは母ドラゴンに体をぴったりとくっつけて、体を丸くして眠りました。アルの目にも母ドラゴンの目にも涙がうっすらにじんでいました。

ドラゴンの住む洞窟は、火山の噴火口が近いために地熱で温かく、横になるとすぐに体が温まりました。モナたちもいつしか眠りに落ちました。

第十五章　いにしえの魔女ドーパを訪ねて

輝くような朝日が、アルの洞窟にも差しこんできました。キラキラとした粒子が光の中を飛びまわり、洞窟の中で眠っているものたちに朝がやってきたことを伝えていました。こんなによく眠ったのはどれくらいぶりでしょうか。

アルと母ドラゴンは、アルが前に約束をしてくれたとおりに、どこからかみんなの朝ご飯を用意してくれました。以前食べた半熟の卵はいっそうおいしく、濃い黄色の色のとろりとした黄身の味はくせになりそうなほどでした。そのほかにも、干し草のお茶にひたされたやわらかな肉や、噛《か》むほどに風味がます干し肉や果物、どれもが、旅に出てから口にしたことのないほどのおいしいごちそうでした。

いよいよ出発のときがきました。母親ドラゴンの背中はおどろくほど広く大きく、旅の仲間が乗り込み、今までモナたちを連れて来たアルまでもが母親の背中に乗っても、まだまだその何倍もが乗れそうなほどでした。

「スピードを出すから、しっかりつかまるのよ」

みんなは母ドラゴンの背中に体を伏せて、たてがみにしがみつきました。

母ドラゴンが飛び上がったとたん、雲がむくむくとわき起こり風が起こりました。髪の毛や服やいちじくの耳が風にはためきました。母ドラゴンは体をゆっくりくねらせながら、どんどん上へ上へと上がっていきました。

気がつくと、もう洞窟も雲もはるか下の方に見えました。しかしそれもつかのまでした。目にするものはすごい早さで後ろへ後ろへと飛んでいきました。

あっという間のできごとでした。母ドラゴンがスピードを落とすと、美しい草原が眼下に広がっていました。はるか向こうの地平線には、美しく大きな虹が、半円を作っています。

「アル、あの虹の中を飛んでいくのです。そこに、いにしえの魔女ドーパがいます。私はここからは進めない」

母ドラゴンが地面に降りました。アルが不思議そうに母さんドラゴンを見つめました。

「何も見えないけど、母さんはここから先は行けないようになってるの?」

「そうよアル。いにしえの魔女ドーパに会いに行こうとして、この先の見えない壁に何度も激突したわ。けれど、鳥たちは自由に行き交っている。おそらくは私だけを閉め出しているのだと思うの。魔法の力は本来は見えないものよ。見えないから恐ろしいの。今、エルガンダは恐ろしい魔法で囲まれている。見えないからと言って決して安心してはだめ。アル、魔法は目に見えない……忘れないでね」

母ドラゴンの言うとおりでした。降り立ったところから十メートル歩くと、母ドラゴンは見えない壁にさえぎられて、足一本、うろこ一枚入れないのです。

「アル、気をつけるのよ。これから先、どんな危険なことが待っているか知れない。母さんはいつもいつもアルのことを祈っている。そして待っているわ」

「母さん。僕は父さんと母さんの間に生まれたアル・ノーバだ。必ず、必ず帰ってくるからね」

ふたたび、鏡の魔女はホウキにのり、アルは、モナといちじくとギルとミラーを乗せて飛び上がりました。

「アォーオォー」

母ドラゴンの声がいつまでもいつまでも聞こえました。アルはその声に応えるように大きな声で言いました。

「母さーん、もうこれ以上悲しい思いは決してさせないからねー。父さんをきっときっと連・れ・て・帰・るよー」

アルの目からポロポロと涙が流れ、宝石のように光りながら、はるか下へ落ちていきました。

遠くに見える虹は、アルがどれだけ飛んでも飛んでも、同じ距離をとって遠ざかっているように見えました。最初はすごい勢いで飛んでいたアルのスピードが、だんだんと落ちてきました。やがて銀色のうろこも、ツヤをなくし、しっぽも、しだいに下がってきました。そんなアルの様子を見て、モナも気が気ではありませんでした。

「ミラー、虹がぜんぜん近づかないの。本当にあの虹の間を通ることなんてできるのかしら？」

「モナ、不思議だけれど、初めて行くところはいつも、なかなかたどり着けないものだよ。行き先がわからないと不安だからね。け

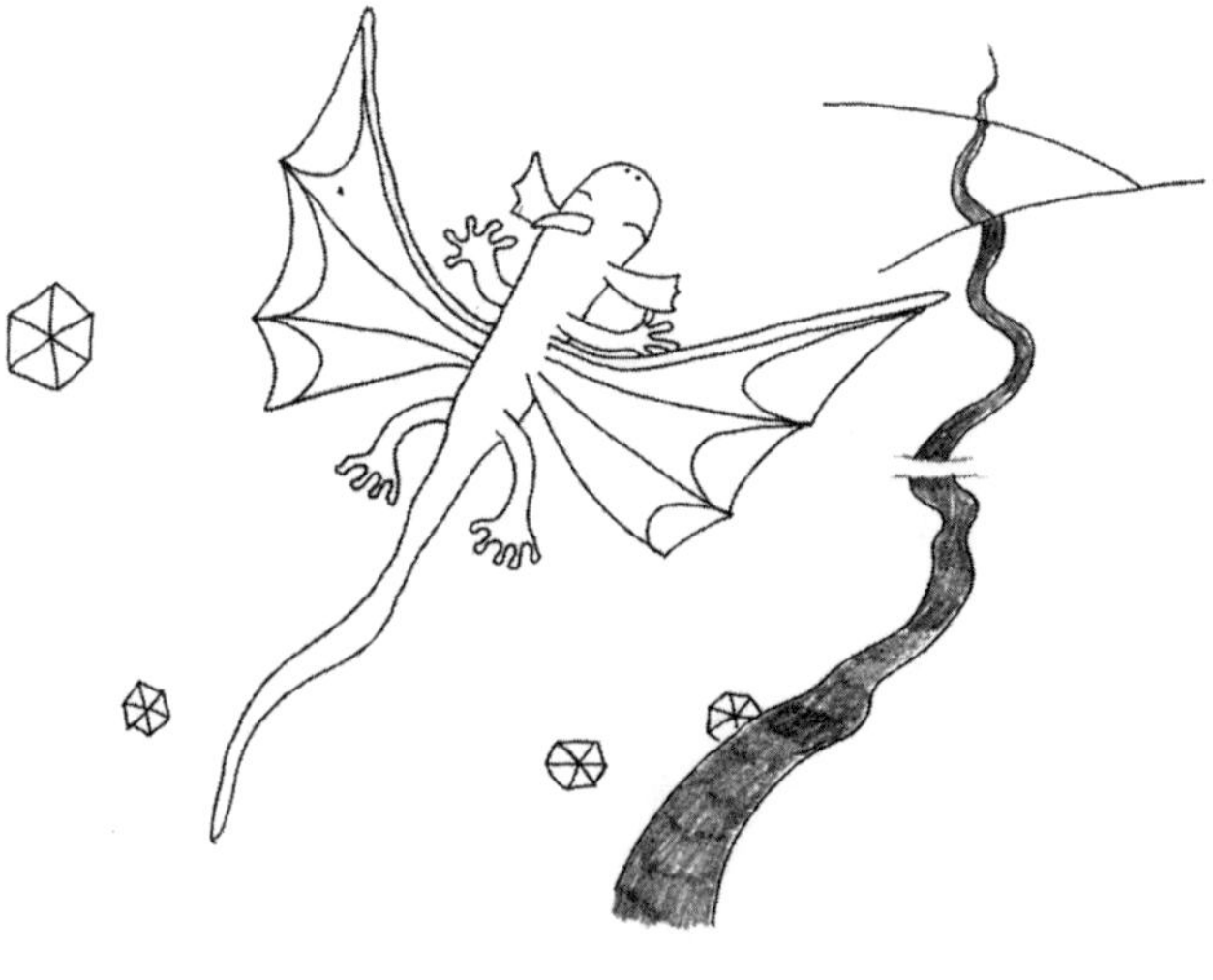

れど、きっとできるんだよ。アルのお母さんがまっすぐ行ったら行けると言ったからね。アル、疲れてはいないかい？　そろそろ日が傾いてきている頃だろう。今日はこのあたりで休んだらどうだろう。日が落ちてしまえば、虹も見えなくなるだろう」

ミラーの言うとおり、虹は次第に輝きを失って消えかかっていました。

アルは緑の草原の上に降りました。近くには小川が流れ、大きな樫の木が立っていました。

「このあたりは、まだ悪い魔法の病がやってきていないんだわ。昔の美しいエルガンダの様子を残している」

鏡の魔女の指さした小川には、美しい水が流れ、小川のすぐ横には小さなつぼみを持った花がたくさん咲いていました。そして、シジミチョウが夕暮れの光の中をどこかへ帰ろうとしていました。

「僕たちで何か食べるものを探して来ようよ」

ぐったりと疲れているアルを置いて、ギルがいちじくを誘って出かけました。鏡の魔女とモナとミラーで探した木ぎれにアルが火をつけました。空へと逃げていった暖気が戻ってきたように、とたんにあたりが温かくなりました。

前からこの世界にいたギルに教わって、いちじくは食べることのできる芋《いも》をどこからかとってきました。火がついて辺りが温まるとアルもすぐに元気になり、小川の中の魚を手ではたきだしました。鏡の魔女も真っ赤な木イチゴを探してきました。

「昔はエルガンダのどこに行っても、これくらいの食べ物はあふれるほどにあったのに」

鏡の魔女はため息をつきながら、木イチゴを口に入れました。

ギルも食べ物を口いっぱいにほおばりました。

「僕、ドーパのところに行ったら、聞きたいことがあるのさ。運命は本当に変えられないのかということを僕、どうしても知りたいんだ。教えてくれるかなぁ」

「さあ、どうかしら。何しろ、すべての人やこの宇宙のなりたちを書き続けているのがドーパなのですもの。運命が変えられるというようなことを言うでしょうか」

鏡の魔女の言葉に、ギルは少しうつむきました。けれど、ミラーはギルを励まそうと、穏やかに言いました。

「ギル、僕はそんなこと聞かなくても、もうギルは運命を変え始めている気がするな。石の魔女のために働くのをやめたのだから」

「それとも、場合によっては、また石の魔女の方に寝返ったりするかい?」

「いちじく、そんなはずないじゃないか、失礼だな」

「ごめんごめん。そういう意味じゃないいんだ。ミラーの言うとおりだと思うんだ。君はもう運命を変えている。運命はきっと変えられるんだよ」

アルはうれしそうに口から小さい炎をぽっと出しました。

「そうさ、運命は変えられる。あいつ、〝人にあらず〟なんて言ったけれど、救世主は我らがモナに決まっているさ」


みんなお腹がいっぱいになり、体も温まったので眠くなってきました。

「モナ、僕の服を着るといいよ。この星空じゃあ、明け方が冷えるから」

モナの目を通して星空が見えるミラーは、自分の上着をモナにかけました。

「それじゃ、ミラーが寒くなってしまうわ」

「いいんだ。僕、そうしたいんだ」

「じゃあ、みんなでくっついて眠りましょう」

そこで、寒さに平気なアル以外は、互いに体を寄せ合って、熱が逃げないように眠ることにしました。

満天の星が空いっぱいにまばたいています。なんと美しい星空でしょう。モナは自分がこれから待ち受けているだろう恐ろしい未来を、ひとときでも忘れられるような気がするのでした。やがて、みんなの寝息が聞こえてきました。

星空を見上げながら、モナも昼の疲れからほどなく眠りに落ちました。

モナは夢を見ていました。小さいときに、モナはママに髪をなでてもらいながら眠る癖がありました。モナの髪一本一本を、そっととかすように、ママはいつも優しくモナの髪をなでてくれました。「ママ」そうつぶやいたときに、なでられていることは夢ではないことに気がつきました。

「ママ?」

声にならない声を出して目をあけるとモナの髪をなでていたのは、空中にキラキラと輝く、細く透明な手首でした。手は人差し指を指し示す形にかわり、その指をアルが眠っている方向とは逆の方を指さしました。

モナが目をやると、そこに人間が一人立っていました。

モナは驚きました。その男の人はモナがとてもよく知っている人だったからです。

みんなを起こさないように気をつけながら、モナはそっとミラーといちじくの間をぬけだすようにして、起き上がりました。明日の出発のことを思うと、ミラーもいちじくも、睡眠はできるだけ長くとった方がいいと思ったからです。

モナは男の人のそばに行きました。

「ホシノくん、驚いたわ。ホシノくん、いったいどうしてここにいるの?」

そこにいたのは、なんと、クラスメートのホシノくんだったのです。

　モナはエルガンダに来る前に学校の帰り道で見た、空気の途中に開いていた裂《さ》け目を思い出しました。そこからは、恐ろしい空気に包まれたエルガンダの様子が見えました。

「ホシノくん、裂け目に吸い込まれたか、それとも落っこちたかしたのね」

　ホシノくんは、モナの質問には答えずに、静かに尋ねました。

「君こそ、どうしてここにいるんだい？」

「私、ママと友だちのギルを助けに来たの。ホシノくん、こんな知らないところに来て、困っているんじゃない？」

　クラスではいつもつっぱって、男の子たちとばかりいて、モナばかりか女の子とはほとんど話をしないホシノくんが、今日はモナに親しげで、そしてとてもさびしくて悲しそうに見えました。

「モナ、どうしても、お母さんを助けに行くの？」

「どうして、そんなことを聞くの？　だってそのために私はここへ来たのよ」

「どんな危険が待ち受けているかわからないじゃないか」

「わかってる。でも行くわ。ホシノくん、あなただって、お母さんを救うためだったら何だってするでしょう?」

ホシノくんは少し黙って、またモナの顔をじーっと見つめました。

「僕には母親も父親もいないんだ。赤ん坊のときに捨てられていたそうだよ。僕を見つけた人は、僕をとっても可愛がってくれた。とても素晴らしい人なんだ。そばにいるだけで、みんなが優しくなれるし、温かい気持ちになれるんだ」

ホシノくんは、モナが見たこともないような優しい顔をしていました。

「そう。お父さんやお母さんがいなくても、そんなに素敵な方と一緒でよかった」

モナはホシノくんの隣に座りました。流れ星が、またスーッと流れました。

「まるでさっきからお星さまが降っているみたい」

違う世界のこんな夜に出会って、二人並んで話をしていることは、本当はとても不思議なことのはずなのに、なぜか、モナには自然なことのように感じられました。

ホシノくんはしばらく黙っていましたが、やがてうつむいて言いました。

「モナ、もしその大事な人が、病気かなにかで、人が変わってしまったらモナはどうする?」

「そうなの？　ホシノくん、その方、ご病気なの？」

「ああ。すっかり変わってしまったんだ。昔、食べ物がないときに、たった一個のパンを自分は食べなくても、僕たちやみんなにわけて、『自分はお腹がすいていないからいいのよ』と言っていたその人が、今は何もかもをすべて自分のものにしたがってる。他の人の苦しみを真っ先に感じていた人が、今は、誰の苦しみもわかろうとせず、自分のことしか考えられなくなってしまったんだ。本当にどういうことだろう。僕は、今のあの人が、本当のあの人だとはどうしても思えないんだ。きっと、もとに戻れる日が来る。今がどんなに恐ろしい人であっても、僕にとっては変わらずとても大切な人なんだ」

ホシノくんは泣いているようでした。

モナはなんと言っていいかわかりませんでした。ホシノくんのつらい気持ちがモナの心にもつらくさびしい陰を落としました。

「ホシノくん、つらいでしょうね。ごめんなさい、何もできなくて。でもね、もし、もし私に、何かできることがあったらどんなことでも言ってね」

「いや、いいんだ。ありがとう。モナはまた眠った方がいい」

ホシノくんは、モナを急に抱きしめました。背の高いホシノくんが抱きしめると、モナの顔は、ホシノくんのセーターの胸あたりになりました。やわらかなセーターのにおいが、温かくモナを包みました。

「僕はできることなら、君のことも守りたいんだ」

「え！　私のことを？」

ホシノくんの言葉に、モナは胸がドキドキしました。そして、カガミくんのことを考えました。ドキドキしたことが申し訳のないことのようにも思ったのです。ミラーの方を振りかえると、ミラーはよく眠っているようでした。

「今は時間のすきまなんだよ」

「時間のすきま？　ホシノくん、まるで魔法使いみたいなことを言うのね」

ホシノくんの声で、振りかえると、どうしたことでしょう、そこにはもうホシノくんがいませんでした。え？　どうして？　どういうこと？　今、ここにいたでしょう？　今、一緒に座っていたでしょう？

急に眠気に襲われて、モナはまた深い眠りにおちていきました。


目が覚めたとき、モナはミラーといちじくの間にいました。

ホシノくんのことは夢だったのかしら？　それにしては、モナの心には夕べのできごとがはっきりと残っています。

「よく眠れなかったのかい？」

ミラーに尋ねられて、モナはどぎまぎしました。向こうの世界のことは、今ではとても遠いことのように思えます。その世界のクラスメートのホシノくんが立っていて、話をしたというようなことは突拍子もないことのようにも思えました。そして何より、ホシノくんがモナを抱きしめ、「君のことも守りたいんだ」と言ったことなどミラーにはとても話せませんでした。


朝日が少しずつ大地を照らしはじめ、ついにまた向かうべき場所に虹のアーチをつくりました。

「さあ、出発だ」

一晩の眠りですっかり元気を取り戻したアルの背中にのり、またモナたちはドーパのいるところをめざして旅を続けました。

第十六章　ドーパの教え

昨日はいつまで飛んでも近づかないと思っていた虹が、今日は少しずつ近くになっている気がします。青い空に美しい虹が昨日以上の美しさで輝いています。

「今日こそはたどり着こうというみんなの気持ちがひとつになって、虹をひきよせているのかもしれないなぁ」

「言葉には魔法があるということ？」

どこまでも青い青い空の中でみんなはいっそう元気になっていきました。不思議なものです。なんだか近づいているようだと思い出したとたん、虹は、いっそうスピードを増して、どんどん近づいてきました。

やがて虹のアーチの真ん中に、地平線から宝石のように光り輝く尖ったものが見えました。近づくにつれ、それは色とりどりの光をちりばめた塔だということがわかりました。

「きっとあそこにドーパが住んでいるのね」

アルよりも一足先に塔のところへ行って戻ってきた鏡の魔女がみんなに聞こえるように

言いました。

「あの塔、下の方には入り口がないの。穴が上の方のあちこちにあいているんだけど、歩いていてはとても登れないわね。アル、あなたがいてくれてよかった。そうでなければとても入れそうにないわ」

鏡の魔女の言葉に、アルはほおを赤くそめ、体の銀色がいっそう輝きを増しました。うれしそうに笑って、空中で飛び跳ねるように体を動かし、鏡の魔女を鼻で自分の背中にのせると、すごいスピードで虹とそして山めがけて飛びました。

ついに一行は虹をくぐりました。虹の中の光の色はあまり近すぎると、目には見えないのかも知れません。いつくぐったかわからないうちに、虹が後ろへ遠ざかっていくのを見て、初めて虹をくぐったのだということがわかったのでした。

そこはさらに美しいところでした。緑はいっそう鮮やかになり色とりどりの花が咲き乱れ、花の色は目にまぶしいほど際だっていました。

塔は色とりどりのガラスの破片をいくつもいくつもつなぎ合わせて作られているようでした。ガラスを通して、美しい光が地面にシルエットを映していました。そのシルエットは虹よりもさらに美しく見えました。周りをゆっくり何周か飛んでいるうちに、アルの体が入れそうな穴が、上の方にいくつもあいているのをみつけました。

「アル、あの大きな窓の中へ入っていける？」

「やってみるよ」

「待って。私が先に入ってみるわ。もし中が狭かったら、アルは中で身動きがとれなくなってしまう」

鏡の魔女は体を斜めにして、急降下で窓の中に入っていきました。

ここにもしドーパがいなかったら、いったいどこを探せばいいのかしら。祈るような気持ちで待っていると、やがて鏡の魔女が笑顔で出てきました。

「オーケー、入っていける。中は広いから」

「ヒャッホー！」

元気に飛び跳ねたアルは、体を直線にして窓の中へ入っていきました。窓の中に入ったとたん、そこはステンドグラスが辺り一面にはりめぐらされていて、ありとあらゆる色がふりそそいでいました。そしてそこは驚くほど広い空間でした。よく見ると、それはどうやら、人の住まいのようでした。

「こんにちは。勝手に入ってきてごめんなさい。モナと言います。ドーパさんのおうちでしょうか?」

「おはいり」

いくつかにわかれた部屋の入り口のひとつから、低く響く声で返事が返ってきました。

「おはいり。モナ、そしてみなのもの」

鏡の魔女は、ふわふわとそばに浮いていたギルに目で合図を送りました。姿を隠しておいたほうがいいという合図だとわかったギルは、モナの洋服の中にさっと身を隠しました。

部屋の中には本棚がぎっしりと置かれ、そこにはたくさんの分厚い本が入れられていました。部屋の真ん中に、見るからに古めかしい頑丈で大きな黒い机があり、そこに体の小さな年老いたおばあさんが座っていました。

「あなたはドーパさん?」

「いかにも」

ドーパの年老いた体はすっかり曲がっていて、動きはゆっくりだったけれど、時折、空気中で何かをつかみ、机の上に開いた本につかんだものをすり込むような動作をしていました。作業のときだけ目にもとまらないほどすばやく手を動かしている様子が、とても奇妙に見えました。

「ドーパさん、いったい何をしているの？」

　モナは初めて会ったということも忘れて、あまりに不思議なことをしているドーパに問いかけずにはいられませんでした。

「空気中の言葉をつかまえて文字にしておる」

「言葉？　言葉が空気の中にあるの？」

「そうじゃ、この世界の大気には、この世界のすべてを動かしている宇宙からのメッセージがたくさん漂《ただよ》っておる。それをつかみ取って文字にし、本にしておるのじゃ」

「それが預言の書？　あなたが未来を作ってい

るのではないのですか？」

「当たり前じゃ、私はただ、それを受け止めておるだけ。それとて特別なことじゃない。漂っているメッセージは、誰もが受け取れるものじゃ」

「誰もが？」

「ねえねえ、その〝誰も〟の〝誰〟の中には、僕もはいっているの？」

いちじくも不思議な会話にたまらず尋ねました。

「そうじゃ、もちろんじゃ。おまえも受け止めているはず。誰もが多かれ少なかれ受け止めておる。心の耳と目をすませば、誰もが受け止めることができるのじゃ。あるものはそれを絵に表し、あるものは物語にする。吟遊詩人、絵描き、歌手、みんなそれを表現する。表現せずとも、誰もが、〝受け止め〟を行っておるのじゃよ」

心の目と耳で受け止めるということは、モナが前の修行の旅で学んだもっとも大切なもののひとつでした。けれど、誰もが受け取っているという言葉を聞いて、モナは不思議に思いました。

「誰もが行っているなら、あなたがわざわざ本にしなくてもいいことになりませんか」

「そうかもしれない、モナ。けれど、私は私のなすべきこととして、本にそれを刻んでおる。そうすることで、私は私の役割を担《にな》うのじゃ。すべてのものが、すべての役割を担うようにじゃ」

「ドーパさんの言ってることってむずかしいわ」

モナは考え込んでしまいました。突然ドーパが振り向きました。

「ギル、そんなところに隠れていないで、出ておいでなさい」

モナの服の中に隠れて耳をすましていたギルは驚いて、体をびくっと震わせました。

おずおずと胸元から顔を出すと、ギルはどうしても聞きたいと思っていたことを口にしました。

「ドーパ、運命は変えられないの？　一度その本に書かれたら、それはもう決して変わらないものなの？」

「ギル、運命は変えられない。決して変えられないのじゃ」

ギルはひどく悲しい顔をしました。赤い尾ひれを元気なく振ると、またモナの胸元に隠れようとしました。

「待ちなさい、ギル。おまえが自分の運命だと信じていることが、本当のおまえの運命だと、いったい誰が言えるのじゃ？　それは誰かが勝手につくりあげた運命にすぎないかもしれないじゃないか？」

ギルはドーパの顔を穴のあくほどじっと見つめました。

「僕が、石の魔女の悪い願いをかなえるために生まれてきたのではないということ？」

「さて、どうなのじゃろう。ただ言えることは、この世界の者の、誰も、人の運命を決めることができないということじゃ。もし、万が一、万が一にも、できるものがおるとしたら、それはこの世界にたったひとり」

「そんな人がいるの？　それは誰？　それはドーパじゃないの？」

「いや、私ではない。私にはそのような大きな力はない。それは、当然のことながら、ギル自身じゃよ」

「僕？　けれど、運命は変えられないと、ドーパは今言ったじゃないか」

「その通りじゃギル。これから起きることは変わらない。けれど、それをどう受け止めて行くか、どんな意味を持たすか、そのことによって、未来は全然違うものになるのじゃ。そうしてもうひとつ言っておこう。運命はつらいものではない、悲しいものではない。ガシューダが、我々を愛しているからこそ、用意してくれたものだということだ」

　ドーパの言う言葉はどれもとてもあいまいで、わかりにくかったけれど、だからこそ誰もがドーパが言っていることを自分の経験したことに置き換えられないかと考えました。そして、わかろうとしました。

「ドーパさん、どうしたら、私はママを助けに行けるか、それを知りたいのです。私はアルが思いこんでいるような救世主ではないと黒魔術の本に書かれていたの。ドーパさんが言うように、運命を変えることができないなら、私はママを助けられないのかも知れない。でも、誰がなんと言おうと、私はママをきっと助ける。絶対に助ける。誰が運命を変えられないと言っても、私が運命を変えてみせるわ」

ドーパはうれしそうにモナを見つめました。

「私はこの宇宙の行き先を、ただ文字にしているだけ。どっちの味方もしないんだよ。でも、これくらいはしていいはずだよ」

ドーパは古びた杖を取り出して、本棚の隅を指しました。杖の先から光が走り、本棚に置かれた小引き出しが開きました。引き出しからは赤、青、緑の美しい宝石がついた可愛い杖がふわふわとうかびあがり、モナの手にすっぽりと収まりました。そのとたん、杖は光を出し、風が起こり、髪がふわーっと揺れ、モナの体と杖がひとつにつながったような感じが、モナの中に広がりました。

「おー。やっぱりじゃ。この杖はモナのところに行きたがっておる」

「ありがとうございます。ドーパさん」

モナは初めて自分が魔女になりつつあるような気がしました。この杖でどんな魔法が使えるのかわからないけれど、あこがれの杖が手の中にあると思うと胸が躍りました。

第十七章　大いなる力、ガシューダ

ミラーが静かに口を開きました。

「大いなる力、ガシューダ。その存在はいったいどこへ向かっているのです。あなたはそれを文字にしているだけとおっしゃった。ならば、ガシューダはいったいどこにいるのです」

「私にも、それはわからないのじゃ。時々、もう少しでわかりそうなときもあるのじゃが、でもやっぱりわからないのじゃ」

アルがオズオズと言いました。

「僕の母さんのことなんだけど……悪かったと伝えてほしいと母さんが言ってた」

「おお、アル、おまえのことはずっとずっと気にかけておった。大きくなったね。よくここへ来られた。私は母さんのことを怒ってはいないんだよ。むしろ、私の方こそ、おまえの母さんに謝らねばならない。おまえの母さんは、おまえのことを愛するあまり、心の目と耳をすますことを忘れてしまった。あのままでは、アルを、そして私の大切な友人であるおまえの母さんを危険にさらすことになる。それを恐れて、私は、ここへは来られないようにしたのじゃ。アル、覚えておくといい。全なるガシュータはいつも、全てを守っている。そして、心の耳と目で聞いたり見たりすることさえ忘れなければ、今何をすべきか、どうすればいいかをちゃんと教えてくれているのじゃ。アルの母さんは、私が何度そう言っても、あのときは、どうしても聞き入れることができなかった。けれど、アルがいない毎日はどんなにつらいことだっただろう。大切な友に私はひどいことをしてしまった。私は、謝らねばならぬ。アル、また母さんとここへ来てほしい」

アルは、うっすらと目に涙をうかべ、体を二つ折りにして、ドーパに最高の敬意を表したおじぎをしました。

「ありがとうございます。母さんに伝えます」

モナはずっと考えていました。

「ドーパ、私たちは、いつもこの宇宙の中で役割が決まっているの？　そして、その役割を果たすために、いつも導かれているの？　すべての生き物がそうなの？　私たちはいったい誰のために生きているの？」

ドーパはただうなづくだけで、モナの質問には答えてはくれませんでした。

「もしそうならば、次に私たちがどうしたらいいのか、私たちの中に、その答えがあるのかしら?」

鏡の魔女の声を聞いて、モナは目をつむりました。

私の心の中のどこかに、宇宙とつながるアンテナがあるはず。大切なことは心の目と耳をすますこと。

モナは自分の気持ちを自分の心の中に向けました。しだいに周りの気配が消えていくのを感じました。それはとても不思議な感覚でした。光だけでなく、音も、においも、なにもかもから閉ざされ、けれど何かにすっぽり包まれているような気持ちがしました。やがて、モナは自分の体の中を歩いているのを感じました。私は何をしたらいいの? 私はどこへいけばいいの? 暗闇の中に一点の光が生まれました。光はしだいに大きくなり、そして人の形になりました。あまりにまぶしくて、いったいそれがどんな顔をしているかは知ることができません。

「あなたがガシューダ? もしそうなら、私は次にどうしたらいいのか教えてほしいの」

「それはもう、モナ自身が決めているのではないのかな」

「私が、すでに決めていること……。私は母さんを助けに行く」

「思いの通りに進むがいい。おまえの未来は、確かにおまえの中にあるのじゃ」

「モナ?」

急にモナを呼ぶ声がして、モナは目をあけました。心配そうにいちじくが見つめています。

「だいじょうぶ？　モナ」

「うん、いちじく。危険はわかっているのだけど、私、ママのところに行かなくちゃ」

「そうだね、それが敵が望んでいることだったとしても」

「ギル？　ママのいるところ、知っている？」

「もちろん知っている。でも、すごく危険だよ。絶対に捕まっちゃうよ。だけど、そこには僕の家族もいるんだ」

ギルは遠い目をして、自分の家族を思い出しているようでした。

「そして、父さんもいる」アルも言いました。

「みんなの心はひとつね。出かけることとしましょう」

みんなはドーパの塔をあとにしました。

ギルが示す北の方角には、深い森がありました。

「森から海へと通じる洞窟があるんだ。そこが、石の魔女の城への入り口だ。たぶん、空からじゃ探せないと思うよ」

深い森の手前に降り立った一行は、中へ入っていきました。

「しめったにおいがする。なんだか嫌な感じだ」

深い森にはほとんど光がささず腐った木が幾本も倒れていました。緑色の厚いこけが、辺り一面に生え、一歩ごとに森はどんどん暗くなっていきました。大きなシダが苔のすきまを覆っています。モナの心もザワザワと落ち着きませんでした。恐ろしげな固い毛が体中に生えた黒い蜘蛛が、巨大な蜘蛛の巣を張って、行く手をさえぎっています。

ギルが低い声でみんなに注意しました。

「毒グモだよ。刺されるとひどい痛みが体中を走り、やがて命を落とすことになる。糸にかかると、決して逃れられないんだ。僕はあの糸にかかって死んでいったものを何人も見ている」

モナは身が縮まる気持ちがしました。

「ミラー気をつけてね。私の言うところに足を降ろしてね。ゆっくり、ゆっくり」

「ありがとう、モナ。だいじょうぶ。モナの手を通して、モナの見ているものがちゃんと感じられるから」

みんなの前をひらひらと翔んでいた黄色と黒色のあざやかな蛾《が》が、蜘蛛《くも》の巣にひっかかりました。とたんにおそろしい蜘蛛が、口から白いたくさんの糸を引き出して、蛾をぐるぐるまきにしました。蜘蛛が毒牙で蛾に噛みついたとたん、蛾の羽や体は黒く変色をして、ぼろぼろと崩れるように落ちて行きました。

「怖い！」

モナの口から思わず言葉がもれました。

「僕がそばにいるよ」

いちじくは自分のことより、モナの足下に注意を払っているようでした。ミラーも、ぎゅっとモナの手をにぎってくれました。

ひとつの蜘蛛の巣をすぎて、ほっとした矢先、また一本の蜘蛛の糸がモナのほんのすぐ目の前にあることに気がつきました。

「危ない！」

いちじくの声でモナは思わず首をすくめました。そのとたんバランスをくずしました。モナは倒れかかり、その先には別の糸が獲物《えもの》を待ちかまえていました。いちじくが飛び上がって、モナが糸にかかるのを防ごうとしました。そしてそのとき、いちじくのふわふわした毛の数本が糸にかかってしまいました。

モナも、ミラーもそして、誰もが息を飲みました。ギラギラ光る糸は、不吉に小刻みに揺れました。恐ろしいスピードで、モナの体の何倍もあるような蜘蛛が、糸を渡ってこちらへ近づいてくるのが見えます。

モナがいちじくの手をとり、ひっぱりました。ミラーも体をかかえてひっぱりました。アルは口でいちじくの足を持ちました。けれども、蜘蛛の糸はとてもつよく弾力があり、どんなにひっぱっても決して切れないのです。

シューシュー糸を吐きながら、恐ろしい蜘蛛はすでにいちじくをぐるぐるまきに包み込みはじめました。

アルが叫びました。

「モナ、剣だ！　剣を使うんだ」

「そうだわ。剣！」

モナは旅のあいだ、いつも剣を背中に背負っていたのです。モナは背中から剣を抜きました。刃がキラリと光りました。小さいときから刃物が苦手で見るだけで、ふるえがきてしまうモナですが、今は不思議と怖くはありませんでした。

モナが剣を手にすると、不思議なことが起こりました。刃がまるで生きているように、モナの気持ちを知って動き出したのです。モナは剣にひっぱられて蜘蛛の真正面に立ちました。

蜘蛛は糸でぐるぐる巻きにしたいちじくを両足で押さえ込み、今にもかみつこうとしています。モナの持つ剣から、電光が走りました。電光は大きな蜘蛛に届き、蜘蛛を感電させました。それから、いちじくの体の糸をはぐように、目にもとまらない早さでいちじくから糸を切り離しました。いちじくを包んでいた糸は、カイコのまゆのように、いちじくの体からはがれおちました。

「いちじく‼」

モナがいちじくを抱きしめると、いちじくは弱々しく目を開けました。

「モナ、ありがとう」

モナが剣をおさめると同時に、腰に差した杖がブルブルと震え、光りました。

「杖も使われたがってるんだわ」

鏡の魔女がつぶやきました。

モナが杖を手にすると、剣と同じように杖は命を持って、モナの思いをかなえようとしました。

「フルールオール」

モナの口をついて出た言葉は、モナの知らない言葉でした。けれど口をついたとたん、それは確かにモナのものとなり、杖を動かす力となりました。いちじくの周りに杖は光をあたえました。光を浴びたとたん、いちじくはどんどん元気になっていきました。そしてやがて何もなかったかのように、元気に走り回れるまでになりました。

「不思議だわ。他の魔女は杖や剣やホウキを動かすために、たくさんの本を読み、修練をして、ようやく魔法の道具を使いこなす。モナは何の知識もなく、何の技術も持っていない。それなのに剣や杖はモナに使われたがり、そしてモナの思いをかなえようとしている。そんなこと、初めてだわ」

「ありがとう」

モナは杖と剣をいとおしそうに抱きしめました。

気絶していた大きな蜘蛛はようやく意識を取り戻し、森のさらに奥深くへ逃げていきました。

第十八章　石牢の中

一行は蜘蛛との戦いですっかり疲れてしまったけれど、森の中ではなかなか休む場所も見つかりません。

「とにかく前へ進むしかないかしら？」

モナは胸ポケットにいるギルに尋ねるでもなく声をかけました。どれほど歩いたでしょうか？　森の奥から風が吹いてきました。森のむっとしたよどんだ空気が動いて、息がしやすくなったと思ったのもつかのまでした。

突然強い風が吹きました。そばにあるものにつかまるひまもありません。モナはギルが飛ばないように、ポケットの上から押さえることくらいしかできませんでした。鏡の魔女の悲鳴が聞こえました。森の木々が踊り、倒れ、何もかもが地面から舞い上がっていくのが見えました。そしていつしか、モナは意識が遠のいていくのを感じていました。

どれほど時間がたったでしょう。胸ポケットのギルが這い出てきたことで、モナの意識がうっすらと戻りました。年老いたおばあさんの声が、低くひびいているのが聞こえまし

た。

「ギル、よくやった。上手にだましたものだ。よくこのものたちをここへ連れて来ることができた。おまえの家族たちも喜ぶであろう。例の装置も、もう少しでできあがる。今度はおまえが陣頭《じんとう》指揮をとるとよい」

「は、ありがとうございます」

ギルがうやうやしく言う声が耳に届きました。いちじくが悲しげに短くうなりました。モナは胸が痛みました。めざめたくないという気持ちがそうさせるのでしょうか？　モナの意識がまた遠のいていきました。

次に目がさめたとき、モナは冷たい石の上に寝かされていました。いちじくが、モナのほおを優しくなめてくれました。

「みんなは？」

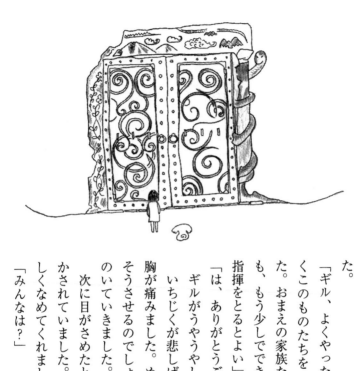

いちじくはモナから目を離さずに、心配そうに言いました。

「みんなここにいる」

右を見ると、手を縛られたミラーがころがっています。左には鏡の魔女が同じように手を縛られていました。アルの体も何カ所もひもで縛られていました。

「みんなだいじょうぶ？」

「ミラー？」

「僕はだいじょうぶだよ。モナ、だいじょうぶだからね。僕もいるし、いちじくもいる。どんなことがあっても、君のことは僕たちが守るよ」

「ありがとう。だいじょうぶ。私、できるなら、いちじくやミラーのこと守っていたいと思っているのに、守ってもらってばかり。ごめんなさい。鏡の魔女はだいじょうぶ？」

「私もだいじょうぶよ。モナ、最後まであきらめずにいましょうね」

鏡の魔女も言いました。

モナは涙が出そうになりました。誰もギルのことは口には出しませんでした。けれど、モナがそのことで、傷ついているに違いないとみんなが思っているということが、モナには痛いほどよくわかりました。

そこはどうやら岩で囲まれた石牢のようでした。四方に小さい窓がいくつかと扉がひとつあるだけで、窓から薄暗い光が届いていました。いちじくの耳がピクピクと動きました。

「となりにも部屋があるんだ。誰かいる」

いちじくが言うとおり、耳をすますと壁からコツコツという合図が聞こえます。そして誰かがモナの名前を呼んでいるようなのです。

「モナ、モナがいるの?」

それは紛れもないママの声でした。

「空の魔女ですね」

ママの声を聞いて、感激のあまり言葉を失っているモナに代わって鏡の魔女が声をかけました。

「そうです。ママはこちらでは空の魔女なのです。

「そうです。あなたは鏡の魔女？　あなたもつかまってしまったの？」

「水の魔女もいるの?」

「ええ、私はここにいます」

流れるように美しい声を聞き、水の魔女が無事だということにほっとしました。けれど、現実に今、石の魔女の思い通りに、四人の魔女がそろって捕らえられてしまったのです。

ママを助けたいためにここへ向かってきたけれど、それはおろかなことではなかっただろうかという考えが、モナの頭を何度もかすめました。四人の魔女の血と紫の涙が、石の魔女の手元にそろってしまったのです。

石の魔女の思いのままに、ことが進んで行こうとしています。そしてそれはエルガンダのみならず、モナが暮らしていた世界をも、すべて石の魔女の手に落ちることを意味していました。この窮地をいったいどうやったら乗り越えていくことができるのでしょうか。

ママの声がしました。

「モナ、怪我《けが》はしていないの？　いちじくも一緒なの？」

外に気を配りながら話をしていると、どうやらママたちも手を縛られていることがわかりました。いったいこれからどうしたらいいのか、四人の魔女がそろっても、そしてミラーがいて、アルがいて、いちじくがいても、なかなかその答えは出ませんでした。

ドアの反対側の小さな窓を見下ろしていたアルが悲鳴のような声をあげました。

「父さんだ。入り口のところに。ああ、あんな姿になって……立っている」

モナは体を床にゴロゴロころがして、壁のところへ移動しました。見下ろした窓の外に広がるのは、思いもかけないくらい広く、天にも届くほどの高い天井の大きな大きな洞窟でした。洞窟の入り口には、目をみはるほど大きな大きなドラゴンの彫刻が立っていました。それは母ドラゴンよりもさらに大きなドラゴンでした。それはそれは、見事な姿をしたドラゴンです。目は怒りに燃え、すべてのうろこが逆立ち、たてがみが炎のように燃えたっています。誰かを襲う寸前に石にされたのに違いありません。足の指はこれ以上開けないほど開き、するどい足の爪をのばして、何かをつかもうとしています。

「父さんだよ、モナ。父さんはここで石になっていたんだ。モナ、父さんを助けて。きっとモナならできるよね」

「アル……。ごめんなさい、アル。私はほら、手をこうして縛られた小さな女の子に過ぎないのよ。それに、私、結局のところ、縛られていようと縛られていまいと、何もできないんだもの」

「だいじょうぶだよ。僕は信じてる。モナがここへ来た。だから、きっと父さんは助かるよ」

モナだって、もし奇跡が起こるのなら、なんとかしてアルの思いをかなえたいと思いました。けれど、モナは、空も飛べないし、魔法だって何一つ使えないのです。前に使えたような気がした魔法だって、思い出せば、モナの力ではなく、それは杖と剣が持つ魔法だったにすぎません。あれは、私じゃなくてもよかったのよ。誰でもよかったんだわ。アルのお母さんは、今もアルと父ドラゴンを待っているんだわ……そう思うとまた自分の無力

さに涙がはらはらとこぼれるのでした。

父ドラゴンはするどい眼で何かをにらみつけていました。

視線の先をたどると、そこには何か不思議な装置がありました。

真ん中には大きな背の高い壺が置かれ、壺には何かの紋章がついていました。そして壺のそばには、長いはしごのついた塔のようなものが立ち、はしごのうえから突き出た板が、飛び込み板のように、ちょうど壺の真上に来ていました。

そこで働くものたちは、そろって見覚えのある黒い服に黒い帽子をかぶっていました。そして、そのものたちに命令をしているものは、ふわふわと空中をうかぶ、小さな黒い服のものでした。いちじくが小さく「あいつ……」とうめいた以外は、誰も何も口にすることはなかったけれど、それは間違いなくギルでした。

「モナ、手に怪我をしてるわ」

鏡の魔女の声を聞いて、ふと手を見ると、手の甲にナイフで薄く切ったようなあとがありました。「あっ」モナは驚いて鏡の魔女を見ました。

「鏡の魔女も同じところに傷がある」

「私たち、どうやら、気を失っている間に血をとられてしまったようね。確か言い伝えでは、すぐにも、その血は使われなければならないはず。もう時間がないわ」

エルガンダの運命を変えられてしまうそのときまで、もう時間はほとんどなく、そしてモナたちは、なんの手だてもないままなのでした。

第十九章　最後の瞬間

やがて牢の外に重い足音がひびき石牢の扉の鍵穴に鍵が差しこまれました。重い石の扉がギギィーと音をたててゆっくりと開きました。

「石の魔女さまがおよびだ！」

扉の向こうから顔を出したのは、黒い服を着て長い拳銃を持った大きな兵隊でした。

モナたちは手を縛られたまま、言われたとおりに外に出ました。牢の外には狭い石の廊下があり、そこには、モナたちと同じように手を縛られた二人の魔女がいて、別の兵隊に銃を突きつけられていました。モナの心は、深いところまでうずいていました。淡い水色のドレスを着たモナそっくりの少女が空の魔女でした。ママはここへ来ると時間の魔法がかかるのか、いつもその姿になるらしいのです。白い薄手のドレスを着た水の魔女も、空の魔女も裸足《はだし》でした。二人はすっかりやせたように見えました。二人の細い足首が、とても痛々しく見え、石の床のでこぼこがかかとにささりそうです。

モナの目から涙がポロポロとこぼれました。自分がつらいのはガマンができる。けれど大好きな人のつらいのを見るのは、なかなかガマンできることではありませんでした。

みんなが連れて行かれたのは、石牢の窓から見えた広い場所でした。ここはどうやら、「石の間」と呼ばれているようでした。窓から見えなかった場所には観覧席が設けられ、そこにはすでにたくさんの、見るからに怪しい闇の生き物たちが並んでいました。彼らは何かが始まるのを、今か今かと待ちわびているのでした。

中央の特別席と思われるところには、長いマントを背中につけ、ビロードの服を着て、手にたくさんの宝石をつけた老婆が、王冠をつけて座っていました。

鏡の魔女が、モナの耳元で言いました。「石の魔女よ」

石の魔女のつりあがった目は四人の魔女の目を見据《みす》えていました。その口元は、これ以上ないほど、いじわるく笑っていました。

「あれが石の魔女？　なんて嫌なやつなんだ」

アルが憎々しそうに、仲間にだけ聞こえるような小さい声で言いました。

魔女の横には若い男性が腰掛けていました。モナの視線がその男性で止まりました。どこかで確かに出会ったことがあるような気がしたのです。けれど、モナにはどうしても思い出せませんでした。出会ったのが、今の旅なのか、前の修行なのかもわかりません。けれど、気になって仕方がありませんでした。そして、遠い場所にいるその男の人も、確かにモナのことをじっと見つめているようでした。

急に、黒ずくめの男たちに、後ろから強い力でひっぱられました。

「こっちに来るんだ」

モナたちは、「石の間」の壺と塔の横にある石の台に引っ張り出されました。観客席から、ワーっと歓声があがりました。そしてたくさんのヤジが飛びました。小石を投げつけるものもいます。石つぶてがひとつモナのほおをかすめて、モナのほおから血が流れました。いちじくがウーとうなり声をあげて、石を投げつけた頭の上に三本の触覚を持つ緑の生き物をにらみました。

石の魔女の横に座っていた男の人が、石を投げた緑の生き物を指さして、叫びました。

「客人、度が過ぎるのじゃありませんか？　今から神聖な儀式が行われるのです。静粛《せいしゅく》に願いたい。そして紳士としてのわきまえを見せていただきたい」

緑の生き物は苦々しそうに言いました。

「プラネット。おまえは石の魔女のお気に入りかもしれないが、我々はおまえのことを信じてはいない。おまえは魔女や、人間たちと同じ姿形をしているじゃないか。我々と志を同じくするとはとうてい思えない。おまえはスパイだとみんなが言ってる」

石の魔女が閉じていた目をゆっくりとあけ、立ち上がりました。そして、握っていた杖を、緑の生き物に向け、さっと一振りしました。杖からは鋭い閃光が走り、緑の生き物は悪態をついたままの形で石になってしまいました。

「今日が何の日か、客人たちもわかっておろうな。今日はわらわにとって、何百年も待ちわびた大切な日じゃ。そして今、神聖な儀式が行われようとしている。その瞬間をみんなに祝ってもらおうと思って、ここに集まってもらっているということを、まさか忘れてはおるまいな。いいか、わらわが、この世界に君臨するための大切な大切な儀式なのじゃ」

にょろにょろ動くタコの足のようなものを食べていた者も、いくつもの口で歌をうたっていた者も、それからヤジを飛ばしていた者も、していることをぴたりとやめ、おびえ、恐怖にひきつった顔をして、誰もが石の魔女の前にうつむき、おじぎをしました。辺りは静かになりました。

モナたちはさらに体をひもで縛られて、高い高い石の天井に打たれたくさびにひもをかけられて、天井からつるされました。

モナは自分のふがいなさが悲しくてなりませんでした。

(私には結局何もできなかった。ママのそばにたどり着いても、ママを救うどころかママに触れることすらできなかったし、それから、もちろん、エルガンダはおろか、自分たちの世界も救うことなんてできなかった。やっぱり運命は変えられないんだわ。あの黒魔術

の本に書かれていたとおりだわ。私は何もできない、ただの小さなモナでしかないのよ）

あたりが薄暗くなりました。スポットライトが大きな壺を照らしました。高い塔の上に突き出した板の上でスポットライトに映し出されたのは、なんとギルの姿でした。そのギルを不安そうに見つめるものたちがいました。それは白に赤いぶちのある大きな美しい金魚と、ギルそっくりの顔をした子どもの金魚の三匹でした。

あいかわらずのぶかぶかの帽子をかぶったギルは、おおげさに液体の入ったビンを持ち上げてビンを傾け、壺の中にビンの中の赤い液体をあけました。赤い液体は四人の魔女の血をまぜたものだろうと、誰もがそう思いました。石の魔女の血はおそらく、すでに壺の中に入れられていたものと思われました。

「石の間」にいるすべてのものたちが、壺一点だけを見つめていました。沈黙が続き、それが永遠に続くのじゃないかと感じられたころに、壺から一筋の白い煙があがりました。そして中からオレンジ色の光があふれました。

それを合図に、まるでわいて出たように、どこからか指揮者が現れ、タクトを振り上げました。オーケストラの音楽が始まり、髪の長い女性たちが、肌がすけるような薄い、黒い短い服を着てその周りを歌い踊りました。

石の魔女が立ち上がり、声高く朗々《ろうろう》と言いました。

「いよいよ、わらわがすべての王として君臨《くんりん》する瞬間がやってきた。言い伝えによれば……」

石の魔女は、手下を使って鏡の魔女のところで写し取らせた金色の書の文章を、もったいぶった様子で読み上げました。

「水と鏡と空と森の魔女たるものの新鮮な血。さらにこの世界を支配すべき王となる者、オホン、むろん、わらわのことじゃが……その者の新鮮な血をとり、一時間以内にその血を調合すると、壺からは白い煙が上がるであろう。その液体に、他の一切の物が混ざる前に、王となるべき者が、美しき紫の涙の宝石を壺の中に落とせば、すべてのことが始まるだろう。赤い液体は紫の涙とひとつになって固まり、全てが大きな宝石とかわる。そのとき、紫の涙を落とした者が、この世界の王となる」

石の魔女は、また高らかに言いました。

「むろん王となるのは、この私だ」

石の魔女は、今や老人とは思えないしっかりとした足取りで、はしごをあがっていき、すでにそこにいたギルの隣に立ちました。

「今こそが、その時じゃ」

太鼓がどんどんとなりひびき、石の魔女は手に持った紫の涙の宝石を高くかかげました。

アルがグヴァーと声を響かせました。

「やめろー！」いちじくが叫びました。けれども、みんな天井からぶら下がったまま、誰もどうすることもできないのでした。

ついに石の魔女が紫の涙を壺の真上で離した、その一瞬前でした。板の上にたっていた小さなギルが、叫びました。

「ありがとう。モナ、ありがとう、みんな」

言い終わらないうちに、黒い小さな影が板の上から壺めがけて落ちていくのが見えました。それはギルが、大きな壺の中に飛び込んだ瞬間でした。

「まさか！　そんな！　ギル!!　だめよ。だめー!!」モナが悲鳴を上げました。

「パパ!!」小さい金魚の叫び声が響きました。

壺の中で何かが、固いものに当たってぶつかるようなゴツンという濁った音がしました。

石の魔女は何が起きたのか、わかるまでに少し時間がかかったようでした。

「ギルが、ギルが飛び込んだ」

いちじくの声で石の魔女も、ようやくことの次第をつかんだようでした。

「おのれ……。ギル。おまえ、裏切りおったな!」

石の魔女が歯をぎしぎし言わせてくやしがりました。

「紫の涙が落ちる前に、ギルが飛び込んだんだ」

アルも叫びました。誰にとっても、今目の前で起きたことは信じられないできごとでした。

モナの目から涙が止めどなく流れました。

「ギル。ギル、あなたなんということを。……最初からそうするつもりだったのね。自分の命を捨てて、みんなを救おうとしたのね。私たちときたら、裏切り者のように思って……ああ、ギル」

ギルの子どもたちがモナのそばに飛んできました。

「モナ、パパが今朝、こんなふうに話してくれた。パパには忘れられない言葉がある。それは水の魔女の言葉だ。それはこんな言葉だった〝大きな山を動かすほどの強い力だけが、ものごとを変えるとはかぎらない〟おまえたち、この意味がわかるかい？　パパはこう思ったんだ。僕たちの命はとてもちっぽけだ。でも、どんなにちっぽけな命でも、ものごとを動かす力を持っているに違いないって。パパは愛するものを救うためならなんだってできる。パパには愛するもの、そして守るべきものがたくさんある。おまえたちがそうだ。そしてママもそうだ。そして、モナのことも、パパは守らなければならない。いいか、もし、パパに何かあったら、モナのところへ行くんだよ。パパはおまえたちに、恥ずかしい生き方は見せたくないんだ。卑怯もので終わりたくはないんだ。いいか、おまえたち。忘れるな。運命は変えられるんだよ、パパはそう言ったんだ」

アルのウォーという泣き声が、あたりに響きました。

「救世主はギルだったんだ。だから、だから、黒魔術の本は、『人にあらず』って言ったんだ。ギル、君が勇者だったんだよ」

悲しみがみんなを包んだときに、石の魔女の声が響きました。

「ギルが救世主だって。笑わせるんじゃないよ。またもう一度やりなおせばいいだけさ。血はまたとればいい。紫の涙はギルが入って固まった液体の上にあるだろうから」

ギルの子どもたちと母親のリラが石の魔女をにらみつけました。

「そんなことさせない。パパの死を僕たちは決して無駄にはさせない」

「あははは、おまえたちに何ができる。そんなちっぽけなおまえたちに」

「パパは言ったんだ。ちっぽけな体でもちっぽけな命でも、愛するものを守るためなら、なんだってやれるって。僕たちはパパの子だ。僕たちだって、やれるよ」

そのときに、プラネットと呼ばれた若者が石の魔女に近寄りました。

「残念ながらやりなおしはできません。魔女さま。ギルが固めた液体はダイヤモンドのように固く固まり、高いところから落ちた紫の涙はこなごなに割れてしまいました」

「なんだと、今、なんと言った」

「もう、紫の涙はありません」

石の魔女は恐ろしい顔をして、モナたちをにらみつけ、力なくその場に座り込みました。

第二十章　命が戻るとき

モナたちが自由を奪われて、天井からつりさげられていることに変わりはなかったけれど、でも、プラネットの言葉は、仲間たちの心に大きな光をあてました。どうやら、勇者ギルのおかげで、エルガンダは大きな危機から脱することができたようです。

そのとき、モナの洋服の下に差しこんであった杖が、まるでモナに呼ばれでもしたかのように、縛られたモナの手の中へと滑り込みました。杖はキラキラと光をおび、モナはまた知るはずのない呪文を口にしました。

「タースポーザバ」

すると、モナの杖から発せられた光は、岩と化したアルの父親へとまっすぐに伸びていきました。父親の体のてっぺんにある角の石の色が、金色に輝き出しました。やがて、頭の上が金色になり、その閉じたまぶたが金色になったとたん、ドラゴンは大きな目を開けました。そして、身体全体があっという間に素晴らしい輝きで金色に光り出しました。うろこの一枚一枚が、命をとり戻し、しっぽのさきまで波をうち、大きな力がみなぎっていくのがわかりました。

モナは、杖がしたことは、実は自分が心のどこかで望んでいたことなんだと思いました。なぜかわからないのです。けれどモナは杖にあやつられているわけでなく、確かに杖を動かしているのは自分だという意識があったのです。

「父さん!!　父さん、アルです。父さんの息子のアルです」

「わかっておる。岩となっていても、全てのことは見えていたし、聞こえていた。石の魔女の魔法は体を石にさせても、心を石にさせることは、かなわなかったのじゃ。アル、さすが我が息子じゃ。よくここへみんなを連れてきた。おまえを誇りに思うぞ。あとは父さんにまかせろ」

そう叫ぶが早いか、巨大なドラゴンは「石の間」の天井を飛び、大きな口をあけて、モナたちをつるしているひもをひとつひとつくわえて、ひもの反動を使って、自分の背中にモナたちを順にそっと乗せていきました。

石の魔女が叫びました。

「なぜ、モナは武器を持っておるのじゃ。全部とりあげるように言ったはずじゃ。ギルの他にも誰か、モナの味方をしておるやつがおるな」

石の魔女が観客席とそして兵隊たちをにらみつけました。一度は力をすべて失ったかに

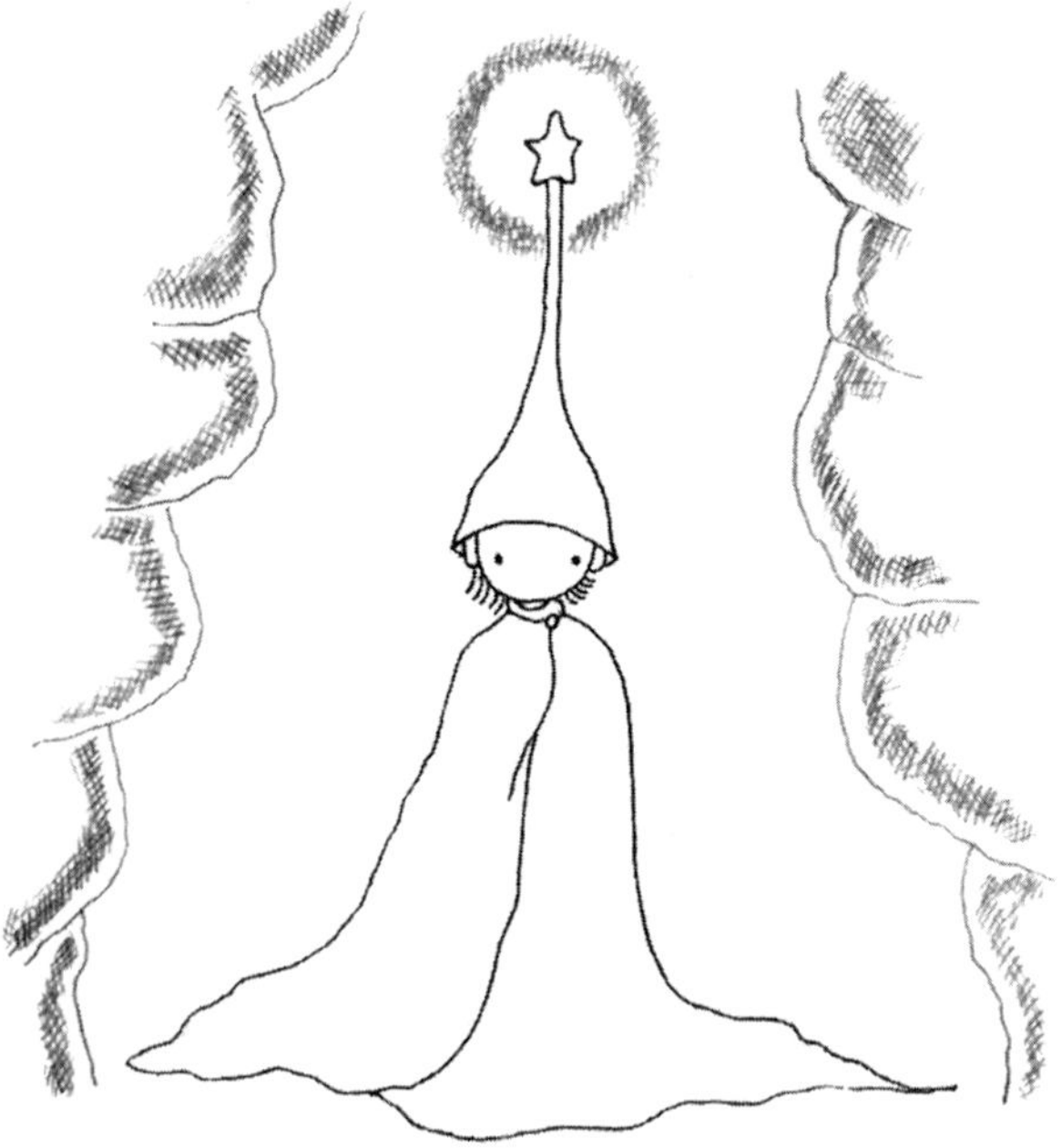

見えた石の魔女が恐ろしい顔をして、素早くモナに向かって杖を振り下ろしました。閃光《せんこう》が走り、岩が砕け、モナの顔の真っ正面に飛んでいきました。突然のことで、よけることもできないモナの目の前でミラーがパッと手で石を叩き落としました。ミラーの手から血がポタポタと流れ落ちました。

「おのれ、次はモナを石にしてくれる」

プラネットが、叫び続けている石の魔女の手をとりました。

「魔女様、逃げるのです。はやく。今は逃げることが大切です」

「なぜ、逃げなくてはならぬ。わ

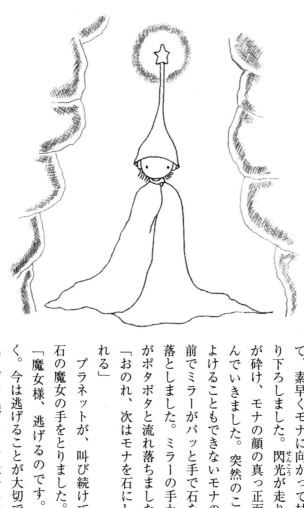

らわがここにいる者どもをみな石にしてくれるわ。そうすれば、結局はわらわが王になる。紫の涙などなくとも、同じことじゃ」

「目を覚ましてください。あなたが望んでいることの中に、あなたの幸せはないのです」

「プラネット、黙れ」

石の魔女が杖に再び手をかけようとしたけれど、そのときには、すでにモナたちを乗せたドラゴンは石の魔女の目のすぐ前にいました。ドラゴンが出す炎が石の魔女の顔をなめました。

プラネットが石の魔女にかぶさり、そして、モナに叫びました。

「お願いだ、モナ。助けて！　石の魔女は、呪いの魔法がかかっているだけなんだ」

「呪いの魔法がかけられていようがそうでなかろうが、エルガンダを支配しようと思い続けている以上、情けをかけるわけにはいかない」

父さんドラゴンはさらに、石の魔女に襲いかかろうとしました。

そのときです。

「待ってー。待って‼」

小さな声でしたが、その声は不思議とドラゴンをとめる力がありました。

「あの声は、まさか……。いいえ、間違いないわ。ギル、ギル、ギルの声よ‼」

ふわふわと浮かびながら姿を現したのはまぎれもなくギルでした。ギルを見て、仲間から歓声があがりました。

「父さん、父さん、生きていたんだね」

子どもたちとギルの奥さんのリラがギルに駆け寄りました。ギルは少し恥ずかしそうに言いました。

「いや……あの……僕は、命をかけてたんだ、間違いなく。でも僕が落ちていくときに、僕のぶかぶか帽子が、僕の体より先に、落ちてさ。それで、僕より先に帽子が液体に到着しちゃって、帽子と液体で固まっちゃって。僕は、急ブレーキをかけたんだけど、間に合わなくて頭に大きなこぶができちゃったよ」

ギルは頭をかきながら、それでも、リラと子どもたちをうれしそうに見ました。

けれど石の魔女はギルを見るなり、真っ赤な顔をして怒りをあらわにしました。

「ギル、何百年もこの瞬間だけを待っていたのに、おのれ。おまえをこの世に生み出したのは誰だと思っているのだ」

ギルは石の魔女に紳士のように深々とおじぎをしました。

「魔女様、感謝しています。あなたが私を生み出してくれたおかげで、僕は今ここにいます。僕はあなたのおかげで、モナに出会い、あなたのおかげでリラに出会い、そして子どもたちに会いました。モナもリラも子どもたちも、僕を突き動かしてくれる大切な存在です。魔女様、魔女様は魔女様の理由で、僕ばかりでなくたくさんのものたちを生み出した。けれど、僕たちの人生は、魔女様の生み出した理由とはまた別のものです。モナは僕にこう言ったんです。誰がどこでどんなふうに生まれたかということは、その人にとっては何の責任もないことだ。誰もそのことで人を責めることはできないって。僕はそれからずっと考えていたんだ。僕の運命は、魔女様が決めるものでも、誰かによって決められるものでもない。僕の運命は僕が、僕の理由で決めるものだ」

石の魔女はだまって、ギルの話を聞いていました。石の魔女の目に優しい光が映り、ギルの言葉が石の魔女に届いたかに思われました。けれど、それもつかの間でした。

さげすむように、ギルたち家族を見下ろし言い放ちました

「勘違いをするんじゃない。おまえたちは、私が私の理由で生み出したものにすぎない。おまえの人生やおまえの気持ちなど、あってないようなものじゃ。おまえは、海に落ちていたゴミから生まれたんだ。わかるか。ゴミじゃ。そのゴミのおまえが、わらわに意見をするつもりか。アーッハッハ……アーハッハ」

石の魔女は高笑いをし、また杖をかまえました。

その瞬間、石の魔女の杖をはたき落としたものがいました。どうしたことでしょう。そ

れは驚いたことにプラネットだったのです。

「魔女様。もうやめてください。あなたは優しい人だった。それは今も変わらないはずです」

プラネットにさとされるように言われると、魔女は急にひどく年老いたおばあさんのように腰を曲げ、悲しげな顔をしました。

プラネットはマントに石の魔女を包み込むようにして抱き上げると、手を空へかざしました。指輪から光が出て、光は石の床に人が通れるほどの穴を開けました。穴の向こうには、海とそして浜辺が広がっているのが見えました。

「離せー。離してー。私は絶対にあきらめたくない」

今や、弱々しくだだをこねているような魔女の叫び声を残して、プラネットは石の魔女を連れて行きました。

あとを追おうとしたドラゴンをモナが止めました。

「ね、父さんドラゴン。あとで後悔することになるかもしれないけれど、とりあえず、石の魔女は、今は紫の涙も持っていないわけだし、それに、プラネットが言うとおり、魔法をかけられただけで、本当はいい人なんだわ」

「僕も、そんな気がする。石の魔女は確かに恐ろしい人だったけれど、少なくとも僕を生み出してくれた人だから」

ギルはうれしそうに飛び回る子どもたちに、自慢の赤い尾をひっぱられているのを気にしながら、ほほえみました。

「ねえ、鏡の魔女さん、石の魔女があんなふうになったのも、ガシューダが望んだからなの？　苦しかったこの時代も大切だからあったの？」

「モナ、私もわからないの。ときどきわからなくなるのよ。けれど、ギルが言ったとおり、石の魔女が紫の涙によって変わらなければ、ギルは生まれてはいない。あなたも、ここへは修行の旅にも来ていないかもしれないわ。でも、とてつもなく大きな苦しみと犠牲がともなっていたわ。だからわからないの。でも、モナ、きっとあなたなら、本当のことをいつか見つけてくれるはずよ」

プラネットが開けた穴から、浜辺を林の方へ走っていく二人の影が見えました。やがて、その穴の上に、つぶつぶの粒子が表れ、もとの通りの岩の床が作り出され、穴はすっかり消えました。

第二十一章　よみがえり

モナとママはようやくゆっくり話ができるのです。けれど、少女の姿かたちをしている空の魔女に「ママ……」と呼ぶことに少しためらいを感じました。それでも、体の中からうれしさがわき上がってきます。

モナは空の魔女のそばにかけよって、恥ずかしそうに小さな声で言いました。

「やっと会えた」

空の魔女はモナの手をひいて体を寄せ、うれしそうに抱きしめました。

「モナ、ありがとう。私がいつか生むことになっているモナに、もう二度も助けられたわね」

いちじくもうれしそうに空の魔女の顔をみあげました。

「僕、ずっとわからないことがあるんだけど。もし、モナがママを助けなかったらどうなるのかな？　モナは生まれてこないのかな？　ほら、黒魔術の本が、モナは救世主じゃないと言ったときにモナは迷っていたよね。ママとギルを助けに行くのをやめようかどうしようって。あのとき、もしやめていたらどうなっていたんだろう。モナはあのとき、この世に存在していたわけだから、モナが生まれないなんてことにはならないことになる。頭がこんがらがっちゃうなあ」

「私もどうしてもわからないことがあるの。ねえ、水の魔女さん、鏡の魔女さん、そして、ママ、教えてほしいの。黒魔術の本のところにいたおじいさんも、それから宇宙の言葉をつむいで本にしていたドーパも、運命は変えられないと言ったわ。私は、あそこで、いちじくの言うとおり、ママとギルを助けることを断念してたかもしれない。それから、ギルだってそう。もし、赤い液体に向かって飛び降りなかったら？　ねえ、未来は変わっていたんじゃないの？」

水の魔女が静かにほほえみました。

「それは私たちにはわからないわ。ただ、わかっているのは、実際にあったことが、運命だったということだけ。いつも、例外なくそうなっているの。モナ、もしかしたらドーパなら、そのことに答えてくれるかもしれないわ」

ギルが目を輝かせました。

「僕も知りたいよ。モナ、家に帰る前に、もう一回、ドーパのところに寄っちゃダメかな？」

「賛成。私もドーパのところに行きたい。私も知りたいんだもの」

「モナ、そうしたらいいわ。きっと魔女として、とても大切なことがわかると思う。私は一足先に、家へ戻ります。モナ、本当にありがとう」

空の魔女の姿をしたママが、ほうきに手をやりました。

「エルガンダに力が戻ってきている。私の体の中の水が感じているの。エルガンダの川や海が元気になっている。いそがしくなるわ」

水の魔女は、長い髪を振って、くるりと踊って見せました。

「ミラー、手伝ってくださる？ きっとたくさんの鏡の向こうの人が待っていると思うの。きっと笑顔を取り戻してきているに違いない。あまりの変化にとまどっている人もいるかもしれないから」

鏡の魔女の言葉を聞いて、ミラーが大きくうなづきました。

「モナ、僕、行かなくちゃ。でも、だいじょうぶだよ。僕はいつも、いつだって君のそばにもいるからね。そしていつも君を守る」

ミラーは、モナの手の中に小さなコンパクトを載せました。

「モナ、このコンパクトにまた話しかけてくれるかい？」

モナはミラーの温かい手をもう一度握りました。そして、モナを守るために怪我をしたミラーの手をハンカチで優しくしばりました。

コンパクトのふたには美しい宝石がたくさんついていました。コンパクトがモナの手に乗ると、すべての宝石が色とりどりの温かい光を放ちました。モナはコンパクトを抱きしめました。大切な宝物が戻ってきたことがしみじみうれしかったのです。

「またすぐ会える?」

「ああ、会いたいときにはいつでも会えるよ」

モナと、アルとそしてギルの家族が、父さんドラゴンの背中に乗せてもらって出発をしました。

外は緑にあふれていました。草原には花が咲き乱れ、空気の粒のひとつひとつが青空の光を受けてキラキラと輝いているように見えました。

父さんドラゴンは風の中を滑るように飛んで行きました。

「父さんドラゴン?　私もいつかこんなふうに空を自由に飛べる日が来るかしら?」

「え?　モナは空を飛べないのかい。魔女なのに?」

「ええ、だって、私、本当に魔女なのかどうか、実は自分ではよくわかっていないの」

「アル。このお嬢さんは不思議だね。こんなすごい魔法の力を持ちながら、自分が魔女かどうだか、わからないなんて」

「そうなんだ。僕が何度も、モナは僕の父さんを救ってくれる人だよって言っても、信じなかった。でも、やっぱり父さんを救ってくれたのはモナだった。言い伝えの通りだよ」

運命を変えられるかどうかということは、どうやら自分一人の将来の問題だけではないようです。海も空も、自然も、人々も、動物も、そして土も星も、それから時間さえも、その小さな変化が、ひとりひとりの人生に大きく関わっていく。けれどひとりの人の人生が、また全てのものを動かしていく。いったいそんな大きなものの過去や未来に渡って、お互いの関わりを決め、動かしているガシューダとはどんな存在なのでしょう。知りたいという気持ちと、怖いという気持ちが入り交じってモナの心の中は複雑でした。

紫の涙と、石の魔女はいったいどんな恐ろしい魔法を使って、エルガンダを変えていたのでしょう。紫の涙がこなごなになり、石の魔女の野望がなくなったことで、あたりの様子がどんどん変わっていくのが見えました。枯れ野はあっという間に、みずみずしい草が生える緑の草原に変わっていきました。そして花々が草原のはしっ

こから咲き出し、花の絨毯《じゅうたん》がどんどん広がっていきました。その花には蝶や鳥が楽しそうに集まっています。川はきれいな水を取り戻し、魚が跳ね、水鳥たちがおだやかに浮かんでいます。輝きはどんどん広がり、エルガンダじゅうが美しい輝きを取り戻しているようでした。

「ドーパの虹が見えてきたよ」

前に観たよりももっと美しい虹が遠くに見えてきました。

「しっかりつかまるんだよ」

父さんドラゴンがスピードを増すと、周りの景色が縞の模様になり、やがてたくさんの色が混じった一色となりました。

ものの五分もたたないうちに、一行はドーパの美しい塔にたどりつきました。

「あ、ドーパが手を振っている」

塔のすぐそばにある、平たい石の上にドーパが腰をかけ、両手を大きく振っていました。

「さすがドーパだ。私たちがここへ来ることも先刻《せんこく》承知の上だったのだろう」

父さんドラゴンはゆっくり塔の周りを回りながらドーパの近くに降りました。ドーパは手を広げてモナを抱きしめました。

「よくがんばったよ。本当によくがんばった。こんなに小さな体をして。つらかっただろうに。本当に可愛い子だよ」

「おやおや、ギルもここにいた。本当によく決断したね。素晴らしい方法だったよ。英雄だよ。そして、運もいい」

ギルは、ドーパに抱きしめられて、恥ずかしそうに真っ赤な顔をして、笑いました。

モナも笑いがとまらなくなりました。うれしいときにはいつもいつも手を伸ばしてクルクル回って踊りたくなります。三回と半回ってから、モナは突然回るのをやめました。

「ん？　ドーパさん、まるで見ていらしたみたい。どうして？　あ、ここにいて、そこが見えたのですね」

「モナ、すべてのところが、互いにつながっている。ガシューダがエルガンダや向こうの世界中に送り続けてくれている手紙というか、知らせを私がいつも読み続けているということをお忘れかな？」

モナは上を見上げました。

「ここにも手紙が降り続けているの？　どこにでも？　どこにいても？」

ドーパは目の前をまたパッとつかみ、見えない何かをポケットに入れました。

「もちろんじゃとも」

「ドーパさん、聞きたいことがあるの。黒魔術の本もなんだけど、ドーパさんは以前来たときに、〝運命は変えられない〟っておっしゃったわ。でも、私たちどうしてもわからないの。私は、黒魔術の本に、救世主かどうかと尋ねたときに〝人にあらず〟って言われたの。あのとき、もう何もかもが嫌になって、どうなってもいいと思った。もうぜんぶやめようって。あのときやめたかもしれない。そうしたら、運命は変わっていたと思うの」

「僕だって、あの液体に飛び込もうって決意したけど、本当のことを言うと、ずいぶん迷っていたんだ。僕は英雄だなんて言ってもらったけど、本当はすごく臆病で、最後まで自信がなかった。それに、飛び込めるチャンスが巡ってくるかどうかなんて、あのときまでわからなかった。もし飛び込めなかったら、運命は変わっていたはずだよ」

「それとも、私たちは、ガシューダさんに心まで支配されているのかな？　それだったら私、悲しい。だって、私たちの誰もが、ガシューダさんのチェスの駒のひとつにすぎないみたいだもの。自分というものがなくなってしまう気がする。誰のための人生なんだろうって思えてくるわ」

モナは沈んだ声で指を見つめました。

「あははは、心配をしないでいいよ。モナはモナ、ギルはギルのための人生に決まっているさ。ガシューダを誤解しているね。ガシューダは大きな大きな神だ。大きな大きな宇宙だ。自分の欲望とか、我とかそんなものは持っていない。大切なことは、ガシューダは一人ひとりを愛している。そして、素晴らしいことに一人ひとりを信じておられるのさ。モナはあの場面で、救世主じゃないと言われても決してあきらめない女の子だとガシューダは信じておられた。ギルもあの場面で、宇宙を救うために行動を起こすと信じておられた。だから、そのために、時間も人も宇宙も、何もかもが、モナやギルを全力で応援し、守ろうとするのじゃよ」

「私を信じてくれていた？」

「ああそうじゃ。モナもギルも、たとえ迷うようなことがあっても、つらくて落ち込んでしまうことがあっても、きっと二人ならそうするだろうとガシューダは信じておられた。誰もが、素晴らしい存在なのじゃ。誰のものでもない我らの宇宙のために、大きな働きをになう大切な存在だと思っておられるのじゃ。運命という言葉にはのがれられないというようなイメージがあるけれど、そうじゃないんだ。ガシューダは我々を信じている。決して疑うことをせずに、信じている。我々の目の前に、〝こと〟や〝もの〟や〝人〟との関わりを用意すれば、きっと我々は、こんなふうに行動するに違いないと、ガシューダは信じておられて、用意をされるのじゃ。それが運命というものじゃよ」

「ガシューダさんってどこに住んでいるのですか？」

「わからないのじゃ。私も長い間には知りたいと思ったことが何度かあった。けれどわかったことは、ガシューダがどこにいて、いったいどういう存在なのかという秘密がいつか、解き明かされるときが来るということじゃった。緑の服を着て、銀色のドラゴンと、白い犬。そして赤い金魚を友だちに持つ女の子によって」

「それって、私たち？」

「おそらくはそうじゃ。そしてそれは今ではない。緑のエルガンダの中に戦いの火が広がる時にとガシューダからの手紙には書かれておる」

ドーパの言葉を聞いて、モナの体にゾワゾワと鳥肌が広がりました。

「戦い？　また戦争が起こるの？　ねえ、ドーパさんどうして、人は戦争をするの？　どうして戦わなければいけないの。戦うことでは、幸せになれないのに。不幸ばかりなのに。またここに戦いが起きるの？　こんなにきれいな緑が戻って来たところなのに」

「いますぐではない。また違うめぐりの時にそれは起きる」

「ドーパさん。ガシューダさんはどうして、戦いが起きるように仕組んだの？　今度のことだって、どうして、起きることになっていたの？　どうしていいことだけじゃなくて、こんなにつらいことも起きるの？」

「モナはどうして、どうして、ばかりじゃなあ」

ドーパはほほえみながらモナの髪をなでました。

「良い子じゃ。モナは良い子じゃ。モナ、今度のことでは、悪いことばかりだったか？　モナは本当に、石の魔女のたくらみがなかった方がよかったか？　いいことはひとつたりともなかったか？」

「それは……。ひとつもなかったかというと、それは……違う。だって、これがなければ、アルには会えなかった。アルのママにもパパにも」

「僕は、ずっと心の中に、モナをだまし続けているという闇の気持ちを持ち続けなければならなかった。それに、石の魔女がいなかったら、僕はこの世には生まれてはいない」

「そんなことイヤだわ。だって、ギルもアルも私にはとても大切な友だちだもの。それに、私、いろいろな大切なことにも気がつけた気がするの。生きる意味とか、出会うことの素敵さとか、それから、みんながつながっていて、ひとつの命だということや。それに、自分のことを少し好きになれた気がするの」

「そうじゃろうとも。私だって、モナに会いたかったさ。会えないのは嫌じゃなあ」

「やっぱり必要だったのかしら？」

「必要でないものもなく、必要でない人もいない。たとえ、こんなに不幸なことがあるかと思うようなことがあっても、長い長いめぐりの中でそれは必要なことなのじゃ」

モナはしばらく黙ってうつむいて、そして、ドーパを少しにらむように言いました。

「私はそうは思わない。戦争は絶対に起こるべきじゃないわ。それから誰かが誰かを殺したり、事故が起きてしまったり、そんなことが必要なことだなんて私は絶対に思わない」

ドーパは、モナを抱きしめました。

「ああ、そうさ、そうさ」

「ドーパさん。そんなふうになぐさめないで。あってはならないことってあるわ。私たちはいつも私たちの人生のために生きていたい。大好きなギルがあんなに苦しんでいた。アルのお母さんだってそう。アルがいないあいだの苦しみ、やっぱりそれはとてもとても悲しいことよ」

「モナ、そうだよ。そうだよ。我々はいつも、与えられた人生を懸命に生きるしかないのだ。でも、ガシューダは我々をいつも守ってくれる。そして導いてくださっている。そして何よりも素晴らしいのは、我々を信じてくれるということだ。どんなに間違った行いを過去にしていても、我々のことを真にわかって、理解し、信じてくださっているということだよ」

モナは涙の目をようやく、ドーパの顔に戻したのでした。

第二十二章　設計図に書かれたもの

「モナは、この世界へどうやって来たのだったかな?」

ドーパの言葉に、そのときの不思議な感覚が蘇ってきました。

「私、一度バラバラになったの。何もかも忘れて、何もかもがわからなくなって、そのあと、また私になったの」

「なるほど、一度バラバラになったのじゃな。そうじゃ、モナ。向こうの世界にいたモナとこちらのモナは同じモナだ。なぜまた同じモナが作れたのか、モナにはわかるかな。思い出してごらん」

モナは、まるで今、そこにいるように、洞窟の中で出会ったおじいさんとのことを思い出しました。

「私ね、洞窟湖でおじいさんに会ったの。ドーパはそのおじいさんを知ってる?」

「もちろん知っておるとも。私と同じように、洞窟の中の石英の彫刻から、ガシューダの言葉を受け取っておったじゃろう?」

ああ、そうだったんだ。だから、おじいさんは、あんなふうにいろんなことを知っていたんだわ。

「おじいさんと出会ったときにこんなことがあったの……」

モナは目をつむって、おじいさんと出会ったときのことを思い出しました。

……………………………………………………

おじいさんは言いました。

「モナ、モナがここへ来るときに、モナは一度バラバラになったろう。そのときに、モナはもう何も感じなくなった……たぶん、そのとき、モナは宇宙の中の完全なひとつだったんじゃ。そして、そののち、設計図にそって、小さな粒が集まって、またモナに組み立てられたんじゃ」

「誰がその設計図を持っていたの？　私を組み立てたのは誰？」

「難しい質問じゃね。モナ、今はそれには答えられない。けれど、その設計図は、小さなひとつひとつの粒が持っていたものなのじゃ。そして、モナも持っていた、そして大きな宇宙も持っていたのじゃ。なぜなら、大きいモノも小さいモノも何もかも同じ仕組みでできているんじゃからね。そしてもう一つ、大切なことがある。モナができたということは、小さなつぶつぶが、そして大きなこの世界が……それから何もかもが、モナを必要としていたからモナが作られたんじゃよ」

……………………………………………………


「そうだわ、おじいさんが言ってた。私の中の小さな粒が設計図を持っていて、だから私がまた組み立てられたって」

「そうじゃよモナ。モナ、その設計図というものには、何が書かれていると思う？」

「顔とか、手の形とか、背の高さや体重……あ、それから声、そして癖」

「それだけかな？」

「違う、そうだ。私の気持ちとか、私がこれからどうするかとか。それから、昔の記憶とか」

そこまで言って、モナは大切なことに気がついたのです。

「あ、もしかしたら、私というもの、全部？　たとえば、私の運命とか、私の生まれてきた意味とか。ううん、それだけじゃないわ。もしかしたら、何もかも？　いちじくの運命や、アルの運命や、宇宙の成り立ちや、これから世界中で起きることや何もかもが、もしかしたら、設計図には書かれているの？」

「ウーム、モナ、そこまでも、理解するとは驚きじゃ。それこそが、モナが伝説の魔女だという証拠じゃよ。モナ、モナは宇宙の中にあり、また、モナの中に宇宙がある。モナだけじゃない。石も、花も、魚もみなそうじゃ。ただ、モナはモナの場所に光があたっただけのこと、花は花の場所に光があたっただけのこと、全部でひとつの命を生き、それぞれが、大切な宇宙の一部を担《にな》っているのじゃ」

「あの、僕は違うよね。僕は石の魔女に、ゴミから作られたから」

「あははは、何を言っているのじゃ。ギルとて同じじゃ。ゴミだろうと、他の何かだろうと、全てを作っている小さい粒は全部同じモノじゃ。できあがるときに、ゴミだとか、宝石だとかそんなことは少しも関係ない。関係ないどころか、とにかく同じモノじゃて。そして、ギルができあがるときに、設計図の中の、宇宙を救うという大切な存在のギルの部分に光があたって、ギルが生まれたのじゃ。ギルが必要だからこの世に生まれた。これもまたその証拠じゃて」

モナの心の中に、何とはわからない決意のようなものが生まれていました。モナがモナとして生きてきた、これからもモナとして生きていく。私はこの宇宙の大切な一部。私は必要だから生まれてきた。

私は与えられた人生を、自分の気持ちで一生懸命生きていくんだ。

「ありがとう。ドーパ、私、戦争のこととか、まだわからないことはいっぱいあるけれど、でも、私は元気にがんばっていける。今はそれでいいわ」

「モナはきっといい魔女になる。あ、これは、ガシューダから聞いたことじゃなくて。ドーパである私が思ったことじゃよ」

ドーパはまたモナを抱きしめました。そしていちじくに声をかけました。

「いちじく、おまえは本当によくモナを守っているね。それは大きな役目じゃ。もし、いちじくがいなかったら、何一つ、ことはうまくいかなかっただろうね」

いちじくがうれしそうにドーパを見つめました。

「アル・ノーバ。そして、グラン・ノーバ。大変ご苦労様でした。ジータ・ノーバには大変失礼なことをしたと、くれぐれも謝ってほしい。これからも変わらぬ友情で、我々は結ばれていきたいと望んでおること、伝えてほしい」

「わかっておるよ、ドーパ。ジータも、ドーパには心から感謝しておると思う」

みんなはまた、父さんドラゴンの背中に乗り込みました。

どんどん小さくなっていくドーパを見ながら、みんなの心に満たされた思いが広がっていきました。

「ありがとう。ドーパ」

やがてかすかに硫黄のにおいがしてきました。アルがうれしそうに首をあげ、父さんドラゴンの耳元でささやきました。

「母さん、父さんが一緒だと知ったら、どんなにびっくりするだろう。きっと大喜びするね」

前方に、見覚えのある岩山が見えてきました。大きな洞窟の前に降り立ち、アルは真っ先に父さんドラゴンの背中を降りていきました。

「母さん、母さーん」

ところが洞窟の中からは、何の返事も返ってはきませんでした。

「母さんがいない？　そんなことって」

すぐにでも母ドラゴンが飛び出してきてくれると思ったのに、洞窟の中にも母ドラゴンの姿はありませんでした。

「母さーん。母さーん」

「ジータ。ジータ」

父さんドラゴンの声とアルの声が、山々に響きました。

そのときです。空の向こうから小さな声が聞こえてきました。

「グラーン。アルー」

それは母さんドラゴンの声でした。

背中にはたくさんの果物や卵などがのっています。

「ドーパが教えてくれたの。グランとアルが帰ってくるって。すぐに帰ってくるって。だから、ごちそうを用意するのに忙しかったの。ごめんなさい、グラン」

二人は長い首をからませて抱き合いました。アルはうれしそうに、二人の顔を見上げていました。

「そろそろ、僕たちも帰ろう」

ギルが言いました。

「ねえ、ギル、私たちの帰る方法、ギルは知ってる?」

「わからないけど、きっとだいじょうぶさ。どこにでもつながっているんだから」

「そうね。帰りたいと思ったら、きっと帰ることができるわ」

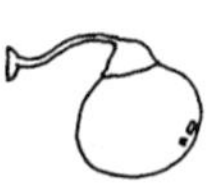

第二十三章　元の世界へ

「モナ、手の中に持っている紙切れは何？」

いちじくに言われて初めて、モナは自分が手の中に何かを握りしめていることに気がつきました。

「これ、切符だわ」モナの手の中にあったのは、回数券のようにミシン目で切り込みが入っている切符でした。いったい、いつ、こんなものを手にしたのでしょう。

「切符は何枚？」ギルがききました。

「えーと、えーと、一、二、三……七枚あるわ」

「じゃあ、僕たちの分もあるんだ。ママの分も」

三人のギルの子どもたちが歓声をあげました。

アルたちも気がついて、切符をのぞきこみました。

「到着駅はモナの家。発車駅はアルの洞窟の奥って書いてある。僕の家の奥？　そんなところに駅はないよ」

「とにかく行ってみましょう」

母ドラゴンが先にたって、洞窟の奥に入って行きました。アルの洞窟の中は前に見たとおりだったけれど、ひとつ変わっていたのは、今まで何もなかった壁に扉がついていてそこに〝アルの洞窟駅〟と書かれた看板がかかっていたことです。

「こんなところに駅への扉ができている」

鋲《びょう》のついた重い鉄の扉をあけると、そこは本当に小さな駅の風景でした。そして改札に立っていたのは、駅員さんの洋服を着たドーパでした。ドーパはにこやかに言いました。

「片道切符だけど、またすぐに来れるじゃろう」

駅には古めかしい列車が出発の準備を終えて、煙突から煙を出していました。

「私、この列車、本でみたことがあるわ。オリエント急行っていう名前の列車に似てる。乗ってみたかったの」

「モナ……」

後ろからの声で振り向くと驚くことが待っていました。

そこには大好きなミラー、水の魔女、鏡の魔女が立っていました。そしてその後ろには洞窟であったおじいさんや黒魔術の本を抱えた魔法使いのおじいさんがいました。アルの家族もいます。

「忘れないでね、いつもいつもつながっているから」

水の魔女が、モナを抱きしめました。次々に、握手をしたり抱きしめあったりして、一行は列車に乗り込みました。

ドーパが出発の笛をならし、列車はポーッと汽笛《きてき》をならしました。

ドーパの手が上がったとたん、列車は動き出しました。じきに、列車の進む先の方に、湖が見えてきました。

「見て、洞窟湖よ」

そこは最初にアルと出会った洞窟湖でした。いったいどれくらいの時間が流れたのでしょう。ついこのあいだのような気もするし、もう何年もたったような気もします。

列車は洞窟を出て、空を飛びました。

「わぁ、私たちが登った山だわ」

「ドーパの塔が見える」

やがて周りの景色がどんどん後ろに飛び、いつしか、窓の外の景色は虹色の線となりました。そのうちにモナはだんだん眠くなってきました。目をあけていようと思っても、まぶたが重くて開かないのです。

やがて、モナも、他のみんなもすっかりと寝込んでしまいました。

第二十四章　なつかしい我が家

静かな雨の音が聞こえていました。私、きっと森の中にいるんだわ。それとも、滝の音かしら？

「ううーん」

伸びをして目をあけると、そこはなつかしい自分の部屋でした。

「戻ってきたんだわ」

前もこんなふうにして戻ってきた。前のときは夢じゃないかとすごく心配になったけれど、でも、夢じゃなかった。今度だって夢じゃないわ。

モナは持ってきたはずの腰の剣と魔法の杖をさがしました。けれど、さしてあるはずの腰のベルトもなく、モナが着ていたのは白い木綿のネグリジェでした。

「あれ？　ないわ。どこへ行ったの？」

「パパ、ママ」

階段を駆け降りると、パパがソファに腰をかけて新聞を読みながらコーヒーを飲んでいます。モナの家のいつもの朝の風景でした。

「どうしたんだい、モナ？　あわてて降りてきて。着替えもしていないじゃないか。悪い夢でもみたのかい？」

「ママはどこ？」

「朝食のパンを買い忘れたからってパン屋さんまで行ってるよ。アルに乗って」

「アル？　アルって？　銀色のドラゴン？」

「モナ、どうしたんだい？　アルはお母さんの愛車じゃないか」

その言葉を聞いて、そのとたんモナはすべてがつながったように感じました。

「アルは、最初からここに。そうよ、いつもここにいたんだわ。車の姿で」

モナは、アルがいつもそばにいてくれたことがわかって胸が熱くなりました。

「ねぇパパ、いちじくはどこ？　ギルは？」

「ギル？　ギルならそこにいるじゃないか。子どもたちもずいぶん大きくなってきたね」

金魚鉢をのぞきこんで、モナはほっとしました。金魚鉢は、形はそのままで二まわりは大きくなっていました。そしてその中には、ギルたち親子が仲良く泳いでいたのです。

「ギル、よかったね、よかったね」

ギルはモナの方を向いてうれしそうに赤く長い尾をひらひらさせました。

そのとき、ガレージの方から自動車の音が聞こえてきました。

「あ、ママとアルが帰ってきた！」

モナは一目散にガレージに向かって走り出していました。

モナがガレージに着くと、そこには銀色に光る小さな車がありました。モナが、じっと車を見つめると、片方のライトが驚いたことにウィンクをしたのです。

（アル、やっぱりアルね）

そのとき、モナは確かに見ました。アルのバックミラーから、小さな鎖でさがっている飾りは、モナの剣と杖の形をしていたのです。

「ママー‼」

「モナ‼」

二人の呼ぶ声が重なりました。二人が抱き合うとパパがまた不思議そうな顔をしました。

「おいおい、きみたちは、僕に隠し事でもしてるのかな？　今日はみんながなんだか変だなあ」

モナはパパの言葉の終わらないうちに、庭に飛び出していちじくを抱きしめていました。

「だめよ。汚れちゃうわ。あはは」

モナはうれしくてたまりませんでした。

前と変わらない家の、変わらない朝。変わったことといえば、金魚鉢の大きさとそして
ギルの家族が増えたことだけ。

いつものように食事をとり、いつものようにモナとパパは一緒に駅へ歩き出し、二人を
ママが見送ってくれました。

「パパ、いつもと同じ朝だけど、いつもの通りっていうのはとても幸せなことよね」

「ああ、本当だ。いつもと同じっていうのは、幸せなことだな」

「うふ、パパってなんにもわかってない」

「おいおいモナ、パパだってちゃんとわかってるんだぞ。何しろモナのパパだからな」

学校も、少しも変わらずモナを迎えてくれました。

おさげがすぐに寄ってきて、モナに声をかけてくれました。

「おはよう、モナ、昨日のテレビ観た？」

「え？　なんのテレビ？」

「やだ、ほらあれよ」

そのときカガミくんが教室に入ってきました。モナの視線はカガミくんの手に釘づけに
なりました。なぜなら、カガミくんは手に包帯をしていたのです。

モナの脳裏にフラッシュバックのように、ミラーがモナをかばおうとして、手に怪我を

負ったシーンが蘇《よみがえ》ってきました。

「カガミくん、その怪我……」

「モナ、おはよう。昨日の帰り道、トラックが石を跳ねて、石がこっちに飛んできたんだ。近くに小さい女の子がいたもんだから、とっさにかばおうとして、手にあたっちゃったんだ。実は石を手で受けようとしたときにね、女の子がモナのような気が一瞬したんだ」

あの戦いのときの怪我だとモナは直感的に思いました。ミラーが飛んでくる石からモナを守ってくれたけれど、そのときカガミくんも、こちらの世界で力をくれていたんだとモナにはわかったのです。それはやっぱりカガミくんが守ってくれていたんだとモナは思いました。

教室のすみの方で、男の子たちが机にこしかけて話しこんでいました。モナがなにげなくそちらへ視線を向けたときに、ホシノくんがそこにいてこちらをじーっと見ていることに気がつきました。

モナはまぶしそうにホシノくんを見ました。

(ホシノくんは覚えているんだわ。エルガンダで会ったときのことを。あの夜空の美しい晩、エルガンダでホシノくんはずいぶん困っているようだった。それなのに、結局私は何

もできないまま、ホシノくんは姿を消してしまったんだわ）

モナはホシノくんに話しかける機会があったら、エルガンダの話をし、そしてそのときのことを謝りたいと思いました。そして、その機会はすぐにやってきたのです。

理科の授業の前に、プリントを忘れたことに気がついて、教室に取りに戻ると、ホシノくんが、ひとりで本を読んでいたのです。

「ホシノくん、エルガンダではごめんなさい。私……」

「いいや、そうじゃなくて、僕の方こそすまなかった、お礼を言いたい。本当にありがとう」

「え？　ありがとうって、どうして？　私、何もできなかったわ」

ホシノくんはうつむいて、とても優しげな声で言いました。

「僕はとてもうれしかったから」

ホシノくんは、乱暴な言葉を使ういつものホシノくんではなくて、エルガンダで会ったままのホシノくんでした。

「モナ、けれど、まだ始まったばかりなんだ」

またホシノくんは謎めいたことを口にするのです。

どうやらモナの冒険の旅は、またすぐに始まるようでした。

モナの物語1、2　後書き

『魔女モナの物語』は、２００５年に出版されました。その後、出版くださった青心社の山下さんが「この本はなくしてはいけない本だから」と、三五館の星山さんにデーターを渡して託してくれました。その後、三五館さんも会社をたたまれたため、モナ森出版で出版したものも、売り切れたために、今回、モナの物語の続編『魔法の国　エルガンダの秘密』と二つ合わせたものを出版することにしました。

こうして長くみなさんに愛していただいて、繰り返し出版されていくというのは、なんてありがたく幸せな本だろうと思います。

私は長く特別支援学校に勤めていました。病弱養護学校で出会った友達に雪絵ちゃんがいました。雪絵ちゃんには多発性硬化症という病気がありました。

雪絵ちゃんは「どんなときも病気である自分を愛していくよ」と言いました。病気だから知ることのできたことがあるし、病気だからこそ出会えた人がいる。かっこちゃんと出会えたよと言ってくれました。

その雪絵ちゃんが亡くなるときに、「みんな一人ひとりが大切でかけがえのない存在だということを世界中当たり前になるようにかっこちゃんがして」と言いました。

私は何をしたらいいのかわからなくて、とにかく、なぜ、一人ひとりが大切でかけがえのないかということについて、本を書きたいと思って、この『魔女モナの物語』と『本当のことだから』(三五館) という本を書きました。

この二つの本が元になって、『1/4の奇跡』という映画になりました。不思議なことに、映画は多くの方に広まり、今は70万人の世界のあちこちの方が観てくださっています。

その後2020年に新型コロナウィルスが猛威をふるいました。

遺伝子学者の権威である私の大好きな村上和雄先生が私にお電話をくださって、サムシング・グレートの話をしてくださいました。この宇宙はすべてだいじょうぶにできていて、いらない人もいらないものもないのだと教えてくださったのです。

そして、不思議なことに、雪絵ちゃんと同じように、「かっこちゃん、世界中の小さなお子さんからお年寄りにまで、僕を存分に使って、かっこちゃんらしい方法で、サムシング・グレートを伝えてほしい」と言われました。そこで今度は『リト…サムシング・グレートに感謝して生きる』というファンタジーの本を村上和雄先生と共著で出版しました。

今、この本もうれしいことに、愛蔵版などをあわせ、21刷を重ね、ドイツ語、韓国語、中国語、英語に訳されて世界のあちこちで出版されています。

私はこの『魔女モナの物語』も『リト』と同じくサムシング・グレートについて、書いた本だと思っています。雪絵ちゃんも村上先生も、表現は違っても思いは同じなのだと思います。サムシング・グレートについて知ることは、「みんな素敵で、大切。そしてみんなでひとつのいのちを生きている。しあわせになる方法はある」ということなどを考えることができるということだと感じています。『魔女モナの物語』が映画の元になったように、『リト』も『しあわせの森』という映画の元になりました。何か不思議な巡り合わせを感じています。

本を手に取って読んでくださってありがとうございます。モナはこれからも魔法の旅を続けていくと思います。一緒にみんなでワクワク、ウキウキ、ドキドキしながら生きていきたいです。

二〇二三年　夏　　　　著者

山元加津子（やまもとかつこ）
1957年石川県金沢市生まれ　作家、映画監督
『1／4の奇跡』『しあわせの森』の映画や本などを通して、誰もが大切で素敵な存在だと伝え続けている。
『リト／サムシング・グレートに感謝して生きる』（モナ森出版）など著書多数。

魔女・モナの物語1・2

魔女の国　エルガンダの秘密

2023年 8月4日　初版発行

著　者　山元加津子
発行者　山元加津子
発行所　モナ森出版
〒923-0186
石川県小松市大杉町　ス-1-1
印刷・製本　株式会社オピカ

ISBN 978-4-910388-11-8
定価はカバーに表示してあります。

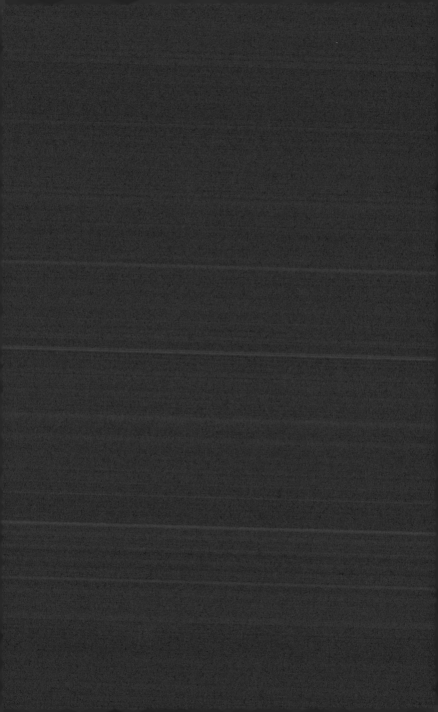